O ÚLTIMO POLICIAL

Tradução de Ryta Vinagre

O ÚLTIMO POLICIAL

Ben H. Winters

Título original
THE LAST POLICEMAN

Copyright © 2012 by Ben H. Winters

Todos os direitos reservados. Nenhuma parte desta obra pode ser reproduzida no todo ou em parte sob qualquer forma.

Primeira publicação pela Quirk Books, Filadélfia, Pensilvânia.

Edição brasileira negociada pela Ute Körner Literary Agent, S.L.U., Barcelona – www.uklitag.com

Direitos para a língua portuguesa reservados
com exclusividade para o Brasil à
EDITORA ROCCO LTDA.
Av. Presidente Wilson, 231 – 8º andar
20030-021 – Rio de Janeiro – RJ
Tel.: (21) 3525-2000 – Fax: (21) 3525-2001
rocco@rocco.com.br
www.rocco.com.br

Printed in Brazil/Impresso no Brasil

CIP-Brasil. Catalogação na fonte.
Sindicato Nacional dos Editores de Livros, RJ.

W746u	Winters, Ben H.
	O último policial / Ben H. Winters; tradução de Ryta Vinagre. – 1ª ed. – Rio de Janeiro: Rocco, 2015.
	(O último policial; 1)
	Tradução de: The last policeman
	ISBN 978-85-325-2971-8
	1. Ficção norte-americana. I. Vinagre, Ryta. II. Título. III. Série.
14-18269	CDD–813
	CDU–821.111(73)-3

Para Andrew Winters,
da Concord Wintersw

"Até para Voltaire, o supremo racionalista,
um suicídio puramente racional era algo prodigioso
e um tanto grotesco, como um cometa ou
uma ovelha de duas cabeças."

A. ALVAREZ, *The Savage God: A Study of Suicide*

*"And there's a slow,
slow train comin',
up around the bend."*

BOB DYLAN, "Slow Train"

PARTE UM

CIDADE DO ENFORCADO

Terça-feira, 20 de março

Ascensão reta 19 02 54,4
Declinação -34 11 39
Elongação 78,0
Delta 3,195 UA

1.

Olho o homem dos seguros, dois olhos cinza e frios que me encaram por trás de uma antiquada armação de tartaruga, e tenho aquela sensação inspiradora e terrível, do tipo que, diabo, isto é real e não sei se estou preparado, sinceramente não sei.

Estreito os olhos ao me firmar e ocupo-me dele novamente, deslocando-me agachado para ver mais de perto. Os olhos e os óculos, o queixo frágil e a careca incipiente, o cinto preto e fino fechado e bem apertado abaixo do queixo.

Isto é real, não é? Não sei.

Respiro fundo, me obrigando a ter foco, a bloquear tudo exceto o cadáver, bloquear o piso sujo e o rock enlatado que sai dos alto-falantes baratos do teto.

O cheiro está me matando, um odor invasivo e profundamente desagradável, como um estábulo respingado de óleo de batata frita. Existem vários trabalhos neste mundo que ainda são realizados com eficiência e diligência, mas a limpeza noturna de banheiros de lanchonetes 24 horas não está entre eles. Exemplo: o homem dos seguros ficou várias horas caído ali dentro, enfiado entre a privada e a parede verde e opaca do reservado, até que o policial Michelson apareceu por acaso, precisando usar o banheiro, e o descobriu.

Michelson chamou o caso de um 10-54S, é claro, e é o que parece. Uma coisa que aprendi nos últimos meses, algo que todos nós aprendemos, é que os suicidas que se enforcam raras vezes terminam pendurados em um lustre ou uma viga do teto, como nos filmes. Se eles são sérios, e hoje em dia todo mundo é sério, os candidatos ao suicídio se amarram a uma maçaneta, a um gancho para casacos ou, como parece ter feito o homem dos seguros, a um trilho horizontal, uma barra de segurança num banheiro para deficientes físicos. Depois eles só se jogam para frente, deixam que o peso faça o trabalho, aperte o nó, lacre a via aérea.

Aproximo-me um pouco mais e ainda agachado tento encontrar um jeito de dividir confortavelmente o espaço com o homem dos seguros sem cair ou deixar minhas digitais por toda a cena. Tive nove desses em três meses e meio, desde que me tornei detetive, e ainda não me acostumo com isso, com o que a morte por asfixia faz com a cara de uma pessoa: os olhos fixos, como que apavorados, bordados de teias vermelhas e finas de sangue; a língua estendida e tombada de lado; os lábios inchados e arroxeados nas bordas.

Fecho os olhos, esfrego-os com os nós dos dedos e olho mais uma vez, tentando entender qual era a aparência do homem dos seguros em vida. Ele não era bonito, dá para ver de cara. O rosto é macilento e as proporções são meio desconjuntadas: queixo pequeno demais, nariz grande demais, os olhos pequenos e brilhantes por trás das lentes grossas.

O que parece é que o homem se matou com um cinto preto e comprido. Prendeu uma ponta na barra de segurança e na outra extremidade fez um nó de forca que agora se crava ascendente e brutal em seu pomo de adão.

— E aí, garoto. Quem é o seu amigo?

— Peter Anthony Zell — respondo em voz baixa, olhando por sobre o ombro para Dotseth, que tinha aberto a porta do reservado e ficou parado sorridente para mim com seu elegante cachecol xadrez, segurando um copo fumegante de café do McDonald's.

— Homem, caucasiano, 38 anos. Trabalhava com seguros.

— E deixe-me adivinhar — diz Dotseth. — Foi devorado por um tubarão. Ah, peraí, não: suicídio. É suicídio?

— Parece que sim.

— Estou em choque! Choque! — Denny Dotseth é subprocurador-geral, um veterano de batalhas com cabelos grisalhos e uma cara larga e alegre. — Ah, caramba, desculpe, Hank. Quer um café?

— Não, obrigado, senhor.

Conto a Dotseth o que vi na carteira preta de couro falso no bolso traseiro da vítima. Zell era funcionário de uma empresa chamada Merrimack Life and Fire, com escritórios no Water West Building, na Eagle Square. Uma pequena coleção de ingressos de cinema, todos datando dos últimos três meses, fala de um gosto pela aventura adolescente: o revival de *O senhor dos anéis*; dois episódios da série de ficção científica *Distant Pale Glimmers*; DC vs Marvel no IMAX em Hooksett. Nenhum vestígio de uma família, nenhuma fotografia na carteira. Oitenta e cinco dólares em notas de cinco e dez. E uma carteira de habilitação com endereço desta cidade: Matthew Street, 14, Extension, South Concord.

— Ah, sei. Conheço essa região. Tem umas casinhas bonitas. Rolly Lewis tem uma casa por lá.

— E ele apanhou.

— Rolly?

— A vítima. Olhe. — Viro a cara torta do homem dos seguros e mostro um grupo de hematomas amarelados no alto da face direita. — Alguém bateu aqui e com força.

— Ih, é. Bateram mesmo.

Dotseth boceja e toma um gole do café. Antigamente a lei de New Hampshire exigia que alguém da procuradoria fosse chamado sempre que se encontrasse um corpo, porque, se tivessem de montar um caso de homicídio, a promotoria precisaria estar presente desde o início. Em meados de janeiro, esta exigência foi derrubada pelo legislativo do estado por ser indevidamente onerosa, dadas as incomuns circunstâncias atuais — Dotseth e seus colegas se despencando por todo o estado só para ficarem feito corvos em cenas de crime que não são cenas de crime nenhum. Agora, é de juízo do policial da investigação se chama um AAG para um 10-54S. Em geral uso esse critério.

— E que outras novidades tem, meu rapaz? — diz Dotseth.

— Ainda joga um pouco de raquetebol?

— Eu não jogo raquetebol, senhor — digo, sem dar muita atenção, com os olhos fixos no morto.

— Não joga? Em quem será que estou pensando?

Bato um dedo no queixo. Zell era baixo, talvez com um e sessenta e oito; atarracado, de cintura grossa. Puxa vida, ainda estou pensando, porque tem algo estranho neste corpo, neste cadáver, particularmente neste suicídio presumido e tento entender o que é.

— Sem telefone — murmuro.

— O quê?

— A carteira dele está aqui, e as chaves, mas não tem celular.

Dotseth dá de ombros.

— Aposto que ele jogou no lixo. Beth jogou o dela. O serviço está começando a ficar tão imprevisível, que ela achou que podia muito bem se livrar daquela porcaria agora.

Concordo com a cabeça, resmungo, "claro, claro", ainda olhando Zell fixamente.

— E também não tem bilhete.
— O quê?
— Não tem bilhete de suicida.
— Ah, é? — Ele dá de ombros de novo. — Provavelmente um amigo vai encontrar. Talvez o chefe. — Ele sorri, termina o café. — Todos deixam bilhete, esses caras. Mas preciso dizer que a essa altura a explicação não é de fato necessária, não concorda?

— Sim, senhor — digo, passando a mão em meu bigode. — Sim, é verdade.

Na semana passada, em Katmandu, mil peregrinos de todo o Sudeste Asiático entraram em uma imensa pira, os monges entoando cânticos em um círculo à volta deles antes de marcharem para as chamas. Na Europa central, os velhos negociam manuais em DVDs: *Como encher os bolsos com pedras no peso certo*, *Como preparar um coquetel de barbitúricos na pia*. No Meio-Oeste americano — em Kansas City, St. Louis, Des Moines — a tendência são as armas de fogo, a grande maioria dando um tiro de espingarda no cérebro.

Aqui em Concord, New Hampshire, por um motivo qualquer, é a cidade do enforcado. Corpos arriados em armários, galpões, porões inacabados. Sexta-feira, uma semana atrás, o dono de uma loja de móveis em East Concord tentou fazer isso à moda hollywoodiana, pendurou-se de uma calha com a faixa do roupão, mas o cano se rompeu, fazendo-o cair no pátio, vivo, porém com braços e pernas quebrados.

— De qualquer modo é uma tragédia — conclui Dotseth com brandura. — Cada um deles é uma tragédia.

Ele lança um rápido olhar ao relógio; está pronto para se mandar. Mas ainda estou agachado, ainda corro os olhos semicerrados pelo corpo do homem dos seguros. Para seu último dia na terra, Peter Zell escolheu um terno caramelo amassado e uma camisa azul-clara. Suas meias quase não combinam, as duas marrons, uma bem escura e a outra só um pouco, ambas com seu elástico, arriadas nas panturrilhas. O cinto em volta do pescoço que a Dra. Fenton chamará de ligadura é uma beleza: couro preto reluzente, as letras B&R gravadas na fivela dourada.

— Detetive? Ei? — diz Dotseth, e eu olho para cima e pisco. — Algo mais que gostaria de me contar?

— Não, senhor. Obrigado.

— Tranquilo. Foi um prazer, como sempre, garoto.

— Mas espere um pouco.

— O que foi?

Levanto-me, viro e olho para ele.

— Olha só. Vou assassinar alguém.

Uma pausa. Dotseth espera, numa paciência irônica e exagerada.

— Tudo bem.

— E vivo em uma época e em uma cidade onde as pessoas estão se matando para todo lado. Todo mesmo. A cidade do enforcado.

— Tá legal.

— Qual seria minha atitude, matar minha vítima e depois arrumar para que pareça suicídio?

— Talvez.

— Talvez, né?

— É. Talvez. Mas esse daí? — Dotseth aponta um polegar animado para o cadáver arriado. — Esse é um suicídio.

Ele pisca, abre a porta do banheiro masculino e me deixa sozinho com Peter Zell.

* * *

— E aí, o que vai ser, Stretch? Esperamos o caminhão de presunto pra esse aí ou quebramos a piñata nós mesmos?

Lanço ao policial Michelson um olhar severo e reprovador. Detesto esse tipo de morbidez fingindo indiferença dos metidos a valentão, "caminhão de presunto", "piñata" e todo o resto. Ritchie Michelson sabe que eu não gosto e é exatamente por isso que me provoca. Ele esteve esperando à porta do banheiro masculino, teoricamente protegendo a cena do crime, comendo um Egg McMuffin de sua embalagem de celofane amarelo, a gordura clara pingando na camisa do uniforme.

— Para com isso, Michelson. Um homem morreu.

— Desculpe, Stretch.

Também não adoro o apelido e Ritchie também sabe disso.

— Alguém do gabinete da Dra. Fenton deverá chegar em uma hora — eu digo e Michelson concorda com a cabeça, arrotando no punho.

— Vai entregar esse ao gabinete da Fenton, é? — Ele embola a embalagem do sanduíche de café da manhã e joga na lixeira. — Pensei que ela não fizesse mais suicídios.

— Fica a critério do detetive — digo — e, neste caso, acho que uma autópsia se justifica.

— Ah, é?

— É.

Ele não se importa realmente. Enquanto isso, Trish McConnell faz seu trabalho. Está do outro lado da lanchonete, uma mulher baixa e vigorosa com rabo de cavalo preto aparecendo por baixo do quepe de patrulheira. Encurralou um grupo de adolescentes perto do balcão de refrigerantes. Toma depoimentos. De bloco estendido, a caneta voando, prevendo e satisfazendo as instruções de seu investigador supervisor. Da policial McConnell eu gosto.

— Mas sabe de uma coisa — está dizendo Michelson, falando só por falar, só para me irritar —, a central diz pra gente se livrar rapidinho desses casos.

— Sei disso.

— Estabilidade da comunidade e continuidade, o manual completo.

— Sim.

— Além disso, o dono está pirando com o banheiro fechado.

Eu sigo o olhar de Michelson para o balcão e o proprietário de cara vermelha do McDonald's que nos encara de volta, seu olhar obstinado parecendo um tanto ridículo com a camisa amarela berrante e o colete cor de ketchup. Cada minuto de presença policial é um minuto de lucro perdido e dá para saber que o sujeito estaria aqui como um dedo apontado na minha cara se quisesse se arriscar a uma prisão pelo Título XVI. Ao lado do gerente há um adolescente desengonçado, o cabelo grosso no estilo mullet enfeitando sua viseira de balconista, sorrindo entre o chefe descontente e a dupla de policiais, sem saber quem merecia mais o seu desprezo.

— Ele vai ficar bem — digo a Michelson. — Se fosse no ano passado, toda a cena do crime ficaria fechada por seis a doze horas, não só o banheiro masculino.

Michelson dá de ombros.

— Novos tempos.

Fecho a cara e me volto para o proprietário. Ele que se irrite. Nem mesmo é um McDonald's de verdade. Não há mais McDonald's de verdade. A empresa fechou em agosto do ano passado, vendo 94% de seu valor evaporar nas três semanas de pânico do mercado, deixando centenas de milhares de fachadas vazias com suas cores vivas. Muitas, como esta em que agora estamos, na Main Street de Concord, foram depois transformadas em lanchonetes piratas: pertencentes e gerenciadas por empresários locais como meu novo grande amigo ali, no movimentado ramo do fast-food sem precisar suar para pagar a taxa de franquia.

Também não existem mais 7-Elevens verdadeiros e não há mais Dunkin' Donuts de verdade. Ainda existem Paneras de verdade, mas o casal dono da cadeia passou por uma significativa experiência espiritual e substituiu a equipe de funcionários da maioria das lanchonetes por seus correligionários. Então não vale mais a pena ir lá, a não ser que você queira ouvir a pregação da Boa Nova.

Aceno para McConnell se aproximar, digo a ela e a Michelson que investigaremos o caso como morte suspeita, e procuro ignorar o erguer sarcástico das sobrancelhas de Ritchie. McConnell, por sua vez, assente com gravidade e abre uma página nova do bloco. Dou aos policiais da cena algumas instruções: McConnell terminará de colher depoimentos, depois localizará e informará a família da vítima. Michelson ficará aqui, na porta, protegendo a cena até que alguém do gabinete de Fenton chegue para recolher o corpo.

— Pode deixar — diz McConnell, fechando o bloco.

— Melhor que trabalhar — diz Michelson.

— Pare com isso, Ritchie — digo. — Um homem morreu.

— É, Stretch — disse ele. — Você já disse isso.

Cumprimento os meus companheiros policiais, despeço-me com um gesto de cabeça e paro de repente, com a mão na maçaneta da porta do lado do estacionamento do McDonald's, porque há uma mulher andando ansiosamente pelo local, de gorro vermelho de inverno, mas sem casaco, sem guarda-chuva para se proteger da nevasca, como se tivesse acabado de fugir de algum lugar para chegar até ali, os calçados sociais finos escorregando na lama do estacionamento. E então ela me vê, vê que estou olhando e pego o momento em que ela percebe que sou um policial, sua testa se vinca de preocupação, ela gira nos calcanhares e sai dali às pressas.

* * *

Sigo de carro para o norte na State Street, saindo do McDonald's em meu Chevrolet Impala do departamento, manobrando cuidadosamente pelo centímetro de precipitação congelada na rua. As ruas transversais estão cheias de carros estacionados, carros abandonados, montes de neve acumulando-se nos para-brisas. Passo pelo Capitol Center for the Arts, bonito com os tijolinhos vermelhos e janelas amplas, olho a cafeteria lotada que alguém abriu do outro lado da rua. Há uma fila sinuosa de clientes na frente da Collier's, a loja de ferragens — deve ter mercadorias novas. Lâmpadas. Pás. Pregos. Tem um garoto em idade colegial em uma escada, riscando preços e escrevendo outros com um pincel atômico preto em uma placa de papelão.

Quarenta e oito horas, é o que estou pensando. A maioria dos homicídios resolvidos é solucionada 48 horas depois de cometido o crime.

Meu carro é o único na rua e os pedestres viram a cabeça para me ver passar. Um vagabundo está encostado na porta coberta de tábuas da White Peak, financiadora e imobiliária comercial. Um pequeno grupo de adolescentes zanza perto da entrada de um caixa eletrônico, passando o baseado de mão em mão, um garoto com um cavanhaque mal aparado exala languidamente no ar frio.

Na esquina da State com a Blake, na vitrine do que costumava ser um prédio de escritórios de dois andares, há uma pichação, letras de quase dois metros dizendo MENTIRAS MENTIRAS SÃO TUDO MENTIRAS.

Arrependo-me de ter dado uma dura em Ritchie Michelson. A vida dos patrulheiros ficou muito difícil quando fui promovido e tenho certeza de que as 14 semanas subsequentes não facilitaram as coisas. Sim, os policiais têm um emprego estável e agora ganham um dos melhores salários do país. E, sim, o índice de criminalidade em Concord na maioria das categorias não é muito mais alto, na comparação mês a mês, do que era nesta época do ano passado, com exceções notáveis; segundo a Lei IPSS, agora é ilegal fabricar, vender ou comprar qualquer arma de fogo nos Estados Unidos da América e esta é uma lei difícil de fazer cumprir, em especial no estado de New Hampshire.

Ainda assim, na rua, nos olhos cautelosos dos cidadãos, sente-se o tempo todo o potencial para a violência e, para um policial patrulheiro de serviço, assim como para um soldado na guerra, esse potencial para a violência cobra um tributo lento e opressivo. Por conseguinte, se eu fosse Ritchie Michelson, tenderia a ficar meio cansado, um tanto esgotado, propenso à ocasional observação ríspida.

O sinal de trânsito na Warren Street está funcionando e, embora eu seja policial e não haja outros carros no cruzamento, paro, tamborilo os dedos no volante e espero pelo sinal verde, olhando pelo para-brisa e pensando naquela mulher, aquela que estava com pressa e sem casaco.

* * *

— Todo mundo soube da notícia? — pergunta o detetive McGully, grande e turbulento, com as mãos em concha formando um megafone. — Temos a data.

— Como assim, "temos a data"? — diz o detetive Andreas, disparando de sua cadeira e olhando para McGully, perplexo e boquiaberto. — Já temos a data. Todo mundo sabe da porra da data.

A data de que todo mundo sabe é 3 de outubro, daqui a seis meses e 11 dias, quando uma bola de carbono e silicato de 6,5 quilômetros de diâmetro vai se chocar com a Terra.

— Não é a data da queda da almondegona — diz McGully, brandindo um exemplar do *Concord Monitor*. — A data em que os gênios nos dirão onde vai bater.

— É, já vi — assente o detetive Culverson, acomodado a própria mesa com o próprio jornal; ele lê o *New York Times*. — Acho que é 9 de abril.

Minha própria mesa fica bem no canto da sala, perto da lixeira e do frigobar. Tenho meu bloco aberto diante de mim, analisando minhas observações da cena do crime. Na verdade é um bloco azul, do tipo que os universitários usam para fazer provas. Meu pai era professor e quando morreu encontramos umas 25 caixas dessas coisas no sótão, blocos de papel fino na cor azul-clara. Eu ainda os uso.

— Em 9 de abril? É cedo demais. — Andreas arria na cadeira, depois faz eco a si mesmo em um resmungo espectral. — É cedo.

Culverson balança a cabeça e suspira, enquanto McGully dá uma gargalhada. Isto é o que resta da Unidade de Crimes de Adultos da Divisão de Investigações Criminais do Departamento de Polícia de Concord: quatro caras em uma sala. Entre agosto do ano passado e hoje, a Unidade de Crimes de Adultos teve três aposentadorias antecipadas, um desaparecimento repentino e sem explicação, além do detetive Gordon, que quebrou a mão durante uma prisão por violência doméstica, tirou licença médica e nunca mais voltou. Esta onda de depauperação foi insuficientemente contra-atacada pela promoção, no início de dezembro, de um patrulheiro. Eu. O detetive Palace.

Somos muito afortunados, do ponto de vista pessoal. A Unidade de Crimes Juvenis se reduziu a dois policiais, Peterson e Guerrera. A de Crimes Tecnológicos foi inteiramente desfeita, oficialmente em 1º de novembro.

McGully abre o *New York Times* de hoje para ler em voz alta. Estou pensando no caso Zell, trabalhando em minhas anotações. *Nenhum sinal de violência ou luta // Celular? // Ligadura: cinto, fivela dourada.*

Um cinto preto de um belo couro italiano, adornado com um "B&R".

— A data crucial é 9 de abril, segundo os astrônomos do Centro de Astrofísica Harvard-Smithsonian em Cambridge, Massachusetts — lê McGully no *Times*. — Especialistas de lá, junto com uma legião de outros astrônomos, astrofísicos e amadores dedicados que acompanham o progresso constante de Maia, o asteroide maciço formalmente conhecido como $2011GV_1$...

— Meu Deus. — Andreas geme, desolado e furioso, colocando-se de pé novamente e correndo à mesa de McGully. É um cara baixo, nervosinho, no início dos quarenta anos, mas com uma cabeleira de cachos pretos, feito um querubim. — Sabemos o que é. Ainda existe alguém neste planeta que não saiba de tudo isso?

— Calma, amigo — diz McGully.

— Eu simplesmente odeio que fiquem repetindo sem parar todas as informações o tempo todo. Parece que estão jogando sal na ferida ou coisa assim.

— É assim que as matérias de jornal são escritas — diz Culverson.

— Bom, eu odeio.

— Tanto faz. — Culverson sorri. É o único policial afro-americano da Divisão de Investigações Criminais. Na realidade é o único afro-americano na força policial de Concord e às vezes é carinhosamente chamado de "o único negro de Concord", embora isto não seja tecnicamente verdade.

— Tá legal, tudo bem, vou pular pra frente — diz McGully, dando um tapinha no ombro do pobre Andreas. — "Os cientistas..." Vou pular, vou pular... "Há algumas divergências, em grande parte resolvidas atualmente, quanto a..." Pula pula pula. Aqui: "Na data de abril, restando cinco meses e meio até o impacto, terão sido mapeados pontos suficientes de declinação e ascensão reta para que se determine a localização exata na superfície da Terra onde cairá o Maia, com uma precisão de 25 quilômetros."

McGully cai em um curto silêncio no final, seu grito de barítono se atenuando, e solta um assovio, baixo e longo.

— Vinte e cinco quilômetros.

Segue-se um silêncio, preenchido pelos ruídos do radiador. Andreas fica de pé junto da mesa de McGully, olhando fixamente o jornal, as mãos cerradas em punhos ao lado do corpo. Culverson, em seu canto confortável, pega uma caneta e traça linhas compridas em uma folha de papel. Fecho o bloco azul, jogo a cabeça para trás e fixo os olhos em um ponto do teto, perto da luminária recortada no meio da sala.

— Bom, estes são os pontos principais, damas e cavalgaduras — diz McGully, voltando a vociferar, fazendo um floreio com o jornal fechado. — Depois entra toda a reação e por aí vai.

— Reação? — grita Andreas, agitando as mãos com raiva na direção do jornal. — Que tipo de *reação*?

— Ah, sabe como é, o primeiro-ministro do Canadá diz, ei, espero que caia na China — diz McGully, rindo. — O presidente da China diz, "Olha, Canadá, sem querer ofender nem nada, mas temos uma perspectiva diferente". Sabe como é. Blá-blá-blá.

Andreas resmunga com repulsa. Observo tudo isso, quer dizer, mais ou menos, pois na realidade estou pensando com os olhos fixos na luminária. O cara entra em um McDonald's no meio da noite e se enforca em um banheiro para deficientes. O cara entra em um McDonald's, é o meio da noite...

Culverson ergue solenemente seu jornal, revela que foi hachurado com um gráfico grande e simples, com o eixo X e o eixo Y.

— Bolão oficial do asteroide do Departamento de Polícia de Concord — anuncia ele, impassível. — Façam suas apostas.

Gosto do detetive Culverson. Gosto do fato de ele ainda se vestir como um verdadeiro detetive. Hoje está com um terno de três peças, uma gravata de brilho metalizado e lenço da mesma cor no bolso. Muita gente, a essa altura, cede inteiramente ao conforto. Andreas, por exemplo, está com uma camiseta de manga comprida e jeans largos. McGully, com um moletom do Washington Redskins.

— Já que vamos morrer — conclui Culverson —, primeiro coletamos uma grana de nossos irmãos e irmãs da divisão de patrulha.

— Claro, mas — Andreas olhou em volta, inquieto — como vamos prever?

— Prever? — McGully bate o *Monitor* dobrado em Andreas. — Como vamos coletar, seu pateta?

— Eu vou primeiro — diz Culverson. — Fico com o oceano Atlântico por cem redondos.

— Quarenta pratas na França — diz McGully, vasculhando a carteira. — Bem que eles merecem, os bestas.

Culverson traz seu gráfico a meu canto da sala, desliza-o pela mesa.

— E você, Ichabod Crane? O que acha?

— Cara — eu digo distraidamente, pensando naquelas lesões feias abaixo do olho do morto. Alguém deu um murro na cara de Peter Zell, com força, no passado recente, mas nem tanto. Talvez duas semanas atrás. Três semanas? A Dra. Fenton vai me dizer.

Culverson espera, as sobrancelhas erguidas de expectativa.

— Detetive Palace?

— É difícil dizer, sabe? Olha, onde vocês costumam comprar seus cintos?

— Nossos cintos? — Andreas baixa os olhos à cintura, depois os levanta, como se a pergunta fosse uma cilada. — Eu uso suspensórios.

— Num lugar chamado Humphrey's — diz Culverson. — Em Manchester.

— Angela compra meus cintos — diz McGully, que passou à seção de esportes, recostado para trás, com os pés apoiados no alto. — Mas do que você está falando, Palace?

— Estou trabalhando num caso — explico, todos eles agora olhando para mim. — No corpo que encontramos hoje de manhã, no McDonald's.

— Pensei que fosse um enforcado — diz McGully.

— Por enquanto, estamos chamando de morte suspeita.

— Estamos? — Culverson sorri para mim com aprovação. Andreas ainda está junto da mesa de McGully, ainda olhando a primeira seção do jornal, com a mão chapada na testa.

— A ligadura neste caso é um cinto preto. Elegante. A fivela diz "B&R".

— Belknap and Rose — diz Culverson. — Peraí, você está trabalhando nisso como um homicídio? Lugar público horroroso para um homicídio.

— Belknap and Rose, exatamente — digo. — Olha, é que em tudo o mais a vítima não usava nada digno de nota: terno caramelo simples, de pronta-entrega, uma camisa velha com manchas nas axilas, meias descasadas. E também *estava* de cinto, um cinto marrom barato. Mas a ligadura: couro de verdade, costurado à mão.

— Tudo bem — diz Culverson. — Então ele foi à B&R e comprou um cinto elegante com o propósito de se matar.

— Lá vai você — intromete-se McGully e vira a página.

— Sério? — Eu me levanto. — Parece assim, eu vou me enforcar e sou um cara comum, uso terno para trabalhar, provavelmente tenho alguns cintos. Por que dirijo por vinte minutos até Manch, a uma loja cara de roupas masculinas, para comprar um cinto especial de suicida?

Agora estou andando um pouquinho de um lado a outro, recurvado, na frente da mesa, cofiando meu bigode.

— Por que não usar simplesmente um dos muitos cintos que já tenho?

— Quem sabe? — diz Culverson.

— E, mais importante — acrescenta McGully, bocejando —, quem se importa?

— Tá certo. — Volto a me sentar, pego o bloco azul de novo. — É claro.

— Você parece um ET, Palace. Sabia disso? — diz McGully. Num movimento rápido, ele faz uma bola com a seção de esportes e joga na minha cabeça. — Parece que veio de outro planeta ou algo assim.

2.

Tem um homem muito velho à mesa da segurança do Water West Building e ele pisca para mim lentamente, como se tivesse acabado de despertar de um cochilo ou do túmulo.

— Tem hora marcada com alguém deste prédio?
— Não, senhor. Sou da polícia.

O guarda veste uma camisa muito amarrotada e seu quepe de segurança está deformado, amassado no alto. É final de manhã, mas o saguão cinza parece crepuscular, os grãos de poeira vagando indiferentes na meia-luz.

— Sou o detetive Henry Palace. — Mostro meu distintivo; ele não olha, não liga; eu o guardo com cuidado. — Sou da Divisão de Investigações Criminais do Departamento de Polícia de Concord e investigo uma morte suspeita. Preciso visitar os escritórios da Merrimack Life and Fire.

Ele tosse.

— Quanto você mede mesmo, filho? Um e noventa?
— Por aí.

Esperando pelo elevador, absorvo o saguão escuro: uma planta num vaso gigantesco, quadrado e pesado, guardando um canto; uma paisagem sem vida das White Mountains acima de uma fileira de caixas de correio de bronze; o segurança centenário examinando-me de seu poleiro. Então era esta a vista matinal de meu homem dos seguros, onde ele começava sua existência profissional, dia após dia. Enquanto as portas do elevador se abrem com um rangido, dou uma farejada no ar cheirando a mofo. Não há nenhum argumento que conteste a alegação de suicídio neste saguão.

* * *

O chefe de Peter Zell chama-se Theodore Gompers, um sujeito pálido de papada e terno de lã azul que não manifesta surpresa alguma quando dou a notícia.

— O Zell, é? Ora, isso é péssimo. Posso lhe servir uma bebida?

— Não, obrigado.

— E este clima, hein?

— Pois é.

Estamos em sua sala e ele bebe gim em um copo baixo e quadrado, distraidamente passando a palma da mão pelo queixo, olhando por um janelão a neve que cai na Eagle Square.

— Muita gente está culpando o asteroide por toda essa neve. Você já ouviu isso, não? — Gompers fala em voz baixa, ruminativo, os olhos fixos na rua. — Mas não é verdade. A coisa ainda está a 450 milhões de quilômetros daqui. Não está perto para afetar nossos padrões climáticos, e não afetaria.

— Pois é.

— Só depois, evidentemente. — Ele suspira, vira a cabeça lentamente para mim, como um bovino. — As pessoas não entendem bem, sabia?

— Sem dúvida — eu disse, esperando pacientemente com meu bloco azul e uma caneta. — Pode me falar de Peter Zell?

Gompers toma um gole do gim.

— Não há muito o que dizer. O cara era um atuário nato, isto é certo.

— Um atuário nato?

— É. Eu, por exemplo, comecei no setor atuarial, formado em estatística e tudo. Mas passei para as vendas e, a certa altura, de algum jeito cheguei na gerência e aqui fiquei. — Ele abre as mãos, abrangendo o escritório, e sorri amarelo. — Mas Peter não ia a lugar nenhum. Não quero dizer que isto seja necessariamente ruim, mas ele não ia a lugar nenhum.

Concordo com a cabeça, tomando notas no bloco, enquanto Gompers continua em seu murmúrio apático. Zell, ao que parece, era uma espécie de gênio da matemática atuarial, tinha uma capacidade quase sobrenatural de examinar longas colunas de dados demográficos e chegar a conclusões precisas sobre riscos e prêmios. Também era quase patologicamente tímido, é o que parece: andava por aí de olhos no chão, murmurava "oi" e "estou bem" quando pressionado, sentava-se no fundo da sala nas reuniões da equipe, olhando as próprias mãos.

— E, rapaz, quando aquelas reuniões terminavam, ele sempre era o primeiro a sair pela porta — diz Gompers. — Dava a sensação de que ele era um pouco mais feliz em sua mesa, fazendo seu trabalho com a calculadora e seus fichários de estatísticas, do que era conosco, humanos.

Tomo notas, assentindo como estímulo e empatia para que Gompers continue falando, e penso no quanto começo a gostar desse sujeito, esse Peter Anthony Zell. Gosto de um cara que gosta de fazer o seu trabalho.

— O problema dele, porém, o problema de Zell, é que essa loucura nunca parecia afetá-lo demais. Mesmo no início, até quando tudo isso começou.

Gompers inclina a cabeça para trás, para a janela, para o céu, e estou imaginando que, quando diz "quando tudo isso começou", ele quer dizer o início do verão do ano passado, quando o asteroide entrou seriamente na consciência pública. Foi localizado por cientistas já em abril, mas, naqueles primeiros meses, só apareceu em matérias do tipo Mundo Bizarro, em manchetes divertidas na página do Yahoo!, "A morte do alto?!" e "O céu está caindo!" — esse tipo de coisa. Porém, para a maioria das pessoas, foi no início de junho que a ameaça tornou-se real; quando a probabilidade de impacto aumentou para 5%; quando a circunferência do Maia foi estimada entre 4,5 e 7 quilômetros.

— Então, você se lembra: as pessoas enlouquecendo, chorando em suas mesas. Mas Zell, como eu disse, só ficou de cabeça baixa, fazendo o seu trabalho. Como se pensasse que o asteroide vinha para todo mundo, menos para ele.

— E mais recentemente? Alguma mudança nesse padrão? Depressão?

— Bom... só um minuto. — Ele se interrompe de repente, cobre a boca com a mão, estreita os olhos, como se tentasse enxergar algo nebuloso e distante.

— Sr. Gompers?

— Sim, eu só... Desculpe, estou tentando me lembrar de uma coisa. — Seus olhos se fecham por um segundo, depois se abrem repentinamente e tenho um momento de preocupação pela fidedignidade desta minha testemunha, perguntando-me de quantos copos de gim ele já desfrutou esta manhã. — É que houve um incidente.

— Um incidente?

— Foi. Tínhamos uma garota, Theresa, uma contadora, e ela veio trabalhar no dia do Halloween vestida de asteroide.

— Ah, sim?

— Eu sei. Maluquice, né? — Mas Gompers sorri da lembrança. — Era só um saco de lixo preto e grande com o número dois-zero-um-um-G-V-um, num crachá. A maioria de nós riu, alguns mais do que outros. Mas Zell, do nada, simplesmente *surtou*. Começa a gritar sem parar com a garota, tremendo todo. Foi de dar medo, especialmente porque, como eu disse, normalmente ele era um sujeito sossegado. De qualquer forma, ele pediu desculpas, mas no dia seguinte não apareceu para trabalhar.

— Quanto tempo ele ficou ausente?

— Uma semana? Duas? Pensei que tivesse ido embora para sempre, mas ele voltou, sem dar explicações, e era o mesmo de sempre.

— O mesmo?

— É. Sossegado. Calmo. Concentrado. Trabalhando muito, fazendo o que mandavam. Mesmo quando a atuária secou.

— O... como disse? O quê?

— O setor atuarial. No outono passado, início do inverno paramos inteiramente de emitir apólices. — Ele vê minha expressão indagativa e sorri com severidade. — É o seguinte, detetive: *você* gostaria de comprar um seguro de vida agora?

— Acho que não.

— Isso mesmo — ele diz, funga e termina a bebida. — Acho que não.

As luzes do teto piscam e Gompers olha para cima, resmunga "qual é" e um instante depois elas voltam ao normal.

— Mas então, coloquei Peter fazendo o que todo mundo fazia, que era examinar pedidos, procurar por documentos falsos, reivindicações duvidosas. Parece loucura, mas é no que anda obcecada ultimamente nossa empresa-mãe, a Variegated: prevenção de fraudes. Tudo para proteger o resultado financeiro. Um monte de diretores executivos saiu de bolsos cheios, estão nas Bermudas, ou em Antígua, ou estão construindo bunkers. Mas não o nosso homem. Cá entre nós, o nosso homem pensa que vai comprar sua passagem para o paraíso quando chegar o fim. É essa a impressão que eu tenho.

Eu não ri. Bato a ponta da caneta no bloco, tentando entender todas essas informações, procurando formar mentalmente uma cronologia.

— Acha que posso falar com ela?

— Com quem?

— A mulher que você mencionou. — Olho minhas anotações. — Theresa.

— Ah, ela foi embora há muito tempo, detetive. Agora está em Nova Orleans, segundo creio. — Gompers inclina a cabeça, e sua voz definha a um murmúrio. — Muitos jovens foram para lá. Minha filha inclusive. — Ele volta a olhar pela janela. — Mais alguma coisa que possa lhe dizer?

Olho o bloco azul, tomado de teias com meus garranchos. *E então? O que mais ele pode me dizer?*

— E os amigos? O Sr. Zell tinha algum amigo?

— Hmm... — Gompers tomba a cabeça de lado, projeta o lábio inferior. — Um. Ou melhor, não sei o que ele era, acho que era amigo. Um cara, um cara bem gordo, de braços grandes. Por uma ou duas vezes no verão passado eu vi Zell almoçando com ele, na esquina da Works.

— Um grandalhão, foi o que disse?

— Eu disse um cara bem gordo, com toda certeza. Eu me lembro porque, antes de tudo, nunca se via Peter sair para almoçar. Então isto, em si, era incomum. E, segundo, Peter era baixinho, os dois eram uma visão e tanto, entendeu?

— Soube o nome dele?

— Do gordão? Não. Nem mesmo falei com ele.

Descruzo e volto a cruzar as pernas, tentando pensar nas perguntas certas, pensar nas coisas que devia perguntar, o que mais eu preciso saber.

— Senhor, tem alguma ideia de onde Peter conseguiu os hematomas?

— O quê?

— Debaixo do olho?

— Ah, sim. Sim, ele disse que caiu de uma escada. Umas duas semanas atrás, acho.

— Caiu de uma escada?

— Foi o que ele disse.

— Tudo bem.

Anoto isto, começo a ver os contornos vagos do curso de minha investigação e sinto choques de adrenalina disparando por minha perna direita, fazendo-a quicar um pouquinho, cruzada como está sobre a esquerda.

— Uma última pergunta, Sr. Gompers. Sabe se o Sr. Zell tinha algum inimigo?

Gompers esfrega o queixo com a base da mão, seus olhos entrando aos poucos em foco.

— Inimigos, foi o que disse? Não está pensando que alguém *matou* o cara, está?

— Bom, talvez. Provavelmente não. — Fecho o bloco azul e me levanto. — Posso ver a mesa dele, por favor?

* * *

O agudo choque de adrenalina que disparou por minha perna durante a entrevista de Gompers agora se espalha por meu corpo e ali fica, espalhando-se pelas veias, enchendo-me de um estranho anseio elétrico.

Sou policial, o que sempre quis ser. Por 16 meses fui patrulheiro, trabalhando quase exclusivamente no turno da noite, quase exclusivamente no Setor 1, percorrendo com a viatura a Loudon Road, da Walmart em uma ponta ao elevado na outra. Dezesseis meses patrulhando meu trecho de sete quilômetros, indo e voltando, de oito da manhã às quatro da tarde, interrompendo brigas, separando bêbados, expulsando pedintes e esquizofrênicos do estacionamento do Market Basket.

Eu adorava. Até no verão passado eu adorei, quando as coisas ficaram estranhas, novos tempos, e no outono o trabalho foi ficando cada vez mais difícil e mais estranho, e ainda assim eu adorei.

Desde que me tornei detetive, porém, confunde-me uma sensação indescritível e frustrante, uma insatisfação, um senso de má sorte, de má hora, em que eu tinha o trabalho que queria e esperei por toda minha vida e ele é uma decepção para mim, ou eu sou para ele.

E agora, hoje, enfim esta eletricidade, formigando e se esvaindo em meus pulsos, e penso, puxa vida, deve ser isso. Isso é que é.

* * *

— O que você está procurando mesmo?

É mais uma acusação do que uma pergunta. Viro-me do que faço, isto é, examinar metodicamente as gavetas da mesa de Peter Zell e vejo uma mulher careca de saia lápis preta e blusa branca. É a mulher que vi no McDonald's, aquela que se aproximou da porta da lanchonete e se afastou, misturando-se no estacionamento e saindo de vista. Reconheço sua pele clara e os olhos pretos e fundos, embora naquela manhã ela estivesse com um gorro de lã vermelho vivo e agora esteja sem o gorro, seu couro cabeludo branco e liso refletindo as luzes severas da Merrimack Life and Fire.

— Procuro por provas, senhora. Uma investigação de rotina. Sou o detetive Henry Palace, do Departamento de Polícia de Concord.

— Provas do quê, exatamente? — pergunta ela. O nariz da mulher tem um piercing em uma narina, uma única tacha dourada e discreta. — Gompers disse que Peter se matou.

Não respondo e ela atravessa o resto do caminho a uma salinha sem ventilação e me observa trabalhar. Ela é bonita, esta mulher, miúda, de feições fortes e equilibradas, uns 24, 25 anos. Pergunto-me o que Peter Zell deve ter visto nela.

— Bom — disse ela, depois de mais ou menos trinta segundos. — Gompers disse para ver se você precisa de alguma coisa. Precisa de alguma coisa?

— Não, obrigado.

Ela olha por cima e em volta de mim, meus dedos xeretando pelas gavetas do morto.

— Com licença, o que você disse mesmo que estava procurando?

— Ainda não sei. O curso correto de uma investigação não pode ser determinado antecipadamente. Ele segue cada informação e avança para a seguinte.

— Ah, é? — Quando a jovem ergue as sobrancelhas, cria sulcos delicados na testa. — Parece que está citando um manual didático ou coisa parecida.

— Hmmm. — Mantenho minha expressão neutra. É de fato uma citação direta do *Investigação criminal*, de Farley e Leonard, a introdução do Capítulo 6.

— Na verdade preciso de uma coisa — digo, apontando o monitor de Zell, virado para a parede. — Qual é o problema dos computadores daqui?

— Estamos usando só papel desde novembro. — Ela dá de ombros. — Temos todo um sistema em rede em que nossos arquivos eram partilhados com os escritórios corporativos e os escritórios regionais, mas a rede ficou terrivelmente lenta e irritante, e assim a empresa toda está operando off-line.

— Ah, ok. — Todo o serviço de internet ficou cada vez menos confiável no Merrimack Valley desde o final de janeiro; um ponto de comutação no sul de Vermont foi atacado por uma espécie de coletivo anarquista, sem motivos claros, e não encontraram recursos para consertar.

A mulher está de pé ali, olhando para mim.

— Então, desculpe-me... você é a secretária executiva do Sr. Gompers?

— Por favor — disse ela, revirando os olhos. — Só secretária.

— E qual é o seu nome?

Ela para, por tempo suficiente para que eu perceba que ela sente que, se quiser, pode guardar a informação para si, depois fala.

— Eddes. Naomi Eddes.

Naomi Eddes. Agora percebo que ela não é inteiramente careca, não totalmente. Seu couro cabeludo tem uma penugem suave loura e transparente, parece macia, lisa e é linda, como um carpete elegante para uma casa de bonecas.

— Posso lhe fazer algumas perguntas, Srta. Eddes?

Ela não responde, mas também não sai da sala; fica ali, olhando-me firmemente, enquanto eu continuo. Trabalha aqui há quatro anos. Sim, o Sr. Zell já era funcionário quando ela começou. Não, a Srta. Eddes não o conhecia bem. Ela confirma o retrato geral que Gompers fez da personalidade de Peter Zell: calado, trabalhador, socialmente inadequado, embora use a palavra *mal-adaptado*, que me agrada. Ela se recorda do incidente no Halloween, quando Peter atacou Theresa, da contabilidade, mas não se lembra de nenhuma ausência subsequente de uma semana do escritório.

— Mas, para ser inteiramente franca — diz ela —, não sei se teria percebido que ele não estava aqui. Como já lhe disse, não éramos assim tão próximos. — Sua expressão fica branda e por uma fração de segundo eu poderia jurar que ela contém as lágrimas, mas só por uma fração de segundo, depois sua expressão firme e impassível se recompõe. — Mas ele era muito gentil. Um homem verdadeiramente gentil.

— Você o caracterizaria como deprimido?

— Deprimido? — Ela sorri levemente e com ironia. — Não estamos todos deprimidos, detetive? Sob o peso de toda essa iminência insuportável? Você não está deprimido?

Não respondo, mas gosto de sua expressão, *toda essa iminência insuportável*. Melhor do que a de Gompers, "essa loucura", melhor do que a "almondegona" de McGully.

— E por acaso você percebeu, Srta. Eddes, a que horas o Sr. Zell saiu do trabalho ontem ou com quem?

— Não — disse ela, sua voz baixando meio registro, o queixo pressionando o peito. — Não percebi a que horas ele saiu do trabalho ontem, nem com quem.

Fico desconcertado por um momento e, quando percebo que sua súbita entonação pseudosséria pretendia ser uma provocação a mim, ela continua na voz normal.

— Na verdade eu saí cedo, lá pelas três horas. Ultimamente temos um horário mais relaxado. Mas Peter sem dúvida nenhuma ainda estava aqui quando fui embora. Lembro-me de acenar uma despedida.

Tenho uma imagem mental repentina e nítida de Peter Zell, às três horas da tarde de ontem, vendo a bela e controlada secretária de seu chefe encerrar o dia. Ela lhe dá um aceno amistoso e indiferente, e meu Zell assente, nervoso, recurvado sobre a mesa, empurrando os óculos pela ponte do nariz.

— E agora, se me der licença — diz abruptamente Naomi Eddes —, preciso voltar ao trabalho.

— Claro — digo, assentindo educadamente e pensando, *Eu não lhe pedi para entrar. Não lhe pedi para ficar.* — Ah, Srta. Eddes? Mais uma coisa. O que estava fazendo no McDonald's esta manhã quando o corpo foi encontrado?

Em minha avaliação inexperiente, esta pergunta perturba a Srta. Eddes — ela vira-se para mim e um vestígio de rubor dança por seu rosto —, mas ela se recompõe, sorri e fala.

— O que estava fazendo? Eu vou lá o tempo todo.

— Ao McDonald's da Main Street?

— Quase toda manhã. Claro. Para o café.

— Há muitos lugares mais próximos daqui para tomar café.

— Eles têm um bom café.

— Então, por que não entrou?

— Porque... porque na última hora notei que tinha esquecido minha carteira.

Cruzei os braços e me coloquei em plena altura.

— Isto é verdade, Srta. Eddes?

Ela também cruza os braços, espelha minha postura, ergue os olhos para encontrar os meus.

— É verdade que esta é uma investigação de rotina?

E então eu a vejo se afastar.

* * *

— É do baixinho que você está perguntando, não é mesmo?

— Como disse?

O segurança velho está exatamente onde o deixei, sua cadeira ainda virada para o elevador, como se estivesse petrificado nesta posição, esperando o tempo todo enquanto eu trabalhava no andar de cima.

— O cara que morreu. Você disse que estava investigando um homicídio, lá na Merrimack Life.

— Eu disse que investigava uma morte suspeita.

— Tá legal. Mas é o baixinho? Meio esquisito? De óculos?

— Sim. Seu nome era Peter Zell. O senhor o conhecia?

— Não. Só que eu conhecia todo mundo que trabalhava no prédio, de cumprimentar. Você disse que é policial?

— Detetive.

O rosto coriáceo do velho se contorce por uma fração de segundo no primo triste e distante de um sorriso.

— Eu fui da Força Aérea. Vietnã. Por um tempo, quando voltei para casa, quis ser policial.

— Ei — eu disse, pronunciando por rotina a frase sem nenhum significado que meu pai sempre costumava dizer, diante de algum pessimismo ou resignação. — Nunca é tarde demais.

— Bom. — O segurança tosse rouco, ajeita o quepe amassado. — Mas é.

Um instante se passa no saguão lúgubre, depois o guarda fala.

— Então, ontem à noite, o cara magrela, ele foi apanhado depois do trabalho por alguém com uma picape vermelha e grande.

— Uma picape? A gasolina?

Ninguém tem gasolina, ninguém além da polícia e do exército. A Opep parou de exportar petróleo no início de novembro, os canadenses os acompanharam algumas semanas depois e acabou-se. O Departamento de Energia abriu a reserva estratégica de petróleo em 15 de janeiro, junto com um controle de preços rigoroso, e todos tiveram gasolina por cerca de nove dias, depois não tiveram mais.

— Gasolina, não — diz o guarda. — Óleo de cozinha, pelo cheiro.

Concordo com a cabeça, animado, avanço um passo, aliso o bigode com a base da mão.

— O Sr. Zell entrou na picape de boa vontade ou à força?

— Bom, ninguém o empurrou para dentro, se é isso que quer dizer. E não vi nenhuma arma, nem nada disso.

Pego meu bloco, estalo a caneta.

— Como era a picape?

— Era uma Ford, modelo antigo. Goodyears de 18 polegadas, sem correntes. Soltando fumaça de trás, sabe, aquela fumaça desagradável de óleo vegetal.

— Tudo bem. Pegou a placa?

— Não peguei.

— E deu uma olhada no motorista?

— Não. Não sabia que teria motivo para isso. — O velho pisca, achando graça, segundo penso, de meu entusiasmo. — Mas era um sujeito grandão. Disso tenho certeza. Do tipo parrudo.

Estou assentindo, escrevendo rapidamente.

— E tem certeza de que era uma picape vermelha?

— Era. Uma picape vermelha de carroceria média com caçamba padrão. E tinha uma bandeira grande pintada do lado do motorista.

— Que bandeira?

— Que bandeira? Dos Estados Unidos — diz ele desconfiado, como se não quisesse reconhecer a existência de nenhum outro tipo.

Tomo notas rapidamente por um minuto, cada vez mais acelerado, a caneta raspando no silêncio do saguão, o velho me olhando distraidamente, a cabeça virada de lado, os olhos distantes, como se eu fosse algo em uma vitrine de museu. Em seguida agradeço a ele, guardo o bloco azul e a caneta e vou para a calçada, a neve caindo nos tijolos aparentes e no arenito do centro da cidade, e fico parado ali por um segundo vendo tudo em minha cabeça, como um filme: o homem tímido e desajeitado no terno marrom amarrotado, subindo no banco do carona de uma picape vermelha movida a um motor convertido, partindo para as últimas horas de sua vida.

3.

Quando tinha uns 12 anos, eu costumava ter o mesmo sonho uma ou duas vezes por semana.

O sonho mostrava a figura imponente de Ryan J. Ordler, o antigo chefe do Departamento de Polícia de Concord, já na época antigo, que na vida real eu via todo verão no Piquenique de Famílias e Amigos, onde ele mexia sem jeito no meu cabelo e me jogava uma moeda de cinco cents, como fazia com todas as crianças presentes. No sonho, Ordler está em posição de sentido, de uniforme completo, segurando uma Bíblia, em que coloco a mão direita, com a palma virada para baixo, e repito o que ele diz, jurando fazer cumprir e manter a lei, depois me entrega solenemente minha arma, meu distintivo, eu o saúdo, ele me saúda e a música cresce — tem música no sonho — e eu me torno detetive.

Na vida real, numa manhã brutalmente fria do final do ano passado, voltei à central de polícia às nove e meia da manhã depois de uma longa noite patrulhando o Setor 1 e encontrei um bilhete manuscrito em meu armário instruindo-me a procurar a sala da subchefe de Administração. Parei na sala de descanso, joguei uma água na cara e subi a escada de dois em dois degraus. A subchefe de Administração na época era a tenente Irina Paul, que estava no posto havia pouco mais de seis semanas, depois da partida repentina do tenente Irvin Moss.

— Bom dia, senhora — digo. — Precisa de alguma coisa?

— Preciso — diz a tenente Paul, erguendo os olhos e voltando ao que está diante dela, um grosso fichário preto com as palavras Departamento de Justiça dos EUA em estêncil na lateral. — Me dê um segundo, policial.

— Claro. — Olho em volta e há outra voz, grave e retumbante, do outro lado da sala: "Filho."

É o chefe Ordler, de uniforme mas sem gravata, com o colarinho aberto, encoberto na semiescuridão da única janela da sala pequena, de braços cruzados, um robusto carvalho em forma de gente. Sou tomado por uma onda de temor, minha coluna fica reta e eu digo, "Bom dia, senhor".

— Muito bem, meu jovem — diz a tenente Paul, e o chefe assente minimamente, com gentileza, tombando a cabeça para a subchefe, informando-me que preste atenção. — Vejamos. Você se envolveu em um incidente duas noites atrás, no porão.

— O que é... ah.

Meu rosto fica vermelho e começo a me explicar:

— Um dos novos... dos mais novos, eu devo dizer... — eu só estava na força havia 16 meses — ... um dos mais novos trouxe um suspeito para prisão preventiva segundo o Título XVI. Um vagabundo. Um indivíduo sem-teto, quero dizer.

— Muito bem — disse Paul, e vejo que ela tem um relatório do incidente diante de si e não estou gostando nada disso. Então começo a transpirar na sala fria.

— E ele, o policial novato, estava maltratando verbalmente o suspeito, de uma forma que senti ser inadequada e contrária às diretrizes do departamento.

— E você achou por bem intervir. Para, vejamos — ela baixa os olhos novamente à mesa, vira o papel cor-de-rosa claro do relatório —, para recitar a lei relevante de uma forma agressiva e ameaçadora.

— Não sei se eu caracterizaria desta maneira. — Olho o chefe, mas ele está olhando a tenente Paul, o show é dela.

— É que por acaso eu conheço o cavalheiro... desculpe, eu deveria dizer o suspeito. Duane Shepherd, homem, caucasiano, 55 anos. — O olhar de Paul, inabalável mas distante, desinteressado, deixa-me atrapalhado, assim como a presença silenciosa do chefe. — O Sr. Shepherd era meu líder dos escoteiros quando eu era criança. E ele trabalhava como eletricista-chefe em Penacook, mas imagino que passou por dificuldades. Com a recessão.

— Oficialmente — diz Paul em voz baixa —, acredito que seja uma depressão.

— Sim, senhora.

A tenente Paul baixa de novo os olhos para o relatório do incidente. Ela parece exausta.

Esta conversa acontece no início de dezembro, no auge dos meses frios da incerteza. Em 17 de setembro, o asteroide entrou em conjunção, chegou perto demais do Sol para ser observado, perto demais para que fizessem novas leituras. Assim as probabilidades, que estiveram crescendo firmemente desde abril — uma chance de 3% de impacto, 10%, 15 —, saltaram, no final do outono e início do inverno, para 53%. A economia mundial foi de mal a pior, muito pior. Em 12 de outubro, o presidente julgou adequado assinar a primeira rodada da legislação IPSS, autorizando um influxo de verba federal aos órgãos policiais estaduais e locais. Em Concord, isto significava que todos os garotos, mais novos do que eu, alguns recém-saídos do ensino médio, todos passaram às pressas por uma espécie de campo de treinamento travestido de academia de polícia. Em particular, McConnell e eu os chamávamos de Escovinhas, porque todos pareciam ter o mesmo corte de cabelo, a mesma cara de criança e olhos frios e arrogantes.

O problema com o Sr. Shepherd era que não havia sido minha primeira altercação com os novos colegas.

O chefe dá um pigarro e Paul se recosta, feliz por deixá-lo assumir.

— Escute, filho. Não há uma só pessoa neste prédio que não queira você aqui. Ficamos orgulhosos de recebê-lo na divisão de patrulha e, se não fosse pela atual circunstância incomum...

— Senhor, eu fui o primeiro da turma na academia — digo, ciente de falar alto e ter interrompido o chefe Ordler, mas sem poder parar, eu continuo. — Tenho um histórico de presença perfeito, zero violação, zero queixa de cidadãos pré e pós-Maia.

— Henry — diz o chefe com gentileza.

— Tenho a confiança implícita, creio eu, do Comando da Guarda.

— Meu jovem — diz a tenente Paul incisivamente e levanta a mão. — Creio que você entendeu mal a situação.

— Senhora?

— Não é uma demissão, Palace. É uma promoção.

O chefe Ordler avança um passo para uma lasca de sol que entra pela janela pequena.

— Nós pensamos, em vista das circunstâncias e de seus talentos particulares, que seja melhor você ir para o andar de cima.

Fico boquiaberto para ele. Atrapalho-me e recupero a capacidade de falar.

— Mas o regulamento do departamento diz que um policial deve passar dois anos e seis meses em patrulha antes de estar apto ao serviço na unidade de detetives.

— Vamos deixar esta exigência — explica Paul, fechando o relatório do incidente e jogando na lixeira. — Penso que também não nos daremos ao trabalho de reclassificar seu plano de aposentadoria, por enquanto.

Isso é uma piada, mas eu não rio; só o que consigo fazer é ficar reto. Tento me orientar, procuro compor palavras, pensando em *novos tempos* e pensando em *um lugar lá em cima* e pensando *não é assim que isto acontece no sonho*.

— Muito bem, Henry — diz docemente o chefe Ordler. — Este é o fim da reunião.

* * *

Mais tarde fico sabendo que é a vaga do detetive Harvey Telson que estou preenchendo, tendo Telson pedido aposentadoria antecipada, "chutou o balde", como fizeram muitos outros em dezembro, indo fazer as coisas que sempre quiseram: acelerar em carros de corrida, experimentar inclinações amorosas ou sexuais há muito reprimidas, localizar aquele antigo valentão e lhe dar um murro na cara. O detetive Telson, por acaso, sempre quis fazer iatismo. Tipo disputar a America's Cup. Uma saída de sorte para mim.

Vinte e seis dias depois da reunião na sala da subchefe, dois dias depois de o asteroide ter saído da conjunção com o Sol, a tenente Paul saiu da força e se mudou para Las Vegas para ficar com os filhos adultos.

Não tenho mais o sonho, aquele em que Ordler coloca minha mão sobre a Bíblia e me torna detetive. Em vez disso, há outro sonho que venho tendo com muita frequência.

* * *

Como diz Dotseth, os celulares estão ficando imprevisíveis. Digitamos o número, esperamos, às vezes conseguimos, às vezes não. Muita gente está convencida de que o Maia está alterando o campo gravitacional da Terra, nossos magnetos, íons ou algo assim, mas é claro que o asteroide, ainda a 450 milhões de quilômetros de distância, não tem esse efeito sobre o serviço dos celulares mais do que sobre o clima. O policial Wilentz, nosso cara da tecnologia, explicou para mim uma vez: o serviço de celular é fatiado em setores — células — e, basicamente, os setores estão caindo, as células morrem, uma por uma. As empresas de telecomunicações estão perdendo pessoal de serviço porque não conseguem pagar, porque ninguém paga suas contas; perdem os executivos que chutam o balde; perdem postes telefônicos pelos danos irreparáveis provocados por tempestades e estão perdendo longas extensões de fios para vândalos e ladrões. Assim, as células estão morrendo. Quanto às outras coisas, os smartphones, aplicativos e dispositivos, pode esquecer.

Uma das cinco maiores transportadoras anunciou na semana passada que começou a reduzir as operações, descrevendo este fato em um anúncio de jornal como um ato de generosidade, um "presente do tempo" aos 355 mil funcionários da empresa e seus familiares, e avisando aos clientes que esperem a completa suspensão do serviço nos próximos dois meses. Três dias atrás, o *New York Times* de Culverson trazia o Departamento de Comércio prevendo o colapso completo da telefonia no final da primavera, o governo supostamente traçando um plano para nacionalizar o setor.

— O que significa — observou McGully, às gargalhadas — o colapso completo no início da primavera.

Às vezes, quando percebo que tem um sinal forte, dou um telefonema rápido, só para não desperdiçar.

— Ah, cara. Cara, ah, cara, mas o que *você* quer?

— Boa tarde, Sr. France. Aqui é o detetive Henry Palace, do Departamento de Polícia de Concord.

— Sei que é você, tá legal? Eu sei que é.

Victor France parece irritado, agitado; ele sempre está assim. Estou sentado no Impala na frente do Rollins Park, a duas quadras de onde morava Peter Zell.

— O que é isso, Sr. France. Vamos com calma.

— Não quero ir com calma, tá legal? Eu te odeio de morte. Odeio quando você me telefona, tá legal? — Seguro o telefone a uns cinco centímetros de minha orelha enquanto os rosnados desordenados de France vertem do fone. — Estou tentando tocar minha vida aqui, cara. É uma coisa assim tão terrível e horrorosa, eu só tocar minha vida?

Posso imaginá-lo, o gângster magnífico: alças de corrente caindo dos jeans pretos, anel de caveira e ossos cruzados no dedo mínimo, pulsos e braços magrelas tomados de vários tipos de serpentes tatuadas. A cara com olhos de rato retorcida de afronta melodramática, tendo de atender ao telefone, receber ordens de um policial convencido e cabeça-dura como eu. Mas, veja bem, quer dizer, é isso que se consegue por ser traficante de drogas e além de tudo por ser apanhado neste momento crítico da história americana. Victor pode não saber de cor todo o texto da IPSS, a Lei de Estabilização e Segurança de Preparação para o Impacto, mas ele entende o essencial.

— Não preciso de muita ajuda hoje, Sr. France. Só um projetinho de pesquisa, só isso.

France solta um último "ah, cara, ah, cara" exasperado e muda de ideia, como eu sabia que faria.

— Tudo bem, tá legal. Tudo bem, o que é?

— Você entende um pouco de carros, não é?

— Sim, claro. Vai querer me dizer, detetive, que está me ligando para encher seus pneus?

— Não, obrigado. Nas últimas semanas, as pessoas começaram a converter os carros em motores a óleo vegetal.

— Tá de sacanagem. Não viu o preço da gasolina ultimamente? — Ele dá um pigarro ruidoso e cospe.

— Estou tentando descobrir quem fez uma conversão dessas. É uma picape vermelha de tamanho médio, uma Ford. Bandeira americana pintada na lateral. Acha que pode cuidar disso?

— Talvez. E se eu não puder?

Não respondo. Não preciso. France sabe a resposta.

Um dos efeitos mais impressionantes do asteroide, da perspectiva da força policial, tem sido o aumento resultante no uso de drogas e nos crimes ligados a drogas, com uma demanda estratosférica por cada categoria de narcóticos, opioides, Ecstasy, metanfetamina, cocaína em todas as suas variedades. Nas cidades pequenas, em subúrbios disciplinados, comunidades rurais, em toda parte — até em cidades de porte médio como Concord, que nunca viveu graves crimes com entorpecentes no passado. O governo federal, depois de atacar o problema aqui e ali no verão e no outono, no final do ano passado decidiu-se por uma firme e inflexível postura de imposição da lei. A Lei IPSS incorporou provisões retirando o direito de habeas corpus e outras proteções processuais de qualquer um acusado de importar, produzir, cultivar ou distribuir todos os tipos de substâncias controladas.

Essas medidas foram consideradas necessárias "no interesse do controle da violência, da promoção da estabilidade e do estímulo de atividade econômica produtiva no tempo que resta antes do impacto".

Eu mesmo conheço o texto completo da legislação.

O carro está desligado e os limpadores parados, e vejo globos cinzentos de neve se acumulando no declive irregular do para-brisa.

— Tá legal, cara, tá legal — diz ele. — Vou descobrir quem mexeu nessa picape. Me dá uma semana.

— Bem que eu queria, Victor. Te ligo amanhã.

— Amanhã? — Ele solta um suspiro teatral. — Babaca.

A ironia é que a maconha é a única exceção. O uso de marijuana foi descriminalizado em um esforço até agora infrutífero de desencorajar a demanda por drogas mais pesadas e mais desestabilizadoras da sociedade. E a quantidade de marijuana que encontrei na pessoa de Victor France foi de 5 gramas, pequena para ser de uso pessoal, só que descobri que ele tentava vendê-la a mim enquanto eu ia para casa a pé, saindo do Somerset Diner, em uma tarde de sábado. Fazer ou não uma prisão, nestas circunstâncias ambíguas, é de critério do policial e decidi, no caso de France, não exercer este juízo — sob condições.

Eu poderia trancafiar Victor France por seis meses segundo o Título VI e ele sabe disso. Por fim ele solta um ruído longo e agitado, um suspiro repleto de irritação.

Seis meses é uma parada dura, quando é todo o tempo que lhe resta.

— Sabe de uma coisa, muitos policiais estão saindo — diz France. — Se mudando para a Jamaica e por aí. Já pensou nisso, Palace?

— Falarei com você amanhã.

Desligo e ponho o telefone no porta-luvas, dando a partida no carro.

Ninguém tem certeza — mesmo nós, que lemos a lei de oitocentas páginas do início ao fim, marcando e sublinhando, que fizemos o máximo para nos manter atualizados com as várias emendas e cláusulas adicionais — ninguém está inteiramente certo do que são exatamente as seções sobre a "preparação" da IPSS. McGully costumava dizer em algum momento, lá pelo final de setembro, que eles começariam a distribuir guarda-chuvas.

* * *

— Oi?
— Ah... Desculpe. É da... da Belknap and Rose?
— É.
— Tenho um pedido para você.
— Não fique muito esperançoso. Não sobrou muita coisa por aqui. Fomos saqueados duas vezes e nossos vendedores estão basicamente desaparecidos. Se quiser ver o que sobrou, eu fico aqui na maioria dos dias.

— Não, desculpe-me, sou o detetive Henry Palace, do Departamento de Polícia de Concord. Tem cópias de seus recibos de venda dos últimos três meses?

— Como é?

— Se tiver, será que eu poderia ir aí para ver? Procuro pelo comprador de um cinto com etiqueta da loja, preto, tamanho GGG.

— Isso é alguma brincadeira?

— Não, senhor.

— Quer dizer, você está brincando?

— Não, senhor.

— Tudo bem, amigo.

— Estou investigando uma morte suspeita, e a informação pode ser fundamental.

— *Tuuuuudo* bem, amigo.

— Alô?

* * *

A casa de Peter Zell, no número 14 da Matthew Street Extension, é uma construção nova e barata, com apenas quatro cômodos pequenos: sala de estar e cozinha no primeiro andar, quarto e banheiro no segundo. Demoro-me à soleira, recordando-me do texto relevante do *Investigação criminal* que aconselha trabalhar lentamente, dividir a casa numa grade, examinar um quadrante de cada vez. Depois o pensamento em Farley e Leonard — minha dependência reflexa deles — lembra-me de Naomi Eddes: *parece que você está citando um manual didático ou coisa parecida.* Livro-me da ideia, passo a mão no bigode e entro.

— Muito bem, Sr. Zell — digo à casa vazia. — Vamos dar uma olhada.

O primeiro quadrante me dá pouco de valor com que trabalhar. Um carpete bege e fino, uma antiga mesa de centro com manchas de copo. Uma TV pequena, de tela plana, porém funcionando, fios serpenteando de um aparelho de DVD, um vaso de crisântemos que se revelaram, num exame mais atento, feitos de tecido e arame.

A maior parte da estante de Zell é dedicada a seus interesses profissionais: matemática, matemática avançada, proporções e probabilidades, um grosso volume de história da contabilidade atuarial, fichários do Departamento de Estatísticas do Trabalho e do Instituto Nacional de Saúde. Ele tem também uma única prateleira onde ficam todas as coisas pessoais, como que de quarentena, todas as fantasias e ficção científica de nerd, o seriado completo de *Battlestar Galactica*, manuais antigos de Dungeons & Dragons, um livro sobre as bases mitológicas e filosóficas de *Guerra nas estrelas*. Uma pequena armada em miniatura de naves espaciais está pendurada por fios na porta da cozinha e eu me abaixo para evitá-la.

Na despensa, estão nove caixas de cereais, arrumadas cuidadosamente em ordem alfabética: Alpha-Bits, Cap'n Crunch, Cheerios e assim por diante. Há um único espaço na fila arrumada, como um dente faltando, entre os Frosted Flakes e os Golden Grahams, e minha mente automaticamente preenche a caixa que falta: Fruity Pebbles. Um grão cor-de-rosa errante confirma minha hipótese.

— Gosto de você, Peter Zell — digo, fechando com cuidado a porta da despensa. — De você, eu gosto.

Também na cozinha, em uma gaveta que estaria vazia ao lado da pia, há um bloco de papel branco com algo na primeira folha que diz, *Querida Sophia*.

Meu coração perde uma batida, respiro e pego o bloco, viro, folheio as páginas, mas é só o que tem ali, uma folha de papel com duas palavras, *Querida Sophia*. A letra é precisa, cuidadosa e dá para saber, dá para sentir que este não era um bilhete casual que Zell escrevia, mas um documento importante ou assim pretendia ser.

Digo a mim mesmo para continuar calmo, porque afinal talvez isto não seja nada, embora minha mente esteja inflamada, pensando que se não for o começo abortado de um bilhete de suicida é sem dúvida nenhuma *alguma coisa*.

Coloco o bloco no bolso de meu paletó e subo a escada pensando: quem é Sophia?

O quarto é parecido com a sala de estar, estéril e sem enfeites, a cama arrumada de qualquer jeito. Uma única gravura emoldurada pendurada acima da cama, uma foto autografada do filme original *Planeta dos macacos*. No armário estão pendurados três ternos, todos em tons opacos de marrom, e dois cintos marrons puídos. Em uma pequena mesa de cabeceira de madeira lascada ao lado da cama, na segunda gaveta, há uma caixa de sapatos, bem fechada com fita adesiva, com o número 12,375 escrito por fora na mesma letra precisa.

— Doze vírgula três sete cinco — murmuro. E depois: — O que é isso?

Coloco a caixa de sapatos embaixo do braço e me levanto, dando uma olhada na única fotografia no quarto: um pequeno impresso num porta-retratos barato, a foto escolar de um menino, de 10 ou 11 anos, o cabelo amarelado e fino esvoaçado, o sorriso bobalhão. Tiro a foto do porta-retratos e a viro, encontrando uma caligrafia cuidadosa no verso. *Kyle, 10 de fevereiro*. Do ano passado. Antes.

Uso o rádio para recrutar Trish McConnell.

— Oi — digo —, sou eu. Conseguiu localizar a família da vítima?

— Sim, consegui.

A mãe de Zell morreu, enterrada aqui em Concord, no alto de Blossom Hill. O pai mora num asilo chamado Pleasant View, sofrendo das primeiras fases de demência senil. A pessoa a quem McConnell deu a má notícia é a irmã mais velha de Peter, que trabalha como parteira em uma clínica particular perto do Hospital Concord. Casada, um filho. Seu nome é Sophia.

* * *

Ao sair, paro mais uma vez na entrada da casa de Peter Zell, carregando sem jeito a caixa de sapatos, a fotografia e o bloco branco, sentindo o peso do caso e comparando-o com uma antiga lembrança: um policial na porta da casa de minha infância na Rockland Road, sem quepe e sério, chamando "Tem alguém em casa?", no escuro matinal.

Eu, no alto da escada, com uma camisa dos Red Sox, ou talvez fosse a camisa do pijama, pensando que minha irmã ainda devia estar dormindo, ou assim eu esperava. Eu tinha uma boa ideia do que o policial veio dizer.

* * *

— Deixe-me adivinhar, detetive — diz Denny Dotseth —, temos outro 10-54S.

— Na verdade não é outro. Eu queria falar com você sobre Peter Zell.

Ando tranquilo com meu Impala pela Broadway, as mãos em dez para as duas. Há um novo policial do estado de New Hampshire estacionado na Broadway com a Stone, de motor ligado, as luzes azuis rodando lentamente no teto, uma metralhadora agarrada na mão. Cumprimento de leve com a cabeça, levanto dois dedos do volante e ele responde assentindo.

— Quem é Peter Zell? — diz Dotseth.

— O homem desta manhã, senhor.

— Ah, sim. Ei, soube que determinaram o grande dia? Quando vamos saber onde o asteroide vai cair. Em 9 de abril.

— É. Eu soube.

Dotseth, como McGully, gosta de se atualizar sobre cada detalhe revelado de nossa catástrofe global. Na última cena de suicídio, não o de Zell, mas outro antes deste, ele falou animadamente por dez minutos sobre a guerra no Chifre da África, o exército etíope invadindo a Eritreia para vingar as antigas mágoas no tempo que lhes resta.

— Achei que tinha sentido informar a você o que eu soube até agora — digo. — Sei de sua impressão desta manhã, mas acho que este pode ser um homicídio, sinceramente penso assim.

Dotseth resmunga, "É um fato?", eu interpreto como um vá em frente e relato o que sinto do caso até agora: o incidente na Merrimack Life and Fire, no Halloween. A picape vermelha, queimando óleo vegetal, que pegou a vítima na noite de sua morte. Meu pressentimento sobre o cinto da Belknap and Rose.

Tudo isso o subprocurador-geral recebe com um monótono "interessante", depois suspira e fala.

— E um bilhete?

— Hmm, não. Não tem bilhete, senhor.

Decido não contar do *Querida Sophia*, porque tenho quase certeza do que ele é, *não é* um bilhete de suicídio abortado

— mas Dotseth vai pensar que sim, dirá: "Lá vai você, meu rapaz, dando murro em ponta de faca." O que ele claramente pensa que estou fazendo, de qualquer modo.

— Você está se agarrando à palha — é o que ele diz. — Não vai entregar este caso a Fenton, vai?

— Na realidade, vou. Já entreguei. Por quê?

Há uma pausa, depois um riso baixo.

— Ah, por nada.

— Que foi?

— Olha, garoto. Se você pensa realmente que pode formar um caso, é claro que vou dar uma olhada. Mas não se esqueça do contexto. As pessoas estão se matando para todo lado, sabia? Para alguém como o camarada que você está descrevendo, alguém sem muitos amigos, sem nenhum sistema real de apoio, há um forte incentivo social a se juntar à manada.

Fico de boca fechada, continuo dirigindo, mas esta linha de raciocínio não me agrada. *Ele fez isso porque todo mundo está fazendo?* Parece que Dotseth acusa a vítima de alguma coisa: covardia, talvez, ou simples capricho, certo caráter fraco. E isto, se de fato Peter Zell *foi* assassinado, assassinado e arrastado para um McDonald's e largado naquele banheiro feito uma posta de carne, só piora o que já é ruim.

— Vou te dizer uma coisa — fala Dotseth cordialmente. — Vamos chamar de tentativa de homicídio.

— Como disse, senhor?

— É um suicídio, mas você está tentando transformá-lo em homicídio. Tenha um bom dia, detetive.

* * *

Dirigindo pela School Street, há uma sorveteria de estilo antigo no lado sul da rua, bem quando se passa pela YMCA, e hoje parece que os negócios estão animados, com ou sem neve, com ou sem controle de preços dos laticínios. Há um casal jovem e bonito, talvez no início dos trinta anos, eles acabaram de sair com suas casquinhas coloridas. A mulher me dá um leve aceno hesitante de simpatia a um policial e eu aceno também, mas o homem me olha vagamente e sem sorrir.

As pessoas na rua principal estão simplesmente andando. Vão trabalhar, sentar-se a suas mesas, na esperança de que a empresa ainda esteja de pé na segunda-feira. Vão para o mercado, empurram o carrinho, na esperança de que exista comida nas prateleiras hoje. Encontram seus amados na hora do almoço para tomar sorvete. Tudo bem, claro, algumas decidiram se matar e algumas decidiram chutar o balde, algumas estão apelando para as drogas ou "andando por aí com o pau de fora", como gosta de dizer McGully.

Mas muitos que chutaram o balde voltaram, decepcionados, e um monte de criminosos recentes que buscavam o prazer louco se viram na cadeia, esperando por outubro numa solidão apavorada.

Então, é verdade, existem diferenças no comportamento, mas elas são marginais. A principal diferença, da perspectiva policial, é mais atmosférica, mais difícil de definir. Eu caracterizaria o estado de espírito nesta cidade como de uma criança que ainda não se meteu em problemas, mas sabe que se meterá. Ela está acordada no quarto, aguardando, "Espere só até seu pai chegar em casa". Está emburrada e rabugenta, está tensa. Confusa, triste, tremendo por saber o que virá e bem à beira da violência, não com raiva, mas ansiosa de um jeito que pode facilmente matizar para a raiva.

Esta é Concord. Não posso falar do estado de espírito do resto do mundo, mas temos muito disso por aqui.

* * *

Estou de volta a minha mesa na School Street, de volta à Unidade de Crimes de Adultos, corto cuidadosamente a fita adesiva que prende a tampa da caixa de sapatos e pela segunda vez desde que eu a conheci ouço a voz de Naomi Eddes — de pé ali, de braços cruzados, olhando-me fixamente, *Mas o que você está procurando mesmo?*

— Isto — eu digo, quando tenho a tampa fora da caixa e olho seu interior. — É isto que estou procurando.

A caixa de sapatos de Peter Zell contém centenas de artigos de jornal, páginas de revistas e itens impressos da internet, todos relacionados com o Maia e seu impacto iminente com a Terra. Tiro o primeiro dos artigos do alto da pilha. É de 2 de abril do ano passado, uma nota da Associated Press sobre o Observatório Palomar da Caltech e o objeto incomum mas quase certamente inofensivo que os cientistas de lá localizaram, acrescentado à lista de asteroides potencialmente perigosos do Minor Planet Center. O autor conclui a nota observando secamente que "qualquer que seja seu tamanho ou composição, a probabilidade de impacto deste novo objeto misterioso com a Terra é estimada em 0,000047%, o que significa uma probabilidade de 1 em 2.128.000". Zell, observo, circulou cuidadosamente os dois números.

O item seguinte na caixa de sapatos é um informe da agência Thomson Reuters de dois dias depois, com a manchete "O maior objeto espacial recém-descoberto em décadas", mas a matéria em si é bem comum, um único parágrafo, sem citações. Estima o tamanho do objeto — naqueles primeiros dias ainda se referiam a ele por sua designação astronômica $2011GV_1$ — "entre o maior localizado por astrônomos em algumas décadas, possivelmente atingindo 3 quilômetros de diâmetro". Zell circulou essa estimativa também, levemente, a lápis.

Continuo lendo, fascinado com esta cápsula temporal macabra, revivendo o passado recente da perspectiva de Peter Zell. Em cada matéria, ele circulou ou sublinhou números: as estimativas cada vez maiores do tamanho de Maia, seu ângulo no céu, sua ascensão reta e declinação, a probabilidade de impacto à medida que aumentava, a cada semana, a cada mês. Ele desenhou quadrados em torno de cada valor em dólar e porcentagem de perda nas ações em um levantamento do início de julho do *Financial Times* sobre as medidas emergenciais desesperadas do Fed, do Banco Central Europeu e do Fundo Monetário Internacional. Há também artigos sobre o lado político: brigas no legislativo, leis emergenciais, a lentidão burocrática do Departamento de Justiça, o reembolso do FDIC.

Estou imaginando Zell, tarde da noite, toda noite, em sua mesa barata da cozinha, comendo cereais, os óculos ao alcance da mão, marcando esses recortes e impressos com seu lápis mecânico, considerando cada detalhe revelado da calamidade.

Pego um recorte da *Scientific American* datado de 3 de setembro, perguntando em grandes caracteres em negrito, "Como é possível que não soubéssemos?" A resposta curta, que já sei, que agora todo mundo sabe, é que a órbita elíptica incomum do $2011GV_1$ só se aproxima o suficiente para ficar visível da Terra uma vez a cada 75 anos, e 75 anos atrás não estávamos olhando, não tínhamos programa para localizar e rastrear asteroides próximos da Terra. Zell circulou "75" sempre que ele aparecia; circulou 1 em 265 milhões, a probabilidade agora controvertida de existência de tal objeto; circulou 6,5 quilômetros, na época a determinação do verdadeiro diâmetro de Maia.

O resto do artigo na *Scientific American* se complica: astrofísica, periélios e afélios, média orbital e valores de elongação. Minha cabeça roda ao ler tudo isso, meus olhos doem, mas Zell claramente leu cada palavra, anotou claramente cada página, fez cálculos vertiginosos nas margens, com setas apontando e saindo de estatísticas circuladas, números e valores astronômicos.

Com cuidado, recoloco a tampa na caixa e olho pela janela.

Ponho a longa palma da mão por cima da caixa, olho de novo o número em sua lateral, escrito firmemente em pincel atômico preto: 12,375.

Sinto de novo — algo — não sei o quê. Mas é alguma coisa.

* * *

— Posso falar com Sophia Littlejohn? Aqui é o detetive Henry Palace do Departamento de Polícia de Concord.

Há uma pausa e vem uma voz de mulher, educada, porém hesitante.

— É ela. Mas acho que seu pessoal fez alguma confusão. Já falei com alguém. Quer dizer... você está ligando sobre o meu irmão, não é? Telefonaram hoje, mais cedo. Meu marido e eu falamos com uma policial.

— Sim, senhora. Eu sei.

Estou ao telefone fixo, na central de polícia. Avalio Sophia Littlejohn, imaginando-a, pintando um retrato dela pelo que sei e pelo tom de sua voz: alerta, profissional, compassiva.

— A policial McConnell lhe deu as más notícias. Lamento muito incomodá-la de novo. Como disse, sou detetive e só tenho algumas perguntas.

Enquanto falo, tomo consciência de um desagradável barulho de vômito; em algum lugar do outro lado da sala está McGully, com o cachecol preto dos Boston Bruins enrolado na cabeça em um falso nó corrediço, fazendo "erc-erc". Viro-me, curvo-me sobre a cadeira, segurando o fone bem perto do ouvido.

— Agradeço por sua solidariedade, detetive — está falando a irmã de Zell. — Mas sinceramente não sei mais o que dizer a vocês. Peter se matou. É horrível. Não éramos assim tão próximos.

Primeiro Gompers. Depois Naomi Eddes. E agora a própria irmã do sujeito. Peter Zell certamente tinha muita gente em sua vida de quem ele não era assim tão próximo.

— Senhora, preciso perguntar se há algum motivo para que seu irmão lhe escrevesse uma carta. Algum bilhete, dirigido à senhora?

Do outro lado da linha, um longo silêncio.

— Não — diz enfim Sophia Littlejohn. — Não, nem imagino.

Deixo isso se prolongar por um momento, ouço sua respiração e falo.

— Tem certeza de que não sabe?

— Sim, tenho. Tenho certeza. Detetive, desculpe-me, não tenho tempo para conversar agora.

Estou inclinado ao máximo para a frente em minha cadeira. O radiador faz um barulho metálico em seu canto.

— E que tal amanhã?

— Amanhã?

— Sim. Desculpe, mas é muito importante que conversemos.

— Está bem — diz ela, depois de outra pausa. — Claro. Pode vir a minha casa pela manhã?

— Posso.

— Bem cedo? Às sete e quarenta e cinco?

— Pode ser a qualquer hora. Sete e quarenta e cinco está ótimo. Obrigado.

Há uma pausa e olho o telefone, perguntando-me se ela desligou ou se agora também há problemas com as linhas fixas. McGully mexe no meu cabelo ao sair, com a bolsa de boliche balançando-se na outra mão.

— Eu o amava — diz Sophia Littlejohn de repente, em voz baixa mas intensa. — Ele era meu irmão mais novo. Eu o amava muito.

— Tenho certeza disso, senhora.

Pego o endereço, desligo e fico sentado por um segundo olhando pela janela, onde chuva e neve continuam caindo.

— Ei. Ei, Palace?

O detetive Andreas está arriado na cadeira do outro lado da sala, metido no escuro. Eu nem sabia que ele estava ali.

— Como vai, Henry? — Sua voz era monótona e vazia.

— Ótimo. E você? — Penso naquela pausa cintilante, aquele momento que se estendeu, desejando ter estado na cabeça de Sophia Littlejohn enquanto ela revirava todos os motivos para que o irmão tivesse escrito *Querida Sophia* numa folha de papel.

— Eu estou bem — diz Andreas. — Estou bem.

Ele me sorri duro e penso que a conversa acabou, mas não é assim.

— Preciso te falar, cara — murmura Andreas, balançando a cabeça, olhando para mim. — Não sei como você faz isso.

— Como faço o quê?

Mas ele se limita a me olhar, sem dizer mais nada, e de onde estou, sentado do outro lado da sala, parece que há lágrimas em seus olhos, grandes poças de água parada. Viro o rosto, volto à janela, sem saber o que dizer ao homem. Não tenho a menor ideia.

4.

Um barulho alto e terrível enche o meu quarto, uma explosão estridente e violenta precipitando-se no escuro. Fico sentado reto e grito. É ele, eu não estou preparado, meu coração explode no peito porque ele está aqui, é cedo, está acontecendo agora.

Mas é só o meu telefone. O barulho estridente e horrendo é só a linha fixa. Estou transpirando, minha mão agarrada no peito, tremendo em meu colchão fino no chão que eu chamo de cama.

É só a droga do meu telefone.

— Sim. Alô?

— Hank? O que está fazendo?

— O que estou fazendo? — Olho o relógio. São quinze para as cinco da manhã. — Estou dormindo. Eu estava sonhando.

— Desculpe. Me desculpe. Mas preciso de sua ajuda, preciso muito, Henny.

Respiro fundo, o suor esfriando na testa, meu choque e confusão rapidamente desmanchando-se na irritação. É claro. Minha irmã é a única pessoa que me telefonaria às cinco horas da madrugada e ela também é a única pessoa que ainda me chama de Henny, um apelido infeliz de infância. Parece um comediante de vaudeville ou um passarinho atrapalhado.

— Onde você está, Nico? — pergunto, minha voz grosseira de sono. — Está tudo bem?

— Em casa. Estou surtando. — Em casa significa a casa onde fomos criados, onde Nico ainda mora, a casa de fazenda de tijolos aparentes reformada de nosso avô, em 6 mil metros quadrados ondulantes na Little Pond Road. Reviro a litania de motivos para minha irmã telefonar com tanta urgência a esta hora atroz. Dinheiro do aluguel. Uma carona. Passagem de avião, mantimentos. Da última vez, sua bicicleta foi "roubada", emprestada a um amigo de um amigo em uma festa e jamais devolvida.

— E aí, o que é?

— É Derek. Ele não voltou para casa ontem à noite.

Desligo, jogo o telefone no chão e tento dormir novamente.

* * *

Eu sonhava com minha namorada do colegial, Alison Koechner.

No sonho, Alison e eu andávamos de braços dados pela linda região central de Portland, no Maine, olhando a vitrine de um sebo de livros. E Alison gentilmente se apoia em meu braço, seu buquê silvestre de cachos vermelhos orquídea fazendo cócegas em meu pescoço. Estamos tomando sorvete, rindo de uma piada particular, decidindo que filme ver.

É o tipo de sonho ao qual é difícil voltar, mesmo que você consiga dormir de novo, e eu não consigo.

* * *

Às sete e quarenta está claro, luminoso e frio, e ando por Pill Hill, o bairro chique de West Concord em torno do hospital, onde seus cirurgiões, administradores e médicos moram em casas coloniais de bom gosto. Ultimamente, muitas dessas casas são vigiadas por seguranças particulares, o volume das armas sob os casacos de inverno, como se de repente ali fosse uma capital do Terceiro Mundo. Não há seguranças, porém, no número 14 da Thayer Pond Road, apenas um gramado largo coberto por um manto de neve tão perfeito e nítido em sua brancura recém-caída que eu quase me sinto mal por pisar nele com meus Timberlands para chegar à porta de entrada.

Mas Sophia Littlejohn não está. Teve de sair às pressas para fazer um parto de emergência no Hospital Concord, uma guinada nos acontecimentos para o qual seu marido pede profusas desculpas. Recebe-me na escada usando calça cáqui e um suéter de gola rulê, um homem gentil com uma barba dourada bem aparada segurando uma caneca de chá fragrante, explicando que Sophia tem um horário irregular, em especial agora que a maioria das outras parteiras em sua clínica se demitiu.

— Mas não ela. Ela está decidida a agir corretamente por suas pacientes, até o fim. E, você pode não acreditar, há muitas novas pacientes. A propósito, meu nome é Erik. Quer entrar, mesmo assim?

Ele demonstra uma leve surpresa quando eu aceito o convite; diz "Ah, está bem... Ótimo", volta para a sala de estar e gesticula para que eu entre. O caso é que eu estava acordado e vestido há duas horas, esperando para ter mais informações sobre Peter Zell, e seu cunhado talvez saiba de alguma coisa. Littlejohn me leva para dentro, pega meu casaco e pendura num gancho.

— Quer uma xícara de chá?

— Não, obrigado. Não vou tomar mais do que alguns minutos de seu tempo.

— Ora, isso é bom, porque é só o que tenho disponível — diz ele e me dá uma piscadela simpática para que eu saiba que seu retraimento é jocoso. — Preciso levar nosso filho à escola e eu mesmo tenho de estar no hospital às nove horas.

Ele gesticula para uma poltrona e eu me sento, cruzando as pernas, relaxando. Ele tem o rosto largo e gracioso, uma boca ampla e simpática. Há algo de poderoso no homem, porém inofensivo, como se ele fosse um leão amistoso de desenho animado, o fiscal cordial de seu bando.

— Deve ser uma época difícil para um policial.

— Sim, senhor. Trabalha no hospital?

— Sim. Já estou lá há nove anos. Sou o diretor do Serviço de Assistência Espiritual.

— Ah. E do que se trata, exatamente?

— Ah. — Littlejohn curva-se para a frente, entrelaça os dedos, claramente satisfeito com a pergunta. — Qualquer um que passe pelas portas de um hospital tem necessidades que vão além das estritamente físicas. Refiro-me aos pacientes, é claro, mas também a familiares, amigos e até aos médicos e enfermeiras. — Tudo isso ele apresenta em uma dissertação tranquila e confiante, rápida e segura. — É meu trabalho ajudar nessas necessidades, sempre que se manifestem. Como deve imaginar, ando muito ocupado ultimamente.

Seu sorriso caloroso é inabalável, mas ouço ecos em uma palavra, *ocupado*, vejo nos grandes olhos expressivos: o cansaço, as longas noites e horas fatigantes, tentando reconfortar os perplexos, os apavorados e os doentes.

Pelo canto do olho, vejo flashes de meu sonho interrompido, a linda Alison Koechner como se estivesse sentada a meu lado, olhando pela janela os cornisos e tupelos cobertos de neve.

— Mas... — Littlejohn solta um pigarro repentino, olhando sugestivamente meu bloco azul e a caneta, que peguei e equilibro no colo. — Você veio aqui para perguntar sobre o Peter.

— Sim, senhor.

Antes que eu possa fazer uma pergunta específica, Littlejohn assume, falando no mesmo tom, rápido e composto. Diz-me que sua mulher e o irmão foram criados ali, em West Concord, não muito longe de onde estávamos sentados. A mãe dos dois morreu de câncer, 12 anos antes, e o pai está na casa de repouso Pleasant View com uma série de problemas de saúde, além das primeiras fases da demência — muito triste, muito triste, mas os desígnios de Deus só dizem respeito a Deus.

Peter e Sophia, explica ele, nunca foram muito próximos, nem mesmo quando crianças. Ela era moleca, extrovertida; ele era nervoso, introvertido, tímido. Agora que os dois tinham suas profissões e Sophia, sua família, eles raras vezes se encontravam.

— Nós o procuramos uma ou duas vezes, naturalmente, quando tudo isso começou, mas sem muito sucesso. Ele não estava bom da cabeça.

Ergo os olhos, levanto o dedo para interromper a maré lenta de narrativa de Littlejohn.

— O que quer dizer com "não estava bom da cabeça"?

Ele respira fundo, como se pesasse se é justo falar o que está prestes a dizer e eu me curvo para a frente, com a caneta posicionada sobre o bloco.

— Veja bem. Preciso lhe dizer que ele era extremamente perturbado.

Tombo a cabeça de lado.

— Ele era deprimido ou perturbado?

— O que foi que eu disse?

— Você disse perturbado.

— Eu quis dizer deprimido — diz Littlejohn. — Pode me dar licença por um segundo?

Ele se levanta antes que eu responda e vai à extremidade da sala, dando-me uma visão da cozinha iluminada e amada: uma fila de panelas penduradas, uma geladeira reluzente enfeitada com ímãs do alfabeto, boletins e imagens da escola.

Littlejohn está ao pé da escada, pegando uma mochila azul-marinho e dois patins de hóquei tamanho infantil que estavam pendurados no corrimão.

— Estamos escovando os dentes aí em cima, Kyle? — grita ele. — Só faltam nove minutos.

Um "tá bem, papai" aos gritos ecoa pela escada, seguido pelo barulho de passos, uma torneira aberta, uma porta se abrindo. A foto no porta-retratos na cômoda de Zell, o garoto sorridente e sem graça. A Concord School District, eu sei, continuou aberta. Saiu uma matéria no *Monitor*: a equipe dedicada, o aprendizado pelo aprendizado. Mesmo nas fotos dos jornais, podemos ver que as salas de aula tinham metade de sua capacidade. Um quarto dela, até.

Littlejohn volta a se sentar, passa a mão no cabelo. Ele tem os patins aninhados no colo.

— O garoto sabe jogar. Tem dez anos e patina como Messier, sem brincadeira. Um dia vai jogar na Liga Nacional de Hóquei, vai me deixar milionário. — Ele sorri com brandura. — Universo alternativo. Onde estávamos?

— Você descrevia o estado mental de seu cunhado.
— Sim, sim. Estou pensando em nossa festa de verão. Fizemos um churrasco, sabe, cachorro-quente, cerveja, essa coisa toda. E Peter, ele nunca foi uma pessoa muito social e extrovertida, mas estava claro que afundava numa depressão. Estava presente mas não aqui, entende o que estou dizendo?

Littlejohn respira fundo, olha a sala, como se temesse ser entreouvido pelo fantasma de Peter Zell.

— Para falar a verdade, depois disso, não ficamos muito entusiasmados em tê-lo perto de Kyle. Tudo isso já é bem complicado... para o menino... — Sua voz se interrompe, ele dá um pigarro. — Com licença.

Concordo com a cabeça, escrevendo, minha mente em disparada.

E então, o que temos aqui? Temos um homem que no trabalho parece basicamente alienado, calado, cabisbaixo, sem registrar nenhuma reação à calamidade iminente, a não ser por um chocante acesso de raiva no dia do Halloween. Depois se revela que ele entocou uma enorme e abrangente coleção de informações sobre o asteroide, que ele, no íntimo, era obcecado pelo que desprezava em público.

E agora parece, pelo menos de acordo com o cunhado, que fora do trabalho ele não só se sentia afetado, como também oprimido; perturbado. O tipo de homem que, afinal, estaria inclinado a tirar a própria vida.

Ah, Peter, penso. *Qual é a sua história, amigo?*

— E esse ânimo, essa depressão, não melhorou ultimamente?

— Ah, não. Meu Deus, não. Ao contrário. Ficou muito pior desde, sabe como é, desde janeiro. Desde a determinação final.

A determinação final. Isso significa a entrevista de Tolkin. Terça-feira, 3 de janeiro. No *CBS News Special Report*. Teve 1,6 bilhão de espectadores no mundo todo. Espero em silêncio por um momento, ouvindo os passos vigorosos de Kyle no segundo andar. E então decido, que se dane, pego o bloquinho branco do bolso do paletó e passo a Erik Littlejohn.

— O que pode me dizer a respeito disso?

Observo enquanto ele lê. *Querida Sophia*.

— De onde veio?

— Esta é a letra de Peter Zell, sabe me dizer?

— Claro. Quer dizer, acho que sim. Como eu disse...

— Você não o conhecia tão bem assim.

— É isso mesmo.

— Ele ia escrever alguma coisa a sua mulher, antes de morrer, e mudou de ideia. Sabe o que pode ter sido?

— Ora, presumivelmente um bilhete de suicida. Um bilhete de suicida inacabado. — Ele levanta a cabeça, olha em meus olhos. — O que mais seria?

— Não sei — digo, levantando-me, guardando o bloco. — Muito obrigado por seu tempo. E, se puder, diga a Sophia que ligarei para ela de novo e marcarei uma hora para conversar.

Erik se levanta também, de cenho franzido.

— Você ainda precisa falar com ela?

— Preciso.

— Tudo bem, claro. — Ele assente, suspira. — Isso é uma provação para ela. Tudo isso. Mas é claro que darei o recado.

Entro no Impala, mas não vou a lugar nenhum, ainda não. Fico ali sentado, na frente da casa, por cerca de um minuto, até que vejo Littlejohn conduzindo Kyle para fora e pelo gramado, grosso de neve intacta como um glacê de creme de baunilha. Um menino de 10 anos apalermado, andando com botas de inverno imensas, os cotovelos pontudos projetando-se das mangas arregaçadas do agasalho.

No apartamento de Zell, vi a foto e me lembro de pensar que ele foi uma criança de aparência mediana, feia mesmo. Mas agora reviso esta avaliação, vendo como seu pai o vê: um principezinho, dançando à luz da manhã ao andar pela neve.

* * *

Arranco com o carro e estou pensando na entrevista de Tolkin, imaginando Peter Zell naquela noite.

É 3 de janeiro, é uma terça-feira, e ele está em casa depois de trabalhar, acomodado em sua sala de estar cinza e estéril, olhando fixamente a tela de seu pequeno televisor.

Em 2 de janeiro o asteroide $2011GV_1$, conhecido como Maia, enfim saiu da conjunção com o Sol, ficou novamente observável da Terra, finalmente ficou próximo e brilhante o suficiente para que os cientistas o vissem com clareza, reunissem novos dados, para eles *saberem*. Choveram observações, compiladas e processadas em um centro de coleta, o Laboratório de Propulsão a Jato da NASA, em Pasadena, na Califórnia. O que desde setembro era uma probabilidade de 50% estava prestes a ser resolvido — ou 100%, ou zero.

Assim, ali está Peter Zell no sofá da sala com sua mais recente coleção de artigos sobre o asteroide espalhados diante de si, todo o discurso científico e análise ansiosa, enfim, condensando-se em previsões e preces, em *sim ou não*.

A CBS ganhou a guerra pelos direitos de transmissão. O mundo estava acabando, talvez, mas, se não estivesse, eles passariam anos fazendo a festa com o golpe de audiência.

Houve uma elaborada apresentação do programa, centrada no engenheiro-chefe do LPJ, Leonard Tolkin, o homem que supervisionou aquela explosão final de números mastigados. "Serei eu", ele prometera a David Letterman três semanas antes, seu sorriso contorcido, "a dar a boa-nova." Pálido, de óculos, em um jaleco branco de laboratório, um astrônomo do elenco central do governo.

Há um relógio em contagem regressiva no canto inferior direito da tela acompanhando gravações suplementares piegas, imagens de Tolkin andando pelos corredores do instituto, escrevendo colunas de cálculos em um quadro branco, reunido aos subordinados em torno de telas de computador.

E ali está Peter Zell, baixo, barrigudo e solitário em seu apartamento, assistindo em silêncio, cercado por seus artigos, os óculos empoleirados no nariz, as mãos abertas nos joelhos.

O programa é exibido ao vivo, apresentado pelo jornalista Scott Pelley, de queixo quadrado e grave, cabelo grisalho e expressão solene feita para a televisão. Pelley observa, em nome do mundo, Tolkin surgir da reunião decisiva com uma pilha de pastas manilha debaixo de um braço, tirando os óculos de armação de chifre e começando a chorar.

Agora, dirigindo lentamente para o Somerset Diner, tento capturar a lembrança dos sentimentos de outra pessoa, tento saber exatamente o que Peter Zell vivia naquele momento. Pelley se curva para a frente, todo empatia, faz a pergunta magicamente estúpida que o mundo todo precisa ouvir:

— E então, doutor. Quais são nossas alternativas?

O Dr. Leo Tolkin tremendo, quase rindo.

— Alternativas? Não há alternativas.

E então Tolkin simplesmente continua falando, na verdade taramelando, de como ele lamenta, em nome da comunidade da astronomia no mundo, que este evento jamais pôde ser previsto, que eles estudaram cada hipótese realista — objeto pequeno, tempo de percurso curto; objeto grande, tempo de percurso longo —, mas aquilo, aquilo jamais pôde ser imaginado, um objeto com periélio tão próximo, com período elíptico tão epicamente longo, um objeto tão assombrosamente grande — a probabilidade da existência de tal objeto tão desprezivelmente baixa a ponto de ser o equivalente estatístico do impossível. E Scott Pelley o encara e o mundo todo afunda em tristeza ou histeria.

Porque de súbito não havia mais ambiguidade, não havia mais dúvida. De súbito era só uma questão de tempo. A probabilidade de impacto de 100%. Em 3 de outubro. Sem alternativas.

Muita gente continuou colada na TV depois do fim do programa, assistindo a estudiosos, professores de astronomia e figuras políticas gaguejando, chorando e se contradizendo nos variados canais a cabo; esperando pelo prometido pronunciamento do presidente à nação, que por fim só se materializaria ao meio-dia do dia seguinte. Muita gente correu aos telefones para falar com entes queridos, embora todos os circuitos estivessem congestionados e assim continuariam pela semana seguinte. Outros foram às ruas, apesar do clima horrível de janeiro, para se condoer com vizinhos ou estranhos, ou para se envolver em pequenos atos de vandalismo ou pequenos danos — uma tendência que continuaria e culminaria, pelo menos na região de Concord, em uma leve onda de distúrbios no Dia do Presidente.

Eu, de minha parte, desliguei a TV e fui trabalhar. Estava em minha quarta semana como detetive, tinha um caso de incêndio criminoso em que trabalhava e uma forte suspeita, por fim verificada, de que o dia seguinte seria atarefado e estressante na central de polícia.

A questão, porém, é: e Peter Zell? O que ele fez, quando o programa acabou? Para quem telefonou?

Uma análise sucinta dos fatos sugere que Zell, por trás de suas tentativas de aparentar despreocupação, esteve desanimado o tempo todo com a possibilidade da destruição iminente da Terra. E com a confirmação deste fato não é difícil imaginar que na noite de 3 de janeiro, vendo a má notícia pela televisão, ele mergulhou do desânimo para uma depressão brutal. Cambaleou por onze semanas numa névoa de pavor e então, duas noites atrás, enforcou-se com um cinto.

Então, por que fico rodando de carro por Concord, tentando descobrir quem o matou?

Estou no estacionamento do Somerset Diner, construído no cruzamento de três vias da Clinton com a South e a Downing. Observo a neve no estacionamento, revolvida pelo influxo matinal de pedestres e ciclistas. Comparo esta sujeirada de sulcos marrons e brancos ao manto de neve intacto do gramado da casa dos Littlejohn. Se Sophia foi de fato chamada para um parto de emergência esta manhã, ela saiu de casa usando uma catapulta ou uma máquina de teletransporte.

* * *

As paredes do Somerset, por onde se passa para entrar, são cobertas de fotografias de candidatos presidenciais apertando a mão de Bob Galicki, o antigo dono, agora falecido. Há uma foto do pálido Nixon, uma do formal e pouco convincente John Kerry, a mão rigidamente se projetando como um pedaço quebrado de cerca. Ali está John McCain com seu sorriso de caveira. John F. Kennedy, incrivelmente jovem, incrivelmente bonito, condenado.

A música do sistema de som na cozinha é de Bob Dylan, algo de *Street Legal*, o que significa que Maurice está cozinhando, um bom presságio para a qualidade de meu almoço.

— Sente-se em qualquer lugar, querido — diz Ruth-Ann, passando apressada com um jarro de café. Suas mãos são enrugadas, mas fortes, firmes na alça preta e grossa do jarro. Quando eu vinha aqui nos tempos do colégio, brincávamos com a antiguidade de Ruth-Ann, se ela foi contratada para este emprego ou se eles construíram o lugar em volta dela. Isso já fazia dez anos.

Bebo meu café e ignoro o cardápio, examinando disfarçadamente os rostos de meus companheiros comensais, pesando a relativa melancolia nos olhos de cada um, as expressões traumatizadas. Um casal de velhos troca sussurros, recurvado sobre as tigelas de sopa. Uma garota, talvez de 19 anos, com um olhar fixo e debilitado, balança um bebê descorado no joelho. Um executivo gordo encara furiosamente o cardápio, com um charuto preso no canto da boca.

Na realidade todos estão fumando, filetes cinzentos e opacos espiralando abaixo de cada luminária de teto. É como costumava ser aqui, antes de proibirem fumar em lugares públicos, uma lei a que dei forte apoio, como o único não fumante em meu grupo de segundanistas desajustados do colégio. A lei ainda está em vigor, mas é desconsiderada por todos e a política da polícia de Concord a essa altura é fazer vista grossa.

Mexo em meus talheres, bebo meu café e penso.

Sim, Sr. Dotseth, é verdade que muita gente está deprimida e muitas dessas pessoas decidiram tirar a própria vida. Mas, como detetive responsável da polícia, não posso aceitar este contexto como prova de que Peter Zell foi um 10-54S. Se a destruição iminente do planeta fosse o bastante para levar gente a se matar, este restaurante estaria vazio. Concord seria uma cidade fantasma. Não sobraria ninguém para Maia matar, porque já estaríamos todos mortos.

— Omelete de três ovos?

— Torrada integral — digo e acrescento: — Ruth-Ann, tenho uma pergunta para você.

— Eu tenho uma resposta. — Ela não anota meu pedido, mas eu peço a mesma coisa desde meus 11 anos. — Você primeiro.

— O que acha de toda essa história de cidade do enforcado? Quero dizer, os suicidas. Você um dia...

Ruth-Ann resmunga, aborrecida.

— Está brincando? Sou católica, querido. Não. De maneira nenhuma.

Entenda que eu também não creio que faria. Minha omelete chega e como devagar, olhando o vazio, desejando que não houvesse tanta fumaça ali.

5.

A EXPANSÃO DO HOSPITAL CONCORD foi anunciada com muita fanfarra dezoito meses atrás: uma parceria público-privada para criar uma nova ala de cuidados continuados e fazer amplas melhorias na pediatria, ginecologia/obstetrícia e na UTI. Começaram no final de fevereiro, fizeram um firme progresso pela primavera, depois o financiamento secou e a construção se reduziu e parou inteiramente no final de julho, deixando um labirinto de corredores semiconstruídos, torres de andaimes esqueléticos, muitos arranjos temporários inadequados que se tornaram permanentes, todos andando em círculos e trocando informações erradas.

— O necrotério? — diz uma voluntária de cabelos brancos com uma boina vermelha, consultando um mapa portátil. — Vejamos... necrotério, necrotério, necrotério. Ah. Aqui. — Dois médicos passam apressados, segurando pranchetas, enquanto a voluntária gesticula para seu mapa, que vejo estar coberto de correções à mão e pontos de exclamação. — Você tem de pegar o elevador B, e o elevador B fica... Ah, meu Deus.

Minhas mãos se contorcem junto do corpo. Uma coisa que você não quer fazer quando vai se reunir com a Dra. Alice Fenton é se atrasar.

— Ah. Por aqui.

— Obrigado, senhora.

O elevador B, segundo a placa escrita em pincel atômico permanente preto e colada no alto dos botões, ou sobe — para oncologia, cirurgia especial e farmácia — ou desce, à capela, ao departamento de segurança e ao necrotério. Saio dele, olhando o relógio, e apresso-me pelo corredor, passando por um conjunto de escritórios, um armário de suprimentos, uma pequena porta preta com uma cruz cristã branca, pensando, *oncologia* — pensando, *sabe o que seria pavoroso de verdade agora? Ter câncer.*

Mas então abro as grossas portas de metal do necrotério e lá está Peter Zell, o corpo disposto na mesa no meio da sala, iluminado teatralmente pelo arco de luzes de autópsia de 100 watts. E, ao lado dele, esperando por mim, a legista-chefe do estado de New Hampshire. Estendo a mão, cumprimentando-a.

— Bom dia, Dra. Fenton. Boa tarde, desculpe. Olá.

— Fale-me de seu cadáver.

— Sim, senhora — digo, deixando minha mão estendida flutuar taciturna de volta a meu lado, depois só fico ali feito um idiota, sem fala, porque Fenton está presente, diante de mim, parada naquela luz branca e forte do necrotério, a mão pousada na frente de seu carrinho prateado e reluzente como um capitão no leme. Ela olha de trás dos famosos óculos perfeitamente redondos, esperando com uma expressão que repetidas vezes ouvi outros detetives descreverem como expectante, intensa e corujesca.

— Detetive?

— Sim — digo novamente. — Tudo bem. — Recomponho-me e dou a Fenton o que tenho.

Conto da cena do crime, do cinto caro, da ausência do celular da vítima, da ausência de um bilhete de suicida. Enquanto falo, meus olhos vão e voltam rapidamente de Fenton aos objetos em seu carrinho, aos instrumentos do ofício do legista:

a serra de ossos, o formão e as tesouras, fileiras de frascos para coleta de variados fluidos preciosos. Bisturis de uma dezena de tamanhos e afiações diferentes, arrumados no tecido branco e limpo.

A Dra. Fenton continua em silêncio e imóvel durante minha recitação e, quando por fim me calo, ela continua a olhar, de lábios franzidos e a testa num leve vinco.

— Muito bem — diz ela por fim. — Então, o que estamos fazendo aqui?

— Senhora?

O cabelo de Fenton é grisalho e bem curto, a franja correndo numa linha exata pela testa.

— Pensei que fosse uma morte suspeita — disse ela, seus olhos se estreitando a dois pontos faiscantes. — O que ouvi de você não compreende evidência de morte suspeita.

— Bem, sim, não — gaguejo. — Não evidências *per se*.

— Não evidências *per se*? — Ela faz eco, em um tom que de algum modo me deixa com uma consciência aguda do teto anormalmente baixo do subsolo, do fato de que estou um tanto recurvado para não bater a testa na série de luzes do alto, enquanto a Dra. Fenton, com um metro e sessenta, fica plenamente ereta, sua coluna reta de militar, olhando-me feio por trás dos óculos.

— Pelo Título LXII da Lei 630 do Código Penal de New Hampshire, revisado em janeiro pela Assembleia Legislativa em sessão conjunta — diz Fenton e eu estou assentindo, concordo vigorosamente com a cabeça para lhe mostrar que sei de tudo isso, estudei os fichários federais, estaduais e municipais, mas ela continua —, a patologia não fará autópsias quando puder ser razoavelmente apurado na cena que a morte foi resultado de suicídio.

— É verdade — digo, murmurando "sim" e "é claro", até que respondo. — E foi determinação minha, senhora, que pudesse haver alguma questão criminal.

— Havia sinais de luta na cena?

— Não.

— Sinais de entrada forçada?

— Não.

— Objetos de valor desaparecidos?

— Bem, hmm, ele não tinha o telefone. Creio que mencionei isso.

— Quem é você mesmo?

— Não nos conhecemos oficialmente. Sou o detetive Henry Palace. Sou novo.

— Detetive Palace — diz Fenton, colocando as luvas com uma série de movimentos impetuosos —, minha filha tem 12 recitais de piano nesta temporada e eu, neste exato momento, estou faltando a um deles. Sabe quantos recitais de piano ela terá na próxima temporada?

Não sei o que dizer. Sinceramente, não sei. Assim, limito-me a ficar ali por um minuto, o homem alto e estúpido na sala fortemente iluminada e cheia de cadáveres.

— Tá legal, então — diz Alice Fenton com um ânimo ameaçador, virando-se para o carrinho de equipamento. — É melhor que isto seja a droga de um homicídio.

Ela pega a lâmina e eu olho o chão, sentindo nitidamente que o que devia fazer ali é ficar quieto até que ela termine — mas é complicado fazer isso, muito complicado, e enquanto ela começa a progressão gradual e meticulosa de seu trabalho levanto a cabeça, aproximo-me um pouco e a observo trabalhar. E é uma coisa gloriosa de se ver, a precisão fria e bela da autópsia. Fenton em movimento, uma mestre deslocando-se meticulosamente pelos passos de seu ofício.

A perseverança neste mundo das coisas feitas corretamente, apesar de tudo.

Com cuidado, a Dra. Fenton corta e solta o cinto de couro preto e o desliza do pescoço de Zell, mede a largura da tira e a extensão de uma ponta a outra. Com um compasso de calibre de bronze, ela toma as dimensões do hematoma abaixo do olho e do hematoma da fivela do cinto, cavando abaixo do queixo, amarelado e seco como um trecho de terreno árido correndo de cada lado para as orelhas, um V irregular e inflamado. E ela para, a cada instante, para tirar fotos de tudo: do cinto ainda no pescoço, do cinto isoladamente, do pescoço isoladamente.

E então ela corta as roupas, limpa o corpo pálido do homem dos seguros com um pano úmido, seus dedos enluvados movendo-se rapidamente pela cintura e pelos braços.

— O que está procurando? — arrisco-me a perguntar e Fenton me ignora; eu me calo.

Com o bisturi, ela corta o peito e dou outro passo para a frente, agora me coloco a seu lado sob o forte halo da luz do necrotério, olhando arregalado enquanto ela faz uma incisão funda em Y, descasca a pele e a carne por baixo. Estou meio recurvado sobre o corpo, testando minha sorte, enquanto Fenton drena o sangue do morto, perfurando uma veia perto do meio do coração, enchendo três frascos rapidamente. E percebo a certa altura, durante tudo isso, que mal respiro, que enquanto a observo seguir o procedimento ponto por ponto, pesando os órgãos e registrando o peso, erguendo o cérebro do crânio e virando nas mãos, espero que sua expressão impassível se avive, espero que ela ofegue, resmungue "hmmm" ou se vire para mim, assombrada.

Que encontre o que provará que Zell foi assassinado, não morreu pelas próprias mãos.

Em vez disso, enfim a Dra. Fenton baixa o bisturi e diz categoricamente:

— Suicídio.

Eu a encaro.

— Tem certeza?

Fenton não responde. Volta rapidamente ao carrinho, abre uma caixa com um rolo grosso de sacos plásticos e arranca o primeiro.

— Espere, senhora. Desculpe-me. E isso?

— Isso o quê? — Sinto a mim mesmo me desesperando, um calor crescendo no rosto, um guincho se insinuando para minha voz, como a voz de uma criança.

- Isso? Esse hematoma? Acima do tornozelo?

— Sim, eu vi — diz Fenton com frieza.

— De onde vem?

— Jamais saberemos. — Ela não para de se alvoroçar, não olha para mim, sua voz monótona coberta de sarcasmo. — Mas sabemos que ele não morreu de um hematoma na panturrilha.

— Mas não há outras coisas que *sabemos*? Para determinar a causa da morte? — Estou dizendo isso e tenho plena consciência de como é ridículo contestar Alice Fenton, mas isto não pode estar certo. Vasculho a memória, folheando freneticamente em minha mente as páginas dos livros relevantes. — E o sangue? Faremos um rastreamento de toxicidade?

— Faríamos, se encontrássemos algo que o indicasse. Marcas de agulha, músculos atrofiados em padrões sugestivos.

— Mas não podemos simplesmente fazer?

Fenton ri com secura, abrindo o saco plástico com uma sacudida.

— Detetive, conhece o laboratório forense da polícia do estado? Em Hazen Drive?

— Nunca estive lá.

— Bem, é o único laboratório forense no estado e neste exato momento há um novo sujeito dando as ordens por lá e ele é um idiota. É o assistente de um assistente que agora é toxologista-chefe, porque a verdadeira toxologista-chefe saiu da cidade em novembro para estudar desenho de modelo vivo na Provença.

— Ah.

— Pois é. Ah. — O lábio de Fenton se torce para cima com evidente desprazer. — Ao que parece, era o que ela sempre quis fazer. Está uma confusão por lá. Pedidos largados na mesa. Uma bagunça.

— Ah — repito e me viro ao que resta de Peter Zell, a cavidade peitoral escancarada na mesa. Olho para ele, para a coisa, e penso como isso é triste, porque, embora ele tenha morrido, quer tenha se matado ou não, ele está morto. Tenho o pensamento óbvio e néscio de que aqui estava uma pessoa e agora ela se foi e nunca mais voltará.

Quando volto a levantar a cabeça, Fenton está do meu lado, sua voz mudou um pouco e aponta, dirigindo meu olhar ao pescoço de Zell.

— Olhe — diz ela. — O que você vê?

— Nada — digo, confuso. A pele foi descascada, revelando o tecido macio e o músculo, o branco amarelado do osso por baixo. — Não vejo nada.

— Exatamente. Se alguém tivesse se esgueirado por trás deste homem com uma corda, ou o estrangulado com as próprias mãos, ou mesmo com este cinto muito caro em que você ficou fixado, o pescoço estaria num estado lamentável. Haveria abrasão tissular, haveria poças de sangue de hemorragia interna.

— Tudo bem. — Concordo com a cabeça. Fenton se afasta, volta ao carrinho.

— Ele morreu por asfixia, detetive. Ele se jogou para a frente, de propósito, no nó da ligadura, sua via aérea foi lacrada e ele morreu.

Ela volta a fechar o cadáver de meu homem dos seguros no saco de onde ele veio e desliza o corpo de volta à gaveta designada na parede refrigerada. Observo tudo isso mudo, estupidamente, desejando ter mais a dizer. Não quero que ela vá embora.

— E a senhora, Dra. Fenton?

— Como disse? — Ela para à porta e olha para trás.

— Por que não foi embora, não foi fazer o que sempre quis?

Fenton tomba a cabeça de lado, olha como se não tivesse certeza de ter entendido a pergunta.

— É *isto* que eu sempre quis fazer.

— Tudo bem. Entendi.

As portas cinza e pesadas se fecham a suas costas e eu esfrego os olhos com os nós dos dedos, pensando, *E depois?* Pensando, *E agora?*

Fico ali sozinho por um segundo, sozinho com o carrinho sobre rodas de Fenton, sozinho com os corpos em suas gavetas resfriadas. Depois pego um dos frascos com o sangue de Zell no carrinho, coloco no bolso lateral de meu casaco e saio.

* * *

Encontro a saída sozinho do Hospital Concord, andando pelos corredores inacabados e então, porque já foi um dia longo e difícil, porque estou frustrado, exausto e confuso e sem querer nada além de entender o que farei agora, minha irmã espera por mim em meu carro.

Nico Palace está com um gorro de esqui e casaco de inverno, sentada de pernas cruzadas no capô inclinado do Impala, sem dúvida deixando uma marca funda, porque ela sabe que eu detestaria isso, e batendo a cinza do cigarro American Spirit diretamente no para-brisa. Avanço para ela através do vazio coberto de neve do estacionamento do hospital e Nico me cumprimenta com a mão erguida, de palma para cima, como uma índia, fumando seu cigarro, esperando.

— Qual é, Hank — diz ela antes que eu consiga pronunciar uma palavra. — Eu te deixei tipo 17 recados.

— Como sabia onde eu estava?

— Por que desligou na minha cara essa madrugada?

— Como sabia onde eu estava?

É assim que conversamos. Cubro a mão com a manga do casaco e a uso para espanar a cinza do carro para a neve.

— Liguei para a central — diz Nico. — McGully me contou onde podia encontrar você.

— Ele não devia ter feito isso. Estou trabalhando.

— Preciso de sua ajuda. É sério.

— Bom, eu estou trabalhando a sério. Pode descer do veículo, por favor?

Em vez disso ela abre as pernas e recua para o para-brisa como se estivesse se esparramando numa cadeira de praia. Está com o grosso casaco militar de inverno que era de nosso avô e vejo que na posição dos botões de bronze ficam pequenos riscos na pintura do Impala do departamento.

Queria que o detetive McGully não contasse a ela onde me encontrar.

— Não é minha intenção ser um pé no saco, mas estou pirando e qual é o sentido de ter um irmão policial se ele não te ajuda?

— É verdade — digo e olho o relógio. A neve recomeçou, muito leve, flocos que vagam lentos e errantes.

— Derek não voltou para casa ontem à noite. Sei que você vai pensar, tá legal, eles brigaram de novo, ele sumiu. Mas é o seguinte, Hen: dessa vez, a gente não brigou. Não teve discussão, nada. Fizemos o jantar. Ele disse que precisava sair. Disse que queria dar uma caminhada. Aí eu disse, tudo bem. Limpei a cozinha, fumei um baseado e fui para a cama.

Fiz uma carranca. Minha irmã, acredito, adora o fato de que agora pode fumar maconha, que o irmão policial não pode mais lhe passar um sermão por isso. Para Nico, eu acho, este é um raio de esperança. Ela tira um último trago e joga a guimba na neve. Eu me abaixo e pego o toco apagado de cigarro entre dois dedos e o seguro no ar.

— Pensei que você se preocupasse com o meio ambiente.

— Não me preocupo muito mais — disse ela.

Nico gira e se põe sentada, puxando no corpo a gola grossa do casaco. Minha irmã podia ser bonita, se ela se cuidasse — se penteasse o cabelo, se dormisse de vez em quando. Ela parece uma foto de nossa mãe que alguém amassou e tentou alisar de novo.

— E aí é meia-noite e ele não voltou. Eu liguei pra ele, ninguém atende.

— Então ele foi a um bar — proponho.

— Liguei para todos os bares.

— Todos eles?

— É, Hen.

Há muitos mais bares hoje do que antigamente. Há um ano, tínhamos o Penuche's, o Green Martini e isso era o máximo que se conseguia. Agora há muitos lugares, alguns com alvará, outros piratas, alguns só apartamentos de subsolo onde alguém tem uma banheira cheia de cerveja, uma caixa registradora e um iPod ajustado no *shuffle*.

— Então ele foi à casa de um amigo.

— Liguei pra eles. Liguei pra todo mundo. Ele sumiu.

— Ele não sumiu — digo e o que estou dizendo é verdade, que se Derek realmente a largasse seria a melhor coisa a acontecer com minha irmã em muito tempo. Eles se casaram em 8 de janeiro, no primeiro domingo depois da entrevista de Tolkin. Aquele domingo em particular teve o recorde, aparentemente, do número de casamentos em um único dia, um recorde que é improvável que seja batido, a não ser em 2 de outubro.

— Vai ajudar ou não?

— Já te falei, não posso. Hoje não. Estou trabalhando num caso.

— Meu Deus, Henry — diz ela, sua indiferença estudada de repente no fim, e ela pula do carro e bate o indicador no meu peito. — Eu larguei o emprego assim que soubemos que esta merda estava mesmo acontecendo. Quer dizer, por que perder tempo com trabalho?

— Você trabalhava três dias por semana em um mercado de produtor rural. Eu resolvo homicídios.

— Ah, desculpe. Peço minhas desculpas. Meu marido está desaparecido.

— Ele não é realmente seu marido.

— Henry.

— Ele vai voltar, Nico. Você sabe que vai.

— É mesmo? O que te dá tanta certeza? — Ela bate o pé, os olhos em brasa, sem esperar por uma resposta. — E no que você está trabalhando que é tão importante?

Penso, mas que droga, e conto do caso Zell, explico que acabo de vir do necrotério, que estou seguindo pistas, tentando inculcar nela a seriedade de uma investigação policial em andamento.

– Peraí. Um enforcado? — diz ela, emburrada, impertinente. Ela só tem 21 anos, minha irmã. É só uma criança.

— Talvez.

— Você acaba de dizer que o cara se enforcou no McDonald's.

— Eu disse que *parecia* assim.

— E por isso você está ocupado demais para tirar dez minutos para encontrar meu marido? Porque algum babaca se matou no *McDonald's*? Na merda do banheiro?

— Nico, para com isso.

— O quê?

Odeio quando minha irmã usa linguajar vulgar. Sou antiquado. Ela é minha irmã.

— Desculpe. Mas um homem morreu e é meu trabalho descobrir como e por quê.

— É, bom, *eu* é que peço desculpas. Porque um homem está desaparecido e é o meu marido e por acaso eu o amo, tá legal?

Há um tropeço repentino em sua voz e sei o que é, o jogo acabou. Ela está chorando e eu farei o que ela quer.

— Ah, pare com isso, Nico. Não faça isso. — É tarde demais, ela está soluçando, de boca aberta, afastando violentamente as lágrimas dos olhos com as costas das mãos. — Não faça isso.

— É só que... tudo isso. — Ela gesticula, um gesto vago e infeliz envolvendo todo o céu. — Não posso ficar sozinha, Henry. Não agora.

Um vento gélido circula pelo estacionamento, jogando a neve em nossos olhos.

— Eu sei — digo. — Eu sei.

E então estou me aproximando cautelosamente, pegando minha irmã mais nova nos braços. A piada de família era que ela ficou com os genes para a matemática e eu fiquei com toda a altura. Meu queixo fica a uns bons 15 centímetros acima do alto de sua cabeça, seu choro enterrando-se em algum lugar em meu esterno.

— Tudo bem, garota. Está tudo bem.

Ela se afasta de meu abraço desajeitado, reprime um último gemido e acende outro American Spirit, protegendo o isqueiro chapeado de ouro contra o vento para dar vida à coisa. O isqueiro, como o casaco, como a marca de cigarros, era de meu avô.

— E então, vai procurá-lo? — pergunta ela.

— Vou fazer o que puder, Nico. Está bem? É o máximo que posso fazer. — Puxo o cigarro do canto de sua boca e o jogo embaixo do carro.

* * *

— Boa tarde. Gostaria de falar com Sophia Littlejohn, se puder. Consegui um sinal forte aqui no estacionamento.

— Ela está com uma paciente agora. Posso perguntar quem deseja falar?

— Hmmm, claro. Não... É só que... A mulher de um amigo meu é paciente da... Meu Deus, como se chama uma parteira? Dra. Littlejohn, é assim que eu devo...?

— Não, senhor. Apenas pelo nome. Sra. Littlejohn.

— Tudo bem, bom, a mulher do meu amigo é paciente da... da Sra. Littlejohn e soube que ela entrou em trabalho de parto. Tipo hoje de manhã cedo?

— Hoje de manhã?

— É. No final da noite de ontem ou hoje de manhã cedo? Meu amigo me deixou um recado, hoje cedo, e eu podia jurar que foi o que ele disse. Mas estava distorcido, o telefone dele estava cheio de estática e... Alô?

— Sim, estou aqui. Pode ter havido um engano. Creio que Sophia não fez nenhum parto. O senhor disse hoje de manhã?

— Disse.

— Desculpe. Qual é o seu nome?

— Deixa pra lá. Não é nada demais. Deixa pra lá.

* * *

Na central de polícia, passo rapidamente por um trio de Escovinhas na sala de descanso, parados em roda perto de uma máquina de Coca-Cola, rindo como alunos de fraternidade. Não reconheço nenhum deles e eles não me reconhecem. Nenhum entre eles, posso garantir, sabe citar Farley e Leonard, menos ainda o Código Penal de New Hampshire, menos ainda a Constituição dos Estados Unidos.

Na Crimes de Adultos, exponho o que tenho para o detetive Culverson: conto da casa, do bilhete *Querida Sophia*, das conclusões da Dra. Fenton. Ele ouve pacientemente, com os dedos entrelaçados, depois fica sem dizer nada por um bom tempo.

— Bom, sabe como é, Henry. — Ele começa devagar e já basta, não quero ouvir o resto.

— Sei o que parece — digo. — Eu sei.

— Olha. Escute aqui. O caso não é meu. — Culverson inclina ligeiramente a cabeça para trás. — Se você sente que tem de resolver isso, então você tem de resolver isso.

— Eu sinto, detetive. Sinceramente sinto.

— Então, tudo bem.

Fico sentado ali por um segundo, depois volto a minha mesa, pego o telefone fixo e começo minha busca pelo idiota Derek Skeve. Primeiro repito os telefonemas que Nico já fez: os bares e hospitais. Procuro o presídio masculino e o novo presídio masculino auxiliar, ligo para o gabinete do chefe de polícia do condado de Merrimack, ligo para a admissão do Hospital Concord e do Hospital New Hampshire e cada outro hospital que conheço em três condados. Mas ninguém o recebeu, ninguém que combine com essa descrição.

Lá fora, há um denso grupo de crentes reunidos na praça, empurrando seus panfletos a quem passa, gritando numa cadência gospel que a oração é tudo que nos resta, orar é nossa única salvação. Assinto na evasiva e toco minha vida.

* * *

E agora estou deitado em minha cama e não durmo porque é noite de quarta-feira e era manhã de terça-feira quando olhei pela primeira vez os olhos mortos de Peter Zell, o que significa que ele morreu em alguma hora na noite de segunda-feira e assim, talvez, já tenham se passado *quase* 48 horas desde que foi morto, ou talvez essas 48 horas tenham expirado. De qualquer modo, minha janela está fechada e estou muito longe de identificar e capturar seu assassino.

Assim, estou deitado na minha cama e encaro o teto, abrindo e fechando as mãos a meu lado, depois me levanto, abro a cortina e olho pela janela, a escuridão enevoada, o punhado de estrelas visíveis para além dela.

— Sabe o que você pode fazer? — digo baixinho, levantando um dedo e apontando para o céu. — Você pode ir se foder.

PARTE DOIS

PROBABILIDADES NÃO DESPREZÍVEIS

Quinta-feira, 22 de março

Ascensão reta 19 05 26,5
Declinação -34 18 33
Elongação 79,4
Delta 3,146 UA

1.

— Acorda, benzinho. Acorda acorda acorda.
— Alô?

Ontem à noite, antes de ir dormir, tirei o telefone da tomada da parede, mas deixei o celular ligado e ajustado para vibrar, e assim o sonho agradável desta noite com Alison Koechner foi interrompido não pelo clamor de sino de alarme da linha fixa, Maia gritando nas janelas e incendiando o mundo, mas por um suave chocalhar na mesa de cabeceira, uma sensação que se imiscuiu em meu sonho como o ronronar de um gato à vontade no colo macio de Alison.

E agora Victor France arrulha para mim.

— Abra os olhos, benzinho. Abra esses grandes olhos tristes, Bigodão.

Abro meus grandes olhos tristes. Está escuro lá fora. A voz de France é sussurrada, grotesca e insistente. Pisco para despertar e tenho um último vislumbre de Alison, radiante na sala da frente castanho-avermelhada de nossa casa de madeira em Casco Bay.

— Desculpe por acordá-lo, Palace. Ah, peraí, eu não peço desculpa nenhuma. — A voz de France se dissolve em uma risadinha de bicha. Ele está alto, é certo; talvez maconha, talvez outra coisa. Alto como um satélite, meu pai costumava dizer. — Não, de jeito nenhum peço desculpas.

Bocejo de novo, estico o pescoço e olho o relógio: 3:47 da madrugada.

— Não sei como você esteve dormindo, detetive, mas eu mesmo não dormi muito bem. Sempre que estou prestes a desmaiar penso, ah, Vic, cara, é só a madrugada. É a hora de ouro dos chapados. — Estou sentado reto, tateando a mesa de cabeceira à procura do interruptor de luz, pegando o bloco azul e a caneta, pensando, *Ele tem alguma coisa para mim*. Não estaria telefonando se não tivesse alguma coisa para mim. — Eu acompanho, na minha casa, dá pra acreditar? Tenho um cartaz grande com cada dia que resta e todo dia eu elimino um.

Por trás do monólogo dissonante de France há uma batida acelerada e um piano robótico de música eletrônica, uma multidão gritando e cantando. Victor está numa festa em um armazém em algum lugar, provavelmente na Sheep Davis Road, bem a leste da cidade.

— Parece um calendário do Advento, tá entendendo, cara? — Ele passa a um baixo de narrador de filme de terror. — Um calendário do Advento... do *Juízo Final*.

Ele ri, tosse, ri novamente. Sem dúvida não é maconha. Ecstasy é o que estou pensando agora, embora eu estremeça ao pensar como France teria financiado uma compra de Ecstasy, do jeito que estão altos os preços das sintéticas.

— Tem informações para mim, Victor?

— Ha! Palace! — Risos, tosse. — Essa é uma das coisas que gosto em você. Você não embroma.

— E aí, tem alguma coisa para mim?

— Oh, meu Deus do céu. — Ele ri, para de rir e posso imaginá-lo, contorcendo-se, os braços magrelas tensos, o sorriso irônico. No silêncio, tocam o baixo e a bateria por trás, mínimos e distantes. — É — diz ele por fim. — Tenho. Eu achei aquela sua picape. Pra falar a verdade eu sabia ontem, mas esperei. Esperei até ter certeza de que ia te acordar, e sabe por quê?

— Por que você me odeia.

— Isso! — ele grita e ri. — Eu te odeio! Tem uma caneta, lindinho?

A picape vermelha com a bandeira na lateral foi convertida para um motor a óleo de cozinha usado, segundo Victor France, por um mecânico croata chamado Djemic, que tem uma oficina pequena perto da revenda incendiada da Nissan na Manchester Street. Não conheço o lugar de que está falando, mas será fácil encontrar.

— Obrigado, senhor. — Agora estou bem acordado, escrevendo rapidamente, isso é ótimo, puxa vida, e sinto uma onda de empolgação e uma torrente louca de gentileza para com Victor France. — Obrigado, cara — digo. — Isso é ótimo. Muito obrigado. Volte para sua festa.

— Peraí, peraí, peraí. Escuta aqui.

— Sim? — Meu coração treme no peito; vejo os contornos da próxima fase de minha investigação, cada informação seguindo adequadamente a partir da última. — O que é?

— Eu só queria dizer... queria dizer uma coisa. — A voz de Victor perdeu sua capa áspera de frivolidade aturdida, ele a abaixa muito. Posso vê-lo, claro como se estivesse diante de mim, recurvado no telefone público do armazém, apontando o ar. — Eu só quero dizer que acabou, cara.

— Tudo bem — digo. — Acabou. — E sou sincero também. Ele me deu o que eu pedi e até mais, estou pronto para libertá-lo. Deixar que ele dance em seu armazém até que o mundo pegue fogo.

— Você... — Sua voz se interrompe, densa de lágrimas reprimidas e agora o durão se foi, há um garotinho suplicando para não ser castigado. — Você promete?

— Prometo, Victor. Eu prometo.
— Tá legal. Porque também sei de quem é a picape.

* * *

A propósito, sei do que fala o sonho. Não sou idiota. Há pouca inovação num detetive que não consegue resolver a si mesmo.

O sonho que costumo ter, com minha namorada do colegial, não é na realidade com a namorada do colegial, quando se analisa mais atentamente. Não é um sonho com Alison Koechner e nosso amor perdido e a amada casinha de três cômodos no Maine que podíamos ter construído juntos, se as coisas fossem diferentes. Não estou sonhando com cercas brancas, palavras cruzadas no domingo e chá morno.

Não há asteroide no sonho. No sonho, a vida continua. A vida simples, feliz e com uma cerca branca ou outra coisa qualquer. A simples vida. Continua.

Quando sonho com Alison Koechner, sonho com não morrer.

Está bem? Viu só? Eu entendo.

* * *

— Eu só queria repassar algumas coisas com o senhor, Sr. Dotseth, só informá-lo... deste caso, este enforcamento, ele cresceu. Seriamente.
— Mãe? É você?
— O quê? Não... é o detetive Palace.
Uma pausa, um riso baixo.
— Sei quem é, filho. Estou me divertindo um pouco.

— Ah. Claro.

Ouço páginas de jornal sendo folheadas, praticamente sinto o cheiro do vapor amargo subindo do copo de café de Denny Dotseth.

— Ei, soube o que está acontecendo em Jerusalém?

— Não.

— Cara, ah, cara. Quer saber?

— Não, senhor, não agora. Olha, então, este caso, Sr. Dotseth.

— Desculpe-me, de que caso estamos falando mesmo?

Um gole de café, um amassado de página de jornal e ele está me provocando, eu à mesa de minha cozinha tamborilando dedos longos na página de meu bloco azul. Naquela página, das quatro horas desta madrugada, estão escritos o nome e o endereço da última pessoa a ver vivo meu homem do seguro.

— O caso Zell, senhor. O enforcado da manhã de ontem.

— Ah, sim. A tentativa de homicídio. É um suicídio, mas você está tentando...

— Sim, senhor. Mas escute: tenho uma pista forte do veículo.

— Que veículo é esse, garoto?

Meus dedos, tamborilando mais rápido, ra-ta-ta-ta. *Sem essa, Dotseth.*

— O veículo de que falei quando conversamos ontem, senhor. A picape vermelha com o motor a óleo vegetal. Em que a vítima foi vista pela última vez.

Outra pausa longa, Dotseth tentando me enlouquecer.

— Alô? Denny?

— Sim, tudo bem; então você tem uma pista do veículo.

— Isso. Você disse para mantê-lo informado se houvesse alguma possibilidade real de ser mais do que um enforcado.

— Eu disse?

— Disse. E eu acho que há, senhor. Acho que há uma possibilidade real. Vou passar lá esta manhã, falar com o sujeito e, se der em alguma coisa, retorno a você e podemos conseguir um mandado, está bem? — Eu me interrompo. — Sr. Dotseth?

Ele dá um pigarro.

— Detetive Palace? Quem é seu sargento por esses dias?

— Senhor?

Espero, minha mão ainda posicionada sobre o bloco, os dedos enroscados sobre o endereço: Bow Bog Road, 77. Fica ao sul de nós, em Bow, o primeiro subúrbio depois da divisa da cidade.

— Na Crimes de Adultos. Quem supervisiona a divisão?

— Hmm, ninguém, eu acho. Tecnicamente, o chefe Ordler. O sargento Stassen chutou o balde no final de novembro, acho, antes mesmo de eu ser transferido para cima. A nomeação de um substituto é iminente.

— Muito bem — diz Dotseth. — Está bem. Iminente. Com todo respeito, amigo: se você quer seguir com o caso, siga com a porcaria do caso.

2.

— Petey não morreu.
— Morreu.
— Saí com ele faz pouco tempo. Uns dias atrás. Acho que na terça à noite.
— Não, senhor, não saiu.
— Acho que saí.
— Na realidade, senhor, foi na segunda-feira.

Estou ao pé de uma escada de metal extensível encostada na lateral de uma casa, uma casa de estrutura atarracada, com um telhado íngreme. Minhas mãos estão em concha, a cabeça virada para trás e grito através de uma leve queda de neve. J.T. Touissant, operário de construção e de pedreira desempregado, um gigante em forma de homem, está no alto da escada, com pesadas botas de trabalho caramelo plantadas no último degrau de metal, uma barriga considerável equilibrada contra as calhas de seu telhado. Ainda não consigo enxergar seu rosto com clareza, apenas o quadrante inferior direito, virado para mim, emoldurado num capuz de moletom azul.

— Você o buscou no emprego dele no fim de tarde de segunda-feira.

Touissant solta um ruído de "Ah, é?", mas elide em uma elocução compacta e hesitante:

— Aê?

— Sim, senhor. Com sua picape vermelha, com a bandeira americana na lateral. É a sua picape bem ali?

Aponto a entrada de carros e Touissant assente, muda o peso do corpo contra o jato de chuva. A base da escada treme um pouco.

— Na manhã de terça-feira, ele foi encontrado morto.

— Ah — disse ele no alto do telhado. — Droga. Enforcado?

— É o que parece. Pode descer da escada, por favor?

É uma casa feia em bloco, de madeira dilapidada e irregular, como o tronco de um carrinho de rolimã esquecido na terra. No jardim há um único carvalho antigo, os galhos tortos estendendo-se para o céu como se a árvore se rendesse à prisão; na lateral, há uma casinha de cachorro e uma fila de espinheiros grossos e malcuidados junto do limite da propriedade. Enquanto Touissant desce, as pernas de metal da escada dão solavancos alarmantes e então ele está de pé ali, com seu moletom de capuz e as botas pesadas de trabalhador, uma pistola de calafetagem pendurada frouxa no punho grosso, olhando-me de cima a baixo, nós dois soltando baforadas frias de condensação.

É verdade o que todos disseram, ele é um sujeito grande, mas é grande e sólido, o peso vigorosamente formado de alguém acostumado a jogar futebol americano. Há um aço naquele tamanho todo e ele parece poder correr e pular, se assim tiver de fazer. Atacar dando um carrinho, se tiver de ser. A cabeça de Touissant lembra um bloco de granito: maxilar oblongo e projetado, testa larga, a carne dura e mosqueada, como que erodida de forma irregular.

— Sou o detetive Henry Palace — digo. — Sou policial.

— Não brinca — diz ele e dá um enorme passo repentino na minha direção, solta dois gritos agudos e bate palmas, e eu salto para trás, assustado, atrapalhando-me com o coldre do ombro.

Mas é só um cachorro, ele está chamando o cachorro. Toussaint se abaixa e ele chega correndo, uma coisa desgrenhada com cachos desiguais de pelo branco, uma espécie de poodle ou algo do gênero.

— Oi, Houdini — diz ele, abre o braço. — Oi, garoto.

Houdini esfrega o focinho miúdo na palma carnuda de Toussaint e tento me recompor, respirando fundo, e o grandalhão me olha agachado, achando graça, ele sabe, eu sei que ele sabe — ele pode enxergar através de mim.

* * *

Por dentro, a casa é feia e maçante, com paredes encardidas de reboco amarelado, cada objeto de decoração estritamente funcional: um relógio, um calendário, um abridor de garrafas afixado no batente da porta da cozinha. A lareira pequena está cheia de lixo, garrafas vazias de cerveja importada — das caras, quando até as marcas baratas têm preço controlado pelo ATF a 21,99 dólares o pacote com seis, atingindo um valor muito mais alto no mercado negro. Enquanto passamos, uma garrafa de Rolling Rock escorrega da pilha e chocalha pelo piso de madeira da sala de estar.

— E então — digo, pegando o bloco azul e uma caneta. — Como você conheceu Peter Zell?

Toussaint acende um cigarro e puxa lentamente antes de responder.

— No primário.

— Primário?

— Broken Ground. Subindo a rua, por aqui. Curtisville Road. — Ele joga a pistola de calafetagem em uma caixa de ferramentas, chuta a caixa para debaixo do sofá velho. — Pode sentar, se quiser, cara.

— Não, obrigado.

Touissant também não se senta. Passa pesadamente por mim e entra na cozinha, a fumaça de cigarro subindo sinuosa em volta de sua cabeça como se ele fosse um dragão.

Há um modelo em escala do parlamento de New Hampshire no consolo acima da lareira, de 15 centímetros de altura e meticulosamente detalhado: a fachada de pedra branca, a cúpula dourada, a minúscula águia imperial projetando-se do alto.

— Isso aí? — diz Touissant quando volta, segurando uma Heineken pelo gargalo, e baixo o modelo abruptamente. — Meu velho fez.

— Ele é artista?

— Ele morreu — diz ele e abre a cúpula, revelando que o interior era um cinzeiro. — Mas, sim, um artista. Entre outras coisas.

Ele bate a cinza na cúpula invertida do parlamento, olha para mim e espera.

— E então — digo. — Escola primária.

— É.

Segundo Touissant, ele e Peter Zell foram grandes amigos da segunda à sexta série. Os dois eram impopulares, Touissant um menino pobre, um garoto sem café da manhã, usando as mesmas roupas baratas todo dia; Zell, bem de vida mas aflitivamente canhestro, sensível, uma vítima nata. Assim, eles criaram um vínculo, dois esquisitinhos, jogavam pingue-pongue no porão acabado de Zell, pedalavam as bicicletas pelos morros em volta do hospital, jogavam Dungeon & Dragons nesta mesma casa, bem onde estamos agora. No verão, percorriam alguns quilômetros à pedreira da State Street, passavam pela prisão, tiravam a cueca e mergulhavam, espadanavam, afundavam a cabeça do outro na água fresca e fria.

— Sabe como é — conclui Touissant, sorrindo, desfrutando da cerveja. — Coisa de criança.

Concordo com a cabeça, escrevendo, intrigado com a imagem mental de meu homem do seguro quando criança: o corpo adolescente descorado e os óculos grossos, roupas cuidadosamente dobradas na beira da água, a versão jovem do tímido e obsessivo atuário que estava destinado a se tornar.

J.T. e Peter, como talvez fosse inevitável, separaram-se. Chegou a puberdade e Touissant ficou durão, ficou descolado, começou a roubar CDs do Metallica da Pitchford Records, a beber e fumar Marlboro Red escondido, enquanto Zell continuou preso nos contornos rígidos e permanentes de seu caráter, severo, ansioso e chato. No secundário, eles se cumprimentavam com a cabeça no corredor. Mais tarde, Touissant largou o colégio e Peter se formou e foi para a faculdade. Passaram-se então vinte anos sem uma palavra entre os dois.

Anoto tudo. Touissant termina a cerveja e joga a garrafa vazia na pilha da lareira. Há pequenos espaços nas junções das laterais de madeira da casa ou deve haver, porque nos intervalos de nossa conversa aparece um assovio uivante, o vento vergastando lá fora, intensificado ao tentar resvalar pelas frestas.

— E então ele me liga, cara. Do nada. E diz, vamos almoçar.

Estalo a caneta, abrindo e fechando três vezes.

— Por quê?

— Não sei.

— Quando?

— Não sei. Julho? Não. Foi logo depois que me mandaram embora. Junho. Ele diz que esteve pensando em mim, desde que toda essa porcaria começou.

Ele estende um indicador e aponta a janela para o céu. *Toda essa porcaria*. Meu telefone toca, olho o aparelho. Nico. Com o polegar, eu o desligo.

— E então, o que exatamente você e o Sr. Zell fizeram juntos, os dois?

— A mesma coisa, cara.

— Jogaram Dungeons & Dragons?

Ele me olha, bufa, remexe-se na cadeira.

— Tá legal, cara. Coisas diferentes. Bebemos umas cervejas. Rodamos por aí de carro. Demos uns tiros.

Paro, o vento açoitando. Touissant acende outro cigarro, adivinha o que estou prestes a dizer.

— Três rifles Winchester, policial. Em um armário. Descarregados. São meus e posso provar que são meus.

— Bem trancados, assim espero.

O roubo de armas é um problema. Gente que as rouba para guardar e gente que rouba para vender ao primeiro grupo por somas astronômicas.

— Ninguém vai levar a merda das minhas armas — diz ele rapidamente, ríspido, e me lança um olhar duro, como se eu estivesse pensando nisso.

Continuo. Pergunto a Touissant sobre a noite de segunda, a última noite da vida de Peter Zell, e ele dá de ombros.

— Eu o peguei no trabalho.

— A que horas?

— Não sei — diz ele e sinto que ele gosta cada vez menos de mim, está pronto para me ver ir embora, e talvez este homem tenha matado Peter e talvez não tenha, mas não há como evitar a impressão de que ele pode me matar a socos, se quiser, num estalo, três ou quatro golpes, como um homem das cavernas destruindo um cervo. — Depois do expediente.

Touissant diz que eles rodaram de carro um pouco e foram ver o episódio novo de *Distant Pale Glimmers*, a série de ficção científica, no Red River. Tomaram umas cervejas, assistiram ao filme, depois se separaram, Peter dizendo que queria ir para casa a pé.

— Viu alguém no cinema?

— Só as pessoas que trabalham lá, essas coisas.

Ele suga o que resta da vida de seu segundo cigarro, esmaga a guimba no parlamento. Houdini anda meio desequilibrado, disparando a língua cor-de-rosa, encontrando os últimos pedaços de biscoito nos cantos de sua boca, e esfrega a cabeça fina na perna larga do dono.

— Vou ter de atirar nesse cachorro — diz Touissant, de repente, distraidamente, sem rodeios e se levanta. — Quer dizer, no fim.

— O quê?

— Esse aí é um gatinho assustado. — Touissant olhava o cachorro, com a cabeça tombada de lado, como se o avaliasse, como se tentasse imaginar o que ele vai sentir. — Não consigo pensar nele morrendo desse jeito, no fogo, no frio ou afogado. Provavelmente vou dar um tiro nele.

Estou pronto para sair dali. Pronto para ir embora.

— Uma última coisa, Sr. Touissant. Por acaso percebeu o hematoma? Abaixo do olho direito do Sr. Zell?

— Ele disse que caiu de uma escada.

— Acreditou nele?

Ele ri, coça a cabeça fina do cachorro.

— Se fosse qualquer outra pessoa, eu não acreditaria. Imaginaria que ele tivesse assoviado para a namorada do cara errado. Mas o Pete, quem sabe? Aposto que caiu de alguma escada.

— Ok — digo, pensando, *aposto que não caiu*.

Touissant aninha a cabeça de Houdini nas mãos e eles estão se olhando, e vejo no futuro um momento terrível e agoniado, o .270 erguido, o animal confiante, o estampido, o fim.

Ele vira a cara, volta a me olhar e o feitiço é rompido.

— Mais alguma coisa? Sr. Policial?

* * *

Uma das brincadeiras preferidas de meu pai era quando as pessoas lhe perguntavam como ele ganhava a vida e ele dizia que era um rei filósofo. Fazia esta alegação com completa seriedade e Temple Palace nunca perdia a cara dura. Inevitavelmente, pegava o olhar vago de quem perguntou — o barbeiro, digamos, ou alguém em uma festa, ou o pai de um dos meus amigos, e ali eu ficava olhando o chão em completo constrangimento — e ele simplesmente dizia, "Que foi?", abrindo as palmas, implorando, "Que foi? Eu falo *sério*".

O que ele realmente fazia era dar aulas de literatura inglesa, Chaucer, Shakespeare e Donne, na St. Anselm. Em casa, sempre vinha com citações e alusões, murmurando aulas de literatura pela lateral da boca, respondendo com um monte de comentários abstratos a acontecimentos ao acaso e conversas comuns de nossa casa.

Há muito me esqueci da essência da maioria destes apartes, mas um deles não me deixou.

Cheguei em casa lamuriento, choroso, porque um garoto, Burt Phipps, me empurrou de um balanço. Minha mãe, Peg, bonita, prática e eficiente, enrolou três cubos de gelo em um saco para sanduíche e o pressionou em meu ferimento, enquanto meu pai se recostou na bancada de linóleo verde, perguntando-se por que esta figura Burt faria tal coisa.

E eu, fungando, digo, "Bom, porque ele é um idiota".

— Ah, mas não! — declara meu pai, erguendo os óculos à luz da cozinha, limpando-os com um guardanapo do jantar. — Uma coisa que podemos aprender com Shakespeare, Hen, é que cada ação tem um motivo.

Olho para ele, segurando o saco cheio de gelo que pinga em minha testa machucada.

— Não entende, filho? Se alguém faz qualquer coisa, não importa o que seja, há um motivo. Nenhuma ação é divorciada do motivo, nem na arte, nem na vida.

— Pelo amor de Deus, querido — diz minha mãe, agachando-se diante de mim, examinando minhas pupilas para excluir a possibilidade de concussão. — Um agressor é um agressor.

— Ah, sim — diz papai, afaga minha cabeça, sai da cozinha. — Mas por que *se tornou* ele um agressor?

Minha mãe revira os olhos para ele, dá um beijo em minha cabeça machucada e se levanta. Nico está no canto, tem cinco anos, construindo um palácio com vários andares de Legos, encaixando o telhado cuidadosamente equilibrado em vigas.

O professor Temple Palace não viveu para ver o advento de nossa atual circunstância infeliz; nem, infelizmente, minha mãe.

Em pouco mais de seis meses, de acordo com as previsões científicas mais confiáveis, pelo menos metade da população do planeta morrerá em uma série de cataclismos interligados. Uma explosão de cem teratons, mais ou menos o equivalente à potência de mil Hiroshimas, abrirá uma imensa cratera no chão, desencadeando uma série de terremotos que desprezam a escala Richter, provocando tsunâmis descomunais em ricochete pelos oceanos.

Depois virão a nuvem de cinzas, a escuridão, a queda de 20 graus na temperatura global. Sem lavouras, sem gado, sem luz. O destino lento e frio daqueles que restam.

Responda a esta, em seus blocos azuis, professor Palace: que efeito isto tem no motivo, todas estas informações, *toda esta iminência insuportável*?

Pense em J.T. Touissant, um operário de pedreira demitido sem ficha criminal.

Nem um álibi que possa ser verificado para a hora da morte. Ele estava em casa, segundo disse, lendo.

Em circunstâncias normais, assim, voltaríamos nossa atenção à questão do motivo. Nós nos perguntaríamos sobre aquelas horas que eles passaram juntos, aquela última noite: eles viram *Distant Pale Glimmers*, encheram-se de cerveja no cinema. Brigaram por uma mulher, talvez, ou por alguma ofensa mal recordada da escola primária, e os ânimos se inflamaram.

O primeiro problema de uma hipótese dessas é que simplesmente não foi assim que Peter Zell foi morto. Um homicídio resultante de uma longa noite de bebedeira, um homicídio por uma mulher ou um bate-boca é um homicídio cometido com um bastão, uma faca ou um rifle Winchester .270. Aqui, em vez disso, temos um homem que é estrangulado, seu corpo transferido, uma cena de suicídio deliberada e cuidadosamente construída.

Mas o segundo problema, muito maior, é que a própria ideia do motivo deve ser reexaminada no contexto da catástrofe iminente.

Porque as pessoas estão fazendo todo tipo de coisas, por motivos que podem ser complicados ou impossíveis de adivinhar com clareza. Nos últimos meses, o mundo tem visto episódios de canibalismo, de orgias extáticas; surtos de caridade e boas ações; tentativas de revoluções socialistas e de revoluções religiosas; psicoses de massa, inclusive o segundo advento de Jesus; da volta do genro de Maomé, Ali, o Comandante dos Fiéis; da constelação de Órion, com espada e cinto, caindo do céu.

As pessoas estão construindo foguetes, construindo casas nas árvores, tomam várias esposas, as pessoas estão atirando indiscriminadamente em lugares públicos, ateando fogo em si mesmas, estão estudando para ser médicas enquanto os médicos abandonam o trabalho e constroem cabanas no deserto, sentam-se dentro delas e rezam.

Nenhuma dessas coisas, até onde sei, aconteceu em Concord. Ainda assim, o detetive consciencioso é obrigado a examinar a questão do motivo sob uma nova óptica, a colocá-lo na matriz de nossa circunstância atual incomum. Da perspectiva policial, o fim do mundo muda tudo.

* * *

Estou na Albin Road, acabo de passar pela Blevens, quando o carro pega um trecho de gelo ruim, dá uma derrapada violenta para a direita, tento jogá-lo para a esquerda e nada acontece. O volante gira inutilmente em minhas mãos, estou rodando para um lado e outro, e ouço as correntes para neve ricocheteando no aro das rodas com uma série de clangores violentos.

— Vamos lá, vamos lá — digo, mas é como se o volante tivesse perdido a comunicação com a coluna de direção, girando sem parar, e enquanto isso todo o carro é jogado para a direita, um disco gigante de hóquei batido por alguém, derrapando furiosamente para a vala ao lado da rua.

— Vamos lá — repito —, vamos lá — meu estômago dá um solavanco. Piso fundo no freio, nada acontece, e agora a traseira do carro está chegando e emparelhando com a frente, o nariz do Impala quase perpendicular com a rua, e sinto as rodas traseiras se erguerem enquanto a frente arremete, quica na vala e bate no tronco robusto e largo de uma árvore e minha cabeça é jogada no apoio do banco.

E então tudo é quietude. O silêncio repentino e completo. Minha respiração. Um pássaro de inverno cantando, longe, longe, em algum lugar. Um pequeno silvo de derrota do motor.

Lentamente, tomo consciência de um estalo e preciso de um segundo para descobrir que o ruído é de meus dentes, tiritando. Minhas mãos também tremem e meus joelhos batem como pernas de marionetes.

Minha colisão com a árvore solta um monte de neve, e parte dela ainda cai, uma falsa tempestade suave e pulverulenta, um espanar de acúmulo no para-brisa rachado.

Eu me mexo, respiro, apalpo meu corpo como se revistasse um suspeito, mas estou bem. Eu estou bem.

A frente do carro está afundada, só um amassado grande, bem no meio, como se um gigante tivesse recuado o pé e chutado uma vez, com força.

Minhas correntes de neve se soltaram. As quatro. Estão jogadas para todo lado como redes de um pescador, em montes confusos em volta dos pneus.

— Puxa vida — digo em voz alta.

Não acredito que ele o matou. Toussant. Pego as correntes e as coloco na mala em uma pilha frouxa.

Não acredito que ele seja o assassino. Não acho que isto esteja certo.

* * *

Há um total de cinco escadas na central de polícia, mas apenas duas levam ao subsolo. Uma tem degraus ásperos de concreto que descem da garagem e assim, quando as viaturas encostam com suspeitos algemados no banco traseiro, podem levar diretamente para o processamento, a parte do subsolo com a câmera fotográfica, a tinta para digitais, a cela de detenção comum e a cela dos bêbados. Ultimamente, a cela dos bêbados está sempre cheia. Para ter acesso à outra parte do subsolo, usamos a escada noroeste frontal: passamos o crachá no teclado, esperamos que a porta se abra num clique e descemos ao domínio restrito do policial Frank Wilentz.

— Ora, detetive Altão — diz Wilentz e me faz uma falsa saudação amistosa. — Você está meio pálido.

— Bati numa árvore. Estou bem.

— E como está a árvore?

— Pode verificar um nome para mim?

— Gostou do meu boné?

— Wilentz, por favor.

O técnico administrativo da unidade de registros do Departamento de Polícia trabalha em uma gaiola de menos de meio metro quadrado, um antigo depósito de provas, a uma mesa tomada de gibis e sacos de guloseimas. Uma fila de ganchos pela tela de sua gaiola segura bonés da liga principal de beisebol, um dos quais, um boné vermelho vivo de suvenir dos Phillies, está na cabeça de Wilentz em um ângulo jovial.

— Responda-me, Palace.

— Gostei muito de seu boné, policial Wilentz.

— Você só está falando por falar.

— E aí, preciso que verifique um nome para mim.

— Tenho um boné de cada time da liga. Sabia disso?

— Acho que você já tocou no assunto.

O problema é que agora Wilentz tem a única conexão de internet de alta velocidade consistentemente funcional no prédio; pelo que sei, é a única conexão de internet de alta velocidade consistentemente funcional no condado. Algo a ver com o fato de o Departamento de Polícia ter permissão de utilização de uma máquina que se conecta com uma espécie de roteador folheado a ouro do Departamento de Justiça. Significa simplesmente que, se eu quiser me conectar com os servidores do FBI para verificar um histórico criminal em âmbito nacional, primeiro preciso admirar a coleção de bonés de Frank.

— Antigamente eu colecionava essas merdas para um dia dar a meus filhos, mas, como agora é evidente que não terei filho nenhum, estou curtindo eu mesmo. — Sua fisionomia seca dá lugar a um sorriso largo de dentes espaçados. — Eu sou um cara que vê o copo meio cheio. Precisa de alguma coisa?

— É. Preciso que verifique um nome para mim.

— Ah, sim, você já disse.

Wilentz digita o nome e o endereço em Bow Bog, seleciona caixas em uma tela de login do Departamento de Justiça e estou parado junto de sua mesa, olhando enquanto ele digita, batendo meus dedos pensativamente na lateral de sua gaiola.

— Wilentz?

— Sim?

— Um dia você vai se matar?

— Não — diz ele de pronto, ainda digitando, clicando em um link. — Mas confesso que já pensei nisso. Os romanos, sabe, eles pensavam que isso era tipo a coisa mais corajosa que se podia fazer. Em face da tirania. Cícero. Sêneca. Todos esses caras. — E ele passa o dedo lentamente pelo pescoço, um corte.

— Mas não estamos enfrentando a tirania.

— Ah, estamos, sim. O fascista do céu, garoto. — Ele se afasta do computador e escolhe um Kit Kat numa pilha. — Mas não vou fazer isso. E sabe por que não?

— Por quê?

— Porque... eu... — ele se volta, bate numa última tecla — ... sou um covarde.

Com Wilentz, é difícil saber se ele está brincando, mas acho que não, e de qualquer modo volto minha atenção ao que acontece no monitor, longas colunas de dados marchando tela abaixo.

— Bom, meu amigo — diz o policial Wilentz, desembrulhando o chocolate. — O que você tem aqui é um maldito escoteiro.

— O quê?

O Sr. J.T. Touissant, por acaso, jamais cometeu um crime ou pelo menos nunca foi apanhado por um.

Nunca foi preso pela polícia de Concord, antes ou depois de Maia, nem pela estadual de New Hampshire, nem por qualquer outra força policial estadual ou do condado. Nunca cumpriu pena federal, não tem ficha no FBI nem no Departamento de Justiça. Nada internacional, nada militar. Uma vez, ao que parece, estacionou uma moto ilegalmente numa cidadezinha chamada Waterville Valley, nas White Mountains, e levou uma multa por estacionamento, que prontamente pagou.

— E então, nada? — digo e Wilentz assente.

— Nada. Ah, a não ser que ele tenha atirado em alguém na Louisiana. Nova Orleans está fora da grade. — Wilentz se levanta, espreguiça-se, aumenta a pilha de embalagens amassadas de doces na mesa. — Ando pensando em ir para lá. Por lá, está uma loucura. Rola sexo de todo tipo, me disseram.

Subo a escada com um impresso de uma página do histórico criminal de Touissant ou a ausência dele. Se ele é o tipo de cara que sai por aí matando gente e pendurando em banheiros de lanchonetes, só decidiu ser assim há pouco tempo.

* * *

No andar de cima, na minha mesa, volto à linha fixa e tento mais uma vez Sophia Littlejohn, e mais uma vez sou tratado com o tom afável e animado da recepcionista da maternidade de Concord. Não, a Sra. Littlejohn não está; não, ela não sabe aonde foi; não, ela não sabe quando voltará.

— Pode dizer a ela para telefonar ao detetive Palace, da polícia de Concord? — digo e acrescento, por impulso: — Diga a ela que sou um amigo. Diga que quero ajudar.

A recepcionista para por um momento, depois fala, "Tuuuudo bem", arrastando aquela primeira sílaba como se não soubesse realmente do que estou falando. Não posso culpá-la, porque também não sei inteiramente do que estou falando. Pego o lenço que estive segurando na cabeça e o jogo no lixo. Sinto-me inquieto e insatisfeito, encarando a ficha limpa de J.T. Touissant, pensando na casa toda, no cachorro, no telhado, no gramado. O outro problema é que tenho uma lembrança muito nítida de ter prendido cuidadosamente as correntes para neve ontem pela manhã, verificando a folga, como é meu hábito, uma vez por semana.

— Ei, Palace, vem cá dar um olhada nisso.

É Andreas, em seu computador.

— Está vendo isso na conexão discada?

— Não. Está no meu disco rígido. Baixei da última vez que ficamos on-line.

— Ah. Tudo bem, olha... — Mas é tarde demais, eu atravessei a sala à mesa dele e agora estou de pé a suas costas e ele tem a mão fechada em meu cotovelo, a outra apontando a tela.

— Olha — diz o detetive Andreas, respirando rapidamente. — Olha isso comigo.

— Andreas, por favor. Estou trabalhando num caso.

— Eu sei, mas olha, Hank.

— Eu já vi isso.

Todo mundo viu. Alguns dias depois de Tolkin, depois do especial da CBS, da determinação final, o Laboratório de Propulsão a Jato da NASA liberou um vídeo curto para promover a compreensão pública do que está havendo. É uma animação simples em Java, em que avatares rudimentares e pixelados dos corpos celestes relevantes giram em torno do Sol: Terra, Vênus, Marte e, é claro, a estrela do espetáculo, o bom e velho $2011GV_1$. Os planetas e o infame planetoide menor, todos navegando em volta do Sol em suas variadas velocidades e variadas elipses, avançando, quadro a quadro, cada instante na tela representando duas semanas de tempo real.

— Espere só um segundo — diz Andreas, afrouxando a mão, mas sem soltar, curvando-se ainda mais para a frente à mesa. Suas bochechas estão vermelhas. Ele olha fixamente a tela com uma expressão aterrorizada, arregalado, como uma criança olhando pelo vidro do aquário.

Fico atrás dele, observando a contragosto, vendo Maia fazer seu giro pernicioso em torno do Sol. O vídeo é sinistramente hipnótico, como um filme de arte, uma instalação numa galeria: cores vivas, movimento repetitivo, ação simples, irresistível. Nos limites externos de sua órbita, o 2011GV$_1$ move-se lenta e metodicamente, só um arrastar espasmódico pelo céu, muito mais lento em sua trilha do que a Terra na dela. Mas então, nos últimos segundos, Maia acelera, como o ponteiro de segundos de um relógio repentinamente pulando do quatro para o seis. Em obediência à Segunda Lei de Kepler, o asteroide engole os últimos milhões de quilômetros de espaço nos últimos dois meses, alcança a Terra incauta e então... *bam!*

O vídeo para no último quadro, datado de 3 de outubro, o dia do impacto. *Bam!* Contra minha vontade, meu estômago se sacode ao ver isto e eu viro a cara.

— Ótimo — resmungo. — Obrigado por partilhar. — Como eu disse ao cara, eu já vi.

— Espera, espera.

Andreas arrasta de volta a barra de rolagem para alguns segundos antes do impacto, ao momento número 2:39:14, e deixa passar de novo; os planetas avançam dois quadros, depois ele para. — Ali. Viu?

— Vi o quê?

Ele passa de novo, mais uma vez. Estou pensando em Peter Zell, pensando nele assistindo a isso — certamente ele viu o vídeo, talvez dezenas de vezes e talvez tenha separado quatro a quadro, como Andreas está fazendo. O detetive solta meu braço, avança com a cara, até o nariz quase roçar o plástico frio do monitor.

— Bem ali: o asteroide joga só um pouquinho para a esquerda. Se você ler Borstner... já leu Borstner?

— Não.

— Ah, Hank. — Ele se vira para mim, como se eu fosse um louco, e volta à tela. — Ele é um blogueiro, ou era, agora tem uma newsletter. Um amigo meu de Phoenix me ligou na noite passada, me explicou tudo, disse para ver o vídeo de novo, para parar bem em... — Ele clica para pausar em 2:39:14. — Bem aqui. Olha. Viu? — Ele retorna de novo, pausa e vemos outra vez. — O que Borstner aponta, aqui, se você comparar este vídeo, quero dizer.

— Andreas.

— Se você comparar isto com outras projeções da trajetória do asteroide, aparecem anomalias.

— Detetive Andreas, ninguém adulterou o filme.

— Não, não, o filme não. É claro que ninguém adulterou o *filme*. — Ele estica o pescoço de novo, semicerra os olhos para mim e eu pego um rápido sopro de alguma coisa em seu hálito, vodca, talvez, e recuo um passo. — Não o filme, Palace, as *efemérides*.

— Andreas. — Reprimo um forte impulso, a essa altura, de simplesmente arrancar o computador dele da parede e jogar pela sala.

Tenho um homicídio para resolver, pelo amor de Deus. Um homem morreu.

— Está vendo... ali... viu? — ele está dizendo. — Viu onde ele quase se desvia, mas depois parece voltar numa guinada? Se você compará-lo com o asteroide Apophis ou com o 1979 XB. Se você... veja... A teoria de Borstner é de que cometeram um erro, um erro inicial fundamental no, no cálculo, sabe como é, na matemática da coisa. E começa com a descoberta em si que, você deve saber, foi totalmente sem precedentes. Uma órbita de 75 anos, isso não tem registro, né? — Ele fala cada vez mais rápido, suas palavras se derramando, atropelando-se. — E Borstner tentou entrar em contato com a NASA, tentou o Departamento de Defesa, para explicar a eles o que é, o que é, sabe... E foi simplesmente rejeitado. Ele foi ignorado, Palace. Totalmente ignorado!

— Detetive Andreas — digo com firmeza e, em vez de quebrar seu computador, só me inclino para a frente a seu lado, torcendo o nariz para o fedor de bebida alcoólica e desespero suado, e desligo o monitor.

Ele levanta a cabeça para mim, de olhos arregalados.

— Palace?

— Andreas, você está trabalhando em algum caso interessante?

Ele pisca, confuso. A palavra *caso* é de uma língua estrangeira que antigamente ele sabia, há muito tempo.

— Um caso?

— É. Um caso.

Nós nos olhamos, o radiador fazendo seus gorgolejos indistintos no canto, depois entra Culverson.

— Ora, detetive Palace. — Ele está parado à porta, com o terno de três peças, nó Windsor, um sorriso caloroso. — Justo o homem que eu procurava.

Fico feliz por me afastar de Andreas e ele de mim; ele procura o botão para religar o monitor. Culverson acena para mim com uma pequena folha de papel amarelo.

— Você está bem, filho?
— Estou. Bati numa árvore. O que foi?
— Encontrei aquele garoto.
— Que garoto?
— O garoto que você estava procurando.

Por acaso, Culverson prestava atenção de seu lado da sala quando eu estava ao telefone ontem, mexendo meus pauzinhos em busca do bobalhão do marido de minha irmã. Assim, Culverson foi em frente e deu ele mesmo alguns telefonemas, Deus o abençoe, e porque é um investigador muito melhor do que eu jamais serei, ele matou a charada.

— Detetive — digo. — Não sei o que dizer.
— Esqueça — diz ele, ainda sorrindo. — Você me conhece, gosto de um desafio. Além disso, antes que você me agradeça demais, dê uma olhada no que descobri.

Ele coloca um pedaço de papel pequeno na palma de minha mão, eu leio e solto um gemido. Ficamos parados ali por um segundo, Culverson sorrindo maliciosamente, Andreas em seu canto vendo seu filme e torcendo as mãos suadas.

— Boa sorte, detetive Palace. — Culverson me dá um tapinha no ombro. — Divirta-se.

* * *

Ele está errado.

Andreas, quero dizer.

Junto com esse tal de Borstner, o blogueiro ou panfleteiro ou seja o que for: o idiota no Arizona dando esperanças às pessoas.

Há muitos desses personagens e todos estão errados, e é irritante para mim porque Andreas tem responsabilidades, ele tem um trabalho a fazer; o povo depende dele, assim como depende de mim.

Ainda assim, a certa altura, algumas horas depois, antes de eu encerrar o dia, passo em sua mesa para ver de novo o vídeo do Laboratório de Propulsão a Jato. Curvo-me para a frente, fico bem recurvado e aperto os olhos. Não há guinada, nem interrupção curta na animação que sugira de forma crível um erro nos dados subjacentes. Maia não se desvia nem se agita em seu curso, é um claro avanço o tempo todo. Ele vem, sem parar, imperturbável, como se estivesse vindo desde muito antes de eu nascer.

Não posso alegar compreender a ciência, mas sei que há muita gente que pode. Existem muitos observatórios, Arecibo, Goldstone e os outros, existem milhões de astrônomos amadores acompanhando a coisa pelo céu.

Peter Zell, ele compreendia a ciência, ele a estudou, sentou-se em silêncio em seu pequeno apartamento absorvendo os detalhes técnicos do que está acontecendo, tomando notas, sublinhando detalhes.

Recomeço o vídeo, vejo o asteroide girar mais uma vez, acelerar furiosamente no último trecho e depois... *bam!*

3.

— ENCOSTE AQUI, POR FAVOR.

O queixo do soldado é perfeitamente quadrado, seus olhos são incisivos e desanimados, o rosto é frio e impassível abaixo de um largo capacete preto, o logotipo do miliciano da Guarda Nacional decorando a aba. Ele gesticula para mim com a ponta do braço, que parece ser uma semiautomática M-16. Encosto. Esta manhã prendi de novo as correntes para neve, verifiquei três vezes as conexões do cabo, apertei bem a folga. Thom Halburton, o mecânico do departamento, disse que o carro vai rodar bem mesmo com o amassado e até agora parece que ele tem razão.

Estou a menos de oitocentos metros do centro de Concord, ainda vejo o pináculo da Assembleia Legislativa de um lado e o outdoor do Outback Steakhouse do outro, mas é um mundo diferente. Cerca de arame farpado, prédios de um andar de tijolos aparentes e sem janelas, uma rua vicinal asfaltada marcada por setas brancas e amarelas e pilares de pedra. Torres de vigia, placas verdes de orientação tomadas de acrônimos obscuros. Mais soldados. Mais metralhadoras.

Sabe-se que a Lei IPSS contém um monte dos chamados artigos negros, partes secretas que em geral se supõem ter relação com os vários ramos das Forças Armadas. O conteúdo exato destes artigos é desconhecido — a não ser, presumivelmente, para seus redatores, um comitê conjunto das

Forças Armadas da Assembleia e do Senado; aos comandantes militares e oficiais de alta patente dos ramos afetados; e a vários membros relevantes do executivo.

Mas todo mundo sabe, ou pelo menos todo mundo na polícia tem certeza, de que a organização dos militares americanos foi extensamente reforçada, seus poderes e recursos ampliados — e tudo isso faz deste lugar o último em que eu preferiria estar em uma manhã cinzenta e ventosa de sexta-feira, quando estou até o pescoço numa investigação de homicídio: dirigir meu Chevrolet Impala pelo quartel-general da Guarda Nacional de New Hampshire.

Obrigado, Nico. Eu te devo essa.

Saio às 10:43 do Impala no prédio de concreto, atarracado e sem janelas da prisão que tem uma pequena floresta de antenas eriçando-se pelas linhas planas do telhado. Graças a Culverson e aos contatos de Culverson, consegui cinco minutos, começando exatamente às 10:45 da manhã.

Uma oficial da reserva severa e sem nenhum encanto, de calça de camuflagem, olha meu distintivo em silêncio por trinta segundos antes de assentir uma vez e me conduzir por um curto corredor a uma imensa porta de metal com uma pequena janela de Plexiglass quadrada exatamente no meio.

— Obrigado — eu digo, ela resmunga e volta pelo corredor.

Espio pela janela e lá está ele: Derek Skeve, sentado no meio de sua cela, no chão, de pernas cruzadas, respirando lenta e cuidadosamente.

Ele está meditando. Pelo amor de Deus.

Fecho a mão em punho e bato à janelinha.

— Skeve. Ei. Derek.

Espero um segundo. Bato de novo.

— Ei. — Mais alto, mais veemente: — Derek!

Skeve, de olhos ainda fechados, levanta um dedo de uma só mão, como uma recepcionista de médico ocupada ao telefone. A fúria ferve em minhas faces, já basta, estou pronto para ir para casa. Não tenho dúvida de que é melhor deixar este parvo egocêntrico sentado numa prisão militar alinhando seus chacras até que Maia chegue aqui. Vou me virar, dizer "obrigado de qualquer modo" à charmosa oficial na porta, ligar para Nico e dar as más notícias, e voltar ao trabalho de descobrir o assassino de Peter Zell.

Mas conheço Nico, conheço a mim mesmo. Posso dizer o que quiser a ela, vou acabar voltando aqui amanhã.

Assim, bato à janela de novo e enfim o prisioneiro se estende e levanta. Skeve está com um macacão caramelo com NHNG em estêncil na frente, um complemento incongruente a seu cabelo comprido e embaraçado, aquelas ridículas trancinhas caucasianas que fazem com que ele pareça um mensageiro ciclista — o que de fato ele foi, entre muitas outras quase profissões de vida curta. Um pelo com vários dias de crescimento cobre as bochechas e o queixo.

— Henry — diz ele, sorrindo beatificamente. — Como é que está, irmão?

— O que está havendo, Derek?

Skeve dá de ombros distraidamente, como se a pergunta não dissesse respeito a ele.

— Estou como você me vê. Um hóspede do complexo industrial militar.

Ele olha a cela: paredes de concreto lisas, um beliche fino e utilitário rebitado num canto, uma pequena privada de metal no outro.

Curvo-me para a frente, enchendo a janelinha com meu rosto.

— Pode se explicar melhor, por favor?

— Claro. Quer dizer, o que posso te contar? Fui preso pela polícia militar.

— Sim, Derek. Isso estou vendo. Pelo quê?

— Acho que a acusação é operar um veículo todo-terreno em área federal.

— É esta a acusação? Ou é a acusação que você pensa ser?

— Creio que eu penso ser esta a acusação. — Ele sorri e eu bateria nele se fosse fisicamente possível, sinceramente bateria.

Afasto-me da janela, respiro fundo para me acalmar e olho o relógio. São 10:48.

— Bom, Derek. Você estava operando um todo-terreno na base por algum motivo?

— Não me lembro.

Ele não se lembra. Olho fixamente para ele, de pé ali, ainda sorrindo. Com algumas pessoas existe uma linha tênue, não se sabe se elas se fazem de boas ou se são realmente boas.

— Não sou um policial agora, Derek. Sou seu amigo. — Interrompo-me, recomeço. — Sou amigo de Nico. Sou o irmão dela e a amo. E ela ama você, assim estou aqui para ajudá-lo. Então, comece do início e me conte exatamente o que aconteceu.

— Ah, Hank — diz ele, como se tivesse pena de mim. Como se meus pedidos fossem algo infantil, algo que ele acha bonitinho. — Eu queria muito poder fazer isso.

— Queria?

Isto é loucura. É loucura.

— Quando vão te indiciar?

— Não sei.

— Tem um advogado?

— Não sei.

— Como não sabe? — Olho o relógio. Faltam trinta segundos e ouço os passos pesados da reservista da recepção, voltando para me buscar. Uma coisa nos militares é que eles gostam de seus horários.

— Derek, eu tive o trabalho de vir aqui para ajudar você.

— Eu sei e foi muito decente de sua parte. Mas, sabe como é, eu não te pedi para fazer isso.

— Sim, mas Nico *me pediu*. Porque ela se importa com você.

— Eu sei. Ela não é uma pessoa incrível?

— Muito bem, senhor.

É a guarda. Falo rapidamente pelo buraco na porta.

— Derek, não há nada que possa fazer por você se não me contar o que está havendo.

O sorriso presunçoso de Derek se alarga por um momento, os olhos toldados de bondade, depois ele vai lentamente à cama e se esparrama ali, com as mãos cruzadas sob a cabeça.

— Ouvi muito bem o que você disse, Henry. Mas é um segredo.

Chega. Acabou o tempo.

* * *

Eu tinha 12 anos e Nico apenas seis quando ela saiu da casa em Rockland para a fazenda na Little Pond Road, a meio caminho de Penacook. Nathaneal Palace, meu avô, havia se aposentado há pouco depois de quarenta anos trabalhando em banco e tinha um amplo leque de interesses: modelos de trem, tiro, construir muros de pedra. Já antes da puberdade uma pessoa dada aos livros e retraída, eu não me interessava pelos variados graus de todas aquelas atividades, mas fui obrigado por vovô a participar. Nico, uma criança solitária e ansiosa, ficava avidamente interessada em todas e era rigorosamente ignorada. Uma vez ele comprou um kit de modelos de aviões da Segunda Guerra Mundial e nos sentamos no porão, nós três, e meu avô arengou comigo por uma hora, recusando-se a me deixar sair antes que eu prendesse com sucesso as duas asas ao corpo, enquanto mecanicamente vigiava Nico sentada no canto, segurando um punhado de pecinhas cinza de avião, esperando sua vez: no início animada, depois inquieta, por fim às lágrimas.

Isso foi na primavera, creio, não muito depois de nos mudarmos para a casa dele. Os anos foram assim, para ela e para mim, um monte de altos e baixos.

— Então, você vai voltar.

— Não.

— Por que não? Culverson não pode te conseguir outra hora? Talvez na segunda.

— Nico.

— Henry.

— *Nico*. — Estou me inclinando para a frente, gritando um pouco ao telefone, que está no viva-voz no banco do carona. Conseguimos um sinal horrível, de um celular a outro, com todo tipo de interrupções e recomeços, e isso não ajuda em nada. — Me escute.

Mas ela não vai escutar.

— Sei que você o compreendeu mal ou coisa assim. Ele pode ser esquisito.

— Isso é verdade.

Estou estacionado no terreno abandonado ao lado do que resta do Capitol Shopping Center, um trecho de várias quadras a leste da Main Street, pela margem do Merrimack. Os distúrbios do Dia do Presidente incendiaram as lojas que restavam aqui e agora só existem algumas barracas esparsas cheias de bebidas e sem-teto. Era onde morava o Sr. Shepherd, meu líder escoteiro, quando os Escovinhas o enquadraram por vadiagem.

— Nico, você está bem? Tem se alimentado?

— Estou ótima. Sabe no que eu aposto? — Ela não está ótima. Sua voz é áspera, fatigada, como se ela nada tivesse feito além de fumar desde o desaparecimento de Derek. — Aposto que ele só não quis falar nada na frente dos guardas.

— Não — digo. — Não, Nico. — É de exasperar. Conto a ela como foi fácil entrar lá, os poucos guardas que vigiavam Derek Skeve.

— Sério?

— Tem uma mulher. Da reserva. Eles não se importam com um garoto que dá uns passeios em uma base militar.

— Então, por que não pode tirá-lo de lá?

— Porque eu não tenho uma varinha de condão.

A negação da realidade por parte de Nico, tão enlouquecedora quanto a obstinação obtusa de seu marido, é um aspecto antigo de seu caráter. Minha irmã é mística desde tenra idade, acreditando firmemente em fadas e milagres, e seu pequeno espírito deslumbrado exigia a magia. Logo depois de ficarmos órfãos, ela não conseguiu aceitar que aquilo tudo era real e não aceitou, e fiquei tão zangado que saí de rompante, depois voltei, gritando. "Os dois estão *mortos*! Ponto final. Fim da história. Mortos, mortos, m-o-r-mor-t-o-s-tos! Tá legal? Não tem ambiguidade!"

Isto foi logo na esteira de meu pai, a casa cheia de amigos e estranhos bem-intencionados. Nico me encarava, franzindo os lábios rosados e mínimos, a palavra *ambiguidade* muito além de sua escala de compensação de seis anos, a severidade de meu tom todavia inconfundível. Os enlutados reunidos olharam a triste duplinha que formávamos.

E agora, no presente, novos tempos, a capacidade de incredulidade de Nico é inabalável. Tento mudar de assunto.

— Nico, você é boa em matemática. O número 12,375 significa alguma coisa para você?

— Como assim, se significa alguma coisa?

— Sei lá, é tipo Pi ou coisa assim, em que...

— Não, Henry, não é — diz ela rapidamente e tosse. — O que vamos fazer agora?

— Nico, pare com isso. Não está me ouvindo? É militar, tem regras totalmente diferentes. Eu nem mesmo saberia como tentar tirá-lo de lá.

Um dos sem-teto sai trôpego de sua barraca e aceno para ele rapidamente com dois dedos; seu nome é Charles Taylor e fomos colegas no ensino médio.

— Aquela coisa vai cair do céu — diz Nico —, vai cair na nossa cabeça. Não quero estar sentada aqui sozinha quando acontecer.

— Não vai cair na nossa cabeça.

— O quê?

— Todo mundo diz isso, é simplesmente... arrogante, é o que isso é. — Estou tão cansado daquilo, de tudo, eu devia parar de falar, mas não consigo. — Dois objetos estão em movimento em órbitas separadas, porém coincidentes, e desta vez estaremos no mesmo lugar e na mesma hora. Não vai "cair na nossa cabeça", tá bem? Não está "vindo para cima de nós". Simplesmente *existe*. Entendeu?

De repente fica incrível e estranhamente silencioso e percebo que eu devo ter gritado.

— Nico? Desculpe. Nico?

Mas então ela volta, sua voz baixa e monótona.

— Eu sinto falta dele, é só isso.

— Eu sei.

— Esquece.

— Espera.

— Não se preocupe comigo. Vá resolver seu caso.

Ela desliga e fico sentado no carro, meu peito tremendo como se golpeado.

Bam!

* * *

É uma série de ficção científica, é isso que é, *Distant Pale Glimmers*, um novo episódio de meia hora exibido toda semana, um sucesso de exibição desde a época do Natal. Aqui, em Concord, é exibido no Red River, o cinema indie. Ao que parece, fala de uma nave de guerra intergalática chamada *John Adams*, pilotada por uma general Amelie Chenoweth, interpretada por uma gostosona de nome Kristin Dallas, que também é a roteirista e diretora. A *John Adams* cartografa os cantos distantes do universo por volta de 2145. É claro que o subtexto, sutil como um soco na cabeça, é de que, de algum modo, alguém consegue, sobrevive, prospera, e a raça humana ressurge entre as estrelas.

Fui com Nico e Derek uma vez, algumas semanas atrás, na primeira segunda-feira de março. Não importa muito, pessoalmente.

Será que Peter estava lá, na mesma noite? Talvez sozinho, talvez com J.T. Touissant.

Aposto que estava.

* * *

— Detetive Culverson?

— Sim?

— Até que ponto as correntes de neve dos Impalas são confiáveis?

— Até que ponto são confiáveis? O que quer dizer?

— As correntes. Nos carros. Elas são boas, não é? Ficam no lugar, quase sempre?

Culverson dá de ombros, envolvido no jornal.

— Acho que sim.

Estou em minha cadeira, a minha mesa, os blocos azuis arrumados em um retângulo bem-feito a minha frente, tentando me esquecer de minha irmã, tocar a vida. Um caso a investigar. Um homem morreu.

— Elas são bons pra caralho — exclama McGully de sua mesa, e a declaração é pontuada pela pancada das pernas da frente da cadeira no chão quando ele se joga para a frente. Ele tem um sanduíche de pastrami do Works, um guardanapo servindo de babador, aberto como uma toalha de piquenique cobrindo a barriga. — Elas não saem por qualquer merda, a não ser que você tenha prendido errado. O que aconteceu? Você rodou?

— Rodei. Ontem à tarde. Bati numa árvore.

McGully morde o sanduíche. Culverson resmunga "meu Deus", mas não pelo acidente, por alguma coisa no jornal. A mesa de Andreas está vazia. Nossa unidade de aquecimento retine, arrotando baforadas de calor. Lá fora, no peitoril, aprofunda-se lentamente um banco de neve recente.

— O fecho dessas merdas é complicado e você precisa deixar sem folga nenhuma. — McGully sorri, com mostarda no queixo. — Não fique se torturando.

— Tá. Mas, sabe, já faço isso há algum tempo. Fiquei de patrulha em um inverno.

— Sei, mas você usou o próprio veículo no inverno passado?

— Não.

Culverson, enquanto isso, baixa o jornal e olha pela janela. Levanto-me e ando de um lado a outro.

— Alguém pode ter afrouxado as correntes bem fácil, não é? Se quisesse.

McGully bufa, engole uma grande dentada do sanduíche.

— Na garagem daqui?

— Não, lá fora, em campo. Enquanto estava estacionado em algum lugar.

— Você está querendo dizer... — ele me encara, baixa a voz, finge seriedade — ... que alguém está tentando te matar?

— Bom... quer dizer... claro.

— Soltando suas correntes para neve? — McGully dá uma gargalhada, explodindo nacos de pastrami de sua papada, quicando do guardanapo para a mesa. — Desculpe, garoto, você está num filme de espionagem?

— Não.

— É o presidente?

— Não.

Andaram tentando assassinar o presidente, esta é uma das características dementes do cenário nacional, nos últimos três meses — essa é a piada.

Olho para Culverson, mas ele ainda está com a cabeça em outro lugar, de olhos fixos na neve.

— Bom, então, sem querer ofender, garoto — diz McGully —, mas não acho que alguém esteja tentando te matar. Ninguém se importa com você.

— Tudo bem.

— Não é nada pessoal. É que ninguém se importa com nada.

Culverson levanta-se de repente, joga o jornal na lixeira.

— O que é que tá pegando? — diz McGully, esticando a cabeça.

— Os paquistaneses. Eles querem jogar uma bomba nuclear.

— Uma bomba onde?

— Em Maia. Fizeram uma espécie de declaração. Não podem deixar a sobrevivência de seu povo orgulhoso e soberano nas mãos do imperialismo ocidental etc. etc. etc.

— Os paquistaneses, é? — diz McGully. — Tá brincando? Pensei que nessa história tivéssemos de nos preocupar com os bestas dos iranianos.

— Não, olha, os iranianos têm urânio, mas não têm mísseis. Não podem disparar.

— Os paquistaneses podem disparar?

— Eles têm mísseis.

Estou pensando em minhas correntes para neve, sentindo a rua girando embaixo de mim, lembrando-me do tremor e do baque do impacto.

Culverson meneia a cabeça.

— E o Departamento de Estado está basicamente dizendo, pode jogar, vamos explodir vocês primeiro.

— Bons tempos — diz McGully.

— Tenho uma lembrança muito clara de ter verificado os fechos da corrente — digo e os dois me olham. — Na segunda de manhã, logo cedo.

— Meu Deus, Palace.

— Mas, espera só. Vamos imaginar que sou um assassino. Vamos imaginar que tem um detetive trabalhando no caso e ele está, ele está — interrompo-me, consciente de ficar um pouco vermelho —, ele está chegando perto de mim. Então, quero este detetive morto.

— Sim — diz McGully, e penso por um segundo que ele fala sério, mas então ele baixa o sanduíche, levanta-se lentamente com uma expressão solene. — Ou talvez ele seja um *fantasma*.

— Tá legal, McGully.

— Não, é sério. — Ele se aproxima. Seu hálito tem cheiro de picles. — É o fantasma desse enforcado e ele está muito irritado por você fingir que ele foi assassinado, ele tenta te assustar para que largue a investigação.

— Tudo bem, McGully, tá legal. Não acho que foi um fantasma.

Culverson tirou o *Times* da lixeira e agora lê a matéria de novo.

— É, tem razão — diz McGully, voltando a sua mesa e ao restante do almoço. — Você deve ter se esquecido de fechar as correntes.

* * *

Outra brincadeira que meu pai adorava era uma que ele fazia sempre que alguém perguntava por que morávamos em Concord, considerando que ele trabalhava na Faculdade St. Anselm, a meia hora de distância, em Manchester. Ele se retraía, assombrado, e dizia simplesmente, "Porque é *Concord!*", como se isso fosse explicação suficiente, como se fosse Londres ou Paris.

Esta veio a se tornar uma brincadeira adorada por mim e Nico, em nossos anos de insatisfação adolescente rabugenta, que para Nico na realidade não terminaram. Por que não encontrávamos um lugar para comer um filé decente depois das nove da noite? Por que todas as outras cidades na Nova Inglaterra tiveram uma Starbucks antes de nós?

Porque é Concord!

Mas o verdadeiro motivo para meus pais ficarem foi o emprego de minha mãe. Ela era secretária de Departamento da Polícia de Concord, plantada atrás do vidro à prova de balas no saguão da frente, lidando com os visitantes, calmamente recebendo queixas de bêbados, vagabundos e criminosos sexuais, encomendando um bolo na forma de uma pistola semiautomática para cada detetive que se aposentava.

Seu salário talvez fosse metade da renda de meu pai, mas ela já estava naquele emprego antes de conhecer Temple Palace e se casou com ele com a única condição expressa de que continuassem em Concord.

Ele tentava fazer graça quando dizia "Porque é Concord!", mas, na realidade, não se importava com o lugar onde morava. Amava demais minha mãe, era a explicação, e só queria ficar onde ela estava.

* * *

É sexta-feira, tarde, perto da meia-noite. As estrelas cintilam fracas através de um manto cinza de nuvens. Estou sentado em minha varanda dos fundos, olhando o terreno descuidado, a antiga fazenda, contíguo a minha fila de casas.

Estou sentado aqui, dizendo a mim mesmo que fui sincero com Nico e não há nada mais que eu possa fazer.

Mas, infelizmente, ela tem razão. Eu a amo e não quero que ela morra sozinha.

Tecnicamente, não quero que ela morra de maneira nenhuma, mas não há muito que possa fazer a respeito disso.

Já passou bem do horário comercial, mas entro, pego a linha fixa e disco o número mesmo assim. Alguém vai atender. Nunca foi o tipo de trabalho que fecha à noite e nos fins de semana e tenho certeza de que, na era do asteroide, o horário só ficou mais movimentado.

— Alô? — diz uma voz, baixa e masculina.

— Oi, boa noite. — Tombando a cabeça para trás, respirando fundo. — Preciso falar com Alison Koechner.

* * *

Na manhã de sábado, saio para correr, 8 quilômetros por uma rota excêntrica de minha própria invenção: subindo ao White Park, passando pela Main Street e voltando para casa pela Rockingham, o suor escorrendo por minha testa, misturando-se com os grãos de neve. Minhas pernas se arrastam um pouco por conta do acidente de carro e sinto uma rigidez no peito, mas é bom correr, ficar ao ar livre.

Tudo bem. Posso ter me esquecido de trancar uma das correntes nos pneus, claro, entendo isso. Eu estou com pressa, ansioso. Talvez tenha deixado passar um fecho. Mas os quatro?

Chegou em casa, ligo o celular e descubro que tem duas barras de sinal e que perdi uma ligação de Sophia Littlejohn.

— Ah, *não* — resmungo, apertando o botão para tocar o recado da secretária. Fiquei fora por 45 minutos, talvez uma hora, e foi a primeira vez que desliguei o telefone em uma semana, a primeira desde que pus os olhos no corpo de Peter Zell no banheiro do McDonald's pirata.

"Desculpe-me por demorar tanto para responder sua ligação", diz a Sra. Littlejohn no recado, sua voz neutra e firme. Aninho o telefone sob o pescoço, abrindo um bloco azul, acionando uma caneta. "Mas o caso é que eu realmente não sei o que dizer a você."

E ela simplesmente começa a falar, um recado de quatro minutos que nada faz além de recapitular o que o marido me disse na casa dos dois na manhã de quarta-feira. Ela e o irmão nunca foram próximos. Ele reagiu muito mal ao asteroide, ficou retraído, desligado, mais do que nunca. Evidentemente ela está decepcionada que ele tenha decidido se matar, mas não surpresa.

"E assim, detetive", disse ela, "agradeço por sua diligência, por sua preocupação." Ela para e há alguns segundos de silêncio, penso que o recado acabou, mas ouço um murmúrio, um sussurro de apoio atrás dela — o belo marido Erik — e ela diz: "Ele não era um homem feliz, detetive. Queria que soubesse que eu gostava dele. Era um homem triste e ele se matou. Por favor, não volte a ligar para mim."

Bip. Fim do recado.

Fico sentado, tamborilando os dedos no ladrilho torto da bancada de minha cozinha, o suor do exercício secando e esfriando na testa. No recado, Sophia Littlejohn não mencionou o bilhete de suicídio abortado, se foi isso mesmo — *Querida Sophia*. Mas eu contei ao marido sobre isso e seguramente ele contou a ela.

Ligo para ela pela linha fixa. Para a casa, depois o celular dela, depois o trabalho, em seguida a casa de novo.

Talvez ela não esteja atendendo porque não reconhece o número. Então tento todos os números novamente por meu celular, só que na metade do segundo telefonema eu perco todo o sinal, não tem nenhum, um plástico morto, e jogo o troço inútil pela sala.

* * *

Não se consegue enxergar os olhos das pessoas, não neste clima: os gorros de inverno puxados bem para baixo, as caras viradas para a calçada coberta de lama. Mas interpretamos seu andar, aquele arrastar cansado e baixo. Dá para ver aqueles que não vão conseguir. Há um suicídio. Tem um. Esse cara não vai conseguir. A mulher, aquela de expressão franca, o queixo empinado. Ela vai se aguentar, dará o máximo, reza para alguém ou alguma coisa, de pé até o fim.

No muro do antigo prédio comercial, a pichação:
MENTIRAS MENTIRAS SÃO TUDO MENTIRAS.

Vou ao Somerset para o jantar da noite de um sábado solitário de solteiro e desvio-me de meu caminho para passar no McDonald's da Main Street. Olho o estacionamento vazio, o fluxo de pedestres entrando e saindo com seus sacos de papel, fumegantes no alto. Há uma caçamba de lixo preta transbordando na lateral do prédio, escondendo em parte a entrada lateral. Paro por um segundo e imagino que sou um assassino. Estou em meu carro — é um motor a óleo de cozinha, ou arrumei meio tanque de algum jeito.

Tenho um corpo na mala.

Espero pacientemente que bata meia-noite, meia-noite ou uma hora. Muito depois do movimento do jantar, mas antes que comece a maré de fregueses pós-bar da madrugada. A lanchonete está praticamente vazia.

Despreocupadamente, olhando o estacionamento mal iluminado, abro a mala e tiro meu amigo; encosto-o em meu corpo e ando com ele, com três pernas, como dois bêbados se escorando, passo pela barreira da caçamba e pego a entrada lateral, ando diretamente pelo curto corredor ao banheiro masculino. Passo a tranca. Tiro o cinto...

Quando chego ao Somerset, Ruth-Ann me cumprimenta com a cabeça e serve meu café. Toca Dylan na cozinha, Maurice acompanha cantando alto "Hazel". Empurro o cardápio de lado, cerco-me dos blocos azuis. Listando e relistando as informações que reuni até agora.

Peter Zell morreu cinco dias atrás.

Ele trabalhava com seguros.

Adorava matemática.

Era obcecado pelo asteroide iminente, colecionava dados e o acompanhava no céu, absorvendo toda informação que pudesse. Mantinha essas informações em uma caixa rotulada com "12,375" por motivos que ainda não compreendo.

Seu rosto. Ele morreu com hematomas no rosto, abaixo do olho direito.

Não era próximo da família.

Parecia ter apenas um amigo, um homem chamado J.T. Touissant, que ele adorava quando criança e depois decidiu, por motivos próprios, voltar a procurar.

Fico sentado diante de meu jantar por uma hora, lendo e relendo minhas anotações, resmungando comigo mesmo, afastando com a mão as lentas nuvens de fumaça que vagam das mesas vizinhas. A certa altura, Maurice sai da cozinha de avental branco, as mãos nos quadris, e olha meu prato com uma reprovação severa.

— Qual é o problema, Henry? — diz ele. — Tem uma joaninha nos seus ovos ou coisa assim?

— Acho que só não estou com fome. Não se ofenda.

— Bom, você sabe que detesto desperdiçar comida — diz Maurice, um riso agudo insinuando-se em sua voz e levanto a cabeça, sentindo que vem a piada. — Mas não é o fim do mundo!

Maurice morre de rir, volta aos trancos para a cozinha.

Pego a carteira, conto lentamente três notas de 10 para a conta e mil redondos da gorjeta. O Somerset tem de obedecer ao controle de preços ou fechar, e assim sempre tento compensar na mesa.

Depois pego meus blocos azuis e os enfio no bolso interno do paletó.

Basicamente, não sei de nada.

4.

— Oi, Palace?

— Hein? — Pisco, dou um pigarro, fungo. — Quem é?

Meus olhos encontram o relógio. São 5:42. Domingo de manhã. É como se o mundo tivesse decidido que estarei melhor nos planos de Victor France, sempre em frente, sem tempo a perder. *O calendário do Advento... do Juízo Final.*

— Aqui é Trish McConnell, detetive Palace. Desculpe-me por tê-lo acordado.

— Está tudo bem. — Bocejo, espreguiço braços e pernas. Não falo com a policial McConnell há dias. — O que há?

— É só que... como eu disse, me desculpe por incomodá-lo. Mas consegui o telefone de sua vítima.

Em dez minutos ela chega a minha casa — cidade pequena, sem trânsito — e estamos sentados a minha mesa decrépita de cozinha, que balança sempre que um de nós pega ou baixa a caneca de café.

— Não consegui me livrar da cena do crime — diz McConnell, de uniforme, do quepe aos sapatos, a faixa cinza e fina descendo pela perna das calças azuis. Sua expressão é atenta, fixa, uma mulher com uma história a contar. — Não consigo parar de pensar nisso.

— É — digo em voz baixa. — Eu também não.

— Tudo ali me pareceu meio estranho, sabe o que quero dizer?

— Sei.

— Em especial a ausência do telefone. Todo mundo anda com um telefone. O tempo todo. Mesmo agora. Não é?

— É. — Menos a mulher de Denny Dotseth.

— *Então*. — McConnell para, levanta um dedo para criar efeito dramático, um sorriso irônico começando a puxar os cantos da boca. — Eu estava na metade do meu turno dois dias atrás, passando a noite no Setor 7, e tive um estalo. Alguém roubou o telefone do cara.

Assinto sabiamente, tentando dar a impressão de que considerei esta possibilidade e a descartei por algum motivo superior dos detetives, enquanto xingo a mim mesmo, porque me esqueci completamente da questão do telefone.

— Acha que o assassino pegou o telefone?

— Não, Hank. Detetive. — O rabo de cavalo apertado de McConnell balança de um lado a outro quando ela meneia a cabeça. — Ele ainda estava com a carteira, pelo que você disse. A carteira e as chaves. Se alguém o matasse para roubar, teria levado tudo, não é?

— Então, talvez tenha matado pelo telefone em si — digo. — Alguma coisa nele? Um número. Uma foto? Alguma informação.

— Acho que não.

Levanto-me para levar nossas canecas à bancada, a mesa oscilando em minha esteira.

— Então estou pensando, não é o assassino, é alguém na cena — diz McConnell. — Alguém naquele McDonald's pegou o telefone no bolso do morto.

— Um crime grave. Roubar de um cadáver.

— É — diz ela. — Mas é preciso fazer uma análise de risco.

Levanto os olhos da bancada, onde esvazio o jarro de Mr. Coffee em nossas canecas.

— Como disse?

— Digamos que eu seja uma cidadã comum. Não sou sem-teto nem falida, porque estou numa lanchonete numa manhã de dia útil.

— Tudo bem.

— Eu tenho emprego, mas é um trabalho inferior. Se puder penhorar um celular a um reciclador de metal, alguém que coleta cádmio, ganho uma grana preta. O suficiente para me manter por um ou dois meses, talvez até me tirar do trabalho no fim. Então, há uma recompensa, uma chance de percentual significativo de uma recompensa significativa.

— Claro, claro. — Gosto de como McConnell está fazendo isso.

— Então, estou parada ali no McDonald's, a polícia está a caminho — diz McConnell. — Imagino que tenho uma chance de 10% de ser apanhada.

— Com a polícia caindo na cena? Uma chance de 25%.

— Um deles é Michelson. Dezoito.

— Quatorze.

Ela ri e eu também, mas estou pensando em meu pai, em Shakespeare, em J.T. Touissant: motivo reconsiderado na matriz de novos tempos.

— Mas, se você for apanhada, não tem denúncia, não tem habeas corpus, o que equivale a 100% de chance de morrer na prisão.

— Bom, eu sou jovem — diz ela, ainda na personagem.

— Sou convencida. Decido me arriscar.

— Tudo bem, vou engolir — digo, mexendo leite em meu café. — Quem pegou o telefone?

— Foi aquele garoto. O garoto do balcão.

Lembro-me imediatamente dele, o garoto de quem ela fala: com seu cabelo sebento, viseira virada para cima, as cicatrizes de acne, olhando entre o chefe detestado e os policiais detestados. O sorriso malicioso gritando, *Passei a perna em todos vocês, seus filhos da puta, não foi?*

— Filho da mãe — digo. — Filho da mãe.

McConnell fica radiante. Ela ingressou na polícia em fevereiro do ano passado, assim ela tem — o quê? — quatro meses de serviço ativo antes que alguém pegue um machado e bata na face da Terra.

— Aviso ao Comando da Guarda por rádio que estou deixando meu setor... mas ninguém liga muito para isso... e vou direto para o McDonald's. Entro pela porta e o garoto sai correndo assim que olha na minha cara. Pula o balcão, passa pela porta, atravessa o estacionamento, sai na neve, e eu estou tipo hoje não, amigo. Hoje não.

Eu rio.

— Hoje não.

— Então saco minha arma e vou atrás dele.

— Você não vai.

— Vou.

Isso é terrível. A policial McConnell deve ter um metro e sessenta, uns 45 quilos, 28 anos, uma mãe solteira de dois filhos. Agora está de pé, gesticulando, andando por minha cozinha.

— Ele se enfia naquele parquinho lá. Quer dizer, o cara está zunindo feito o Papa-Léguas, derrapando pelo cascalho, pela lama e tudo. Estou gritando, "Polícia, polícia! Pare, seu merda!"

— Você não grita, "Pare, seu merda".

— Grito. Porque, sabe do que mais, Palace, já chega. Esta é a última chance que tenho de correr atrás de um meliante gritando: "Pare, seu merda."

McConnell algema o garoto e o curva com força, bem ali na neve revirada do parquinho da West Street, e ele conta tudo. Penhorou o telefone a uma mulher de cabelo azul chamada Beverly Markel, que tem um brechó no escritório de fiança fechado, perto do tribunal do condado. Markel é tarada em ouro, estoca moedas e barras, mas secundariamente tem uma loja de penhor. McConnell segue a pista: Beverly já vendeu o telefone a um gordo maluco chamado Konrad, que acumulava baterias de celular de íons de lítio para se comunicar com os alienígenas que ele acha que estão partindo da galáxia de Andrômeda para levar a raça humana em uma flotilha de naves de resgate. McConnell fez uma visita a Konrad e ele, depois de entender que ela não era uma visitante do espaço, mas do Departamento de Polícia, entregou o telefone de má vontade — miraculosamente, ainda intacto.

Recompenso esta conclusão dramática com um assovio longo e baixo de apreciação e aplauso, enquanto McConnell pega seu prêmio e o desliza pela mesa entre nós: um smartphone preto e fino, liso e reluzente. É da mesma marca e modelo do nosso e por um breve instante de desorientação penso que *é* o meu, que de algum modo Peter Zell morreu de posse do celular do detetive Henry Palace.

— Bom, policial McConnell. — Pego o celular e sinto seu peso frio e achatado na palma da mão. É como segurar um dos órgãos de Zell, um rim, um lobo encefálico. — Este é um trabalho policial e tanto.

Ela baixa os olhos para as mãos, depois os ergue para mim e acabou, nosso assunto está concluído. Ficamos sentados ali num silêncio matinal tranquilo, dois seres humanos emoldurados pela única janela de uma cozinha pequena e branca, o sol lutando para se fazer conhecer através do cinza deprimente das nuvens baixas. Tenho uma vista boa daqui, em especial logo de manhã cedo: um lindo bosquete de pinheiros, a fazenda além, rastros de cervo dançando pela neve.

— Um dia você dará uma ótima detetive, policial McConnell.

— Ah, eu sei. — Ela abre um sorriso, termina o café. — Sei que darei.

* * *

Ao ligar o telefone, a tela de boas-vindas me recebe com uma foto de Kyle Littlejohn, sobrinho de Peter Zell, em ação no gelo, a enorme máscara de hóquei cobrindo o rosto, os cotovelos apontando de cada lado.

O garoto deve estar apavorado, eu penso e fecho os olhos ao pensar, pisco para afastar a ideia. *Foco no alvo. Continue concentrado.*

Minha primeira observação é que, no período de três meses coberto pela lista de "chamadas recentes", havia duas ligações para o número listado como Sophia Littlejohn. Uma era do domingo passado às 9:45 da manhã e teve vinte segundos de duração: tempo suficiente para ele cair em sua secretária ou, digamos, para ela ter atendido, reconhecido a voz dele e desligado. O segundo telefonema, de trinta segundos, foi na segunda-feira, dia de sua morte, às onze e meia da manhã.

Estou com o bloco azul e anoto estas observações e reflexões, o lápis riscando rapidamente, ao fundo o borbulhar de minha segunda jarra de café.

Minha segunda observação é que houve sete conversas no mesmo período de três meses, o contato listado como "JTT". A maioria aconteceu numa segunda-feira, à tarde, talvez combinando para irem ver o *Distant Pale Glimmers* daquela noite. O último telefonema, recebido, com duração de um minuto e quarenta segundos, era da segunda-feira passada, hora 1:15.

Interessante — interessante — muito interessante. Obrigado de novo, policial McConnell.

É minha terceira observação que faz meu coração saltar, que me deixa sentado aqui à mesa com o telefone na mão, ignorando os sinais sonoros ansiosos da cafeteira, olhando fixamente a tela, minha mente rolando acelerada. Porque há um número sem nome, a que Peter Zell deu um telefonema de 22 segundos às 10 horas da noite de sua morte.

E um telefonema de 42 segundos exatamente às 10 da noite anterior a essa.

Rolo novamente pela lista, meus dedos dançando pela tela, cada vez mais rápido. Toda noite, o mesmo número, 10 horas. Chamada feita. Chamada de menos de um minuto. Toda noite.

O telefone de Peter Zell tem sinal em minha casa, duas barras, assim como o meu. Ligo para o número misterioso e sou atendido depois de dois toques.

— Alô?

A voz atende como se viesse de um nevoeiro, sussurrando, confusa — o que é inteiramente compreensível. Não é todo dia que se recebe um telefonema do celular de um morto.

Mas eu a reconheço de imediato.

— Srta. Eddes? É o detetive Henry Palace, do Departamento de Polícia de Concord. Creio que precisaremos conversar novamente.

* * *

Ela chega cedo, mas eu chego ainda mais e a Srta. Eddes me vê esperando e se aproxima. Levanto-me um pouco, o fantasma de meu pai no pequeno gesto ritual da educação, e ela desliza a meu lado à mesa. E então, antes que eu esteja inteiramente sentado, digo-lhe que agradeço por ela ter vindo, que ela precisa me contar tudo o que sabe sobre Peter Zell e as circunstâncias em torno de sua morte.

— Minha nossa, detetive — diz ela com suavidade, levantando o grosso cardápio lustroso. — Você não brinca em serviço.

— Não, senhora.

E fiz de novo, todo o meu discurso impassível de durão de que ela precisa me contar tudo que sabe. Ela mentiu para mim, deixou informações de fora e procuro deixar claro que essa omissão não será tolerada. Naomi Eddes olha-me de sobrancelhas erguidas. Está com batom vermelho-escuro, seus olhos são escuros e arregalados. A curva branca de seu couro cabeludo.

— E se eu não fizer? — Ela baixa os olhos para o cardápio, sem se perturbar. — Se eu não lhe contar nada, quero dizer.

— O caso é que você é uma testemunha importante, Srta. Eddes. — Ensaiei essa fala várias vezes esta manhã, na esperança de não precisar fazer. — Em vista das informações que agora tenho, isto é, o fato de que o número de seu telefone aparece por todo o celular da vítima...

Deveria ter ensaiado mais; esse tipo de pose de machão é muito mais fácil com Victor France.

— E em vista de você, da última vez que nos falamos, ter decidido esconder esta informação. O fato é que eu tenho motivos para detê-la.

— Me deter?

— Prendê-la. Pelas leis do estado. Federais também. O Código Penal revisado de New Hampshire, seção... — Pego um saquinho de açúcar na caixa no meio da mesa. — Tenho de ver a seção.

— Tudo bem. — Ela assente solenemente. — Entendi. — Ela sorri e eu solto o ar, mas ela não acabou. — Detida por quanto tempo?

— Pelo... — Olho para baixo, viro a cara. Dou a má notícia ao saquinho de açúcar. — Detida pelo resto disso.

— Então, em outras palavras, se eu não começar a contar tudo neste segundo — diz ela —, você vai me jogar numa masmorra escura e funda e me deixar lá até que o Maia pouse e o mundo todo seja consumido nas trevas. É isso, detetive Palace?

Concordo com a cabeça sem dizer nada, ergo os olhos e a encontro ainda sorrindo.

— Bom, detetive, acho que você não faria isso.

— Por que não?

— Porque acho que você tem uma quedinha por mim.

Não sei o que dizer a isso, sinceramente não sei, mas minhas mãos estão destruindo a borda de papel amassado dos saquinhos de açúcar. Ruth-Ann se aproxima, completa meu café e pega o pedido da Srta. Eddes de um chá gelado sem açúcar. Ruth-Ann fecha a cara para o montinho de açúcar que deixei em sua mesa e volta à cozinha.

— Srta. Eddes, na segunda de manhã você me disse que não era assim tão próxima de Peter Zell. Por acaso isto não é verdade.

Ela franze os lábios, solta o ar.

— Podemos começar por outra coisa, por favor? — diz ela. — Não está se perguntando por que eu sou careca?

— Não. — Viro uma página em meu bloco azul e recito. — "Detetive Palace: Você é a secretária executiva do Sr. Gompers?" "Srta. Eddes: Por favor. Só secretária."

— Escreveu tudo isso? — Ela desembrulha os talheres, brincando indolente com o garfo.

— "Detetive Palace: Você conhecia bem a vítima?" "Srta. Eddes: Para ser inteiramente franca, não sei se teria percebido que ele não estava aqui. Como já lhe disse, não éramos assim tão próximos."

Baixo o bloco e me curvo para a frente pela mesa, tirando o talher de suas mãos como um pai gentil.

— Se vocês não eram assim tão próximos, por que ele lhe telefonava toda noite, Srta. Eddes?

Ela pega o garfo de volta.

— Por que você não precisa me perguntar por que eu sou careca? Acha que tenho câncer?

— Não, senhora. — Coço o bigode. — Eu acho, com base no tamanho e na curva de seus cílios, que você tem o cabelo bem comprido e grosso. Acho que você decidiu que, com o mundo acabando, não valiam mais a pena o tempo e o trabalho de cuidar dele. Cortar, pentear e todas essas coisas de mulher.

Ela me olha, passa a mão pelo couro cabeludo.

— É muito inteligente de sua parte, detetive Palace.

— Obrigado. — Concordo com a cabeça. — Fale-me de Peter Zell.

— Vamos fazer os pedidos primeiro.
— Srta. Eddes.
Ela levanta as mãos, com as palmas para cima, implorando.
— Por favor?
— Tudo bem. Faremos os pedidos primeiro.

Porque eu sei, agora, que ela vai falar. O que ela estava guardando, ela dará a mim, eu sinto, é só uma questão de tempo, e começo a ter aquele nervosismo intenso, uma doce expectativa subindo por minhas costelas, como acontece quando você tem um encontro e sabe que haverá um beijo de boa-noite — talvez mais do que um beijo — e é só uma questão de tempo.

Eddes pede o sanduíche de bacon com salada e Ruth-Ann diz, "Boa pedida, querida". Fico com a omelete de três ovos com torrada integral e Ruth-Ann observa secamente que existe outra comida além de ovos.

— E então — digo. — Já pedimos.
— Mais um minuto. Vamos falar de você. Quem é seu cantor preferido?
— Bob Dylan.
— O livro preferido?

Bebo um gole do café.

— Agora estou lendo Gibbon. *Declínio e queda do Império Romano*.
— Sei — diz Eddes. — Mas qual é o seu preferido?
— *The Watchmen*. É uma graphic novel, dos anos 1980.
— Sei o que é.
— Por que Peter Zell lhe telefonou toda noite exatamente às dez horas?
— Para conferir se seu relógio estava funcionando.
— Srta. Eddes.

— Ele era viciado em morfina.

— O quê?

Olho sua face de perfil, ela virou a cara para a janela, e estou perplexo. É como se ela tivesse acabado de dizer que Peter Zell foi cacique de uma tribo indígena ou um general do exército soviético.

— Viciado em morfina?

— É. Acho que morfina. Algum opioide, com toda certeza. Mas não agora... não era mais... quer dizer, é claro que agora ele está morto... mas eu quero dizer... — Ela se interrompe, sua fluência a abandonou e ela balança a cabeça, reduz o passo. — Por um tempo, no ano passado, ele era viciado em alguma coisa e depois largou.

Ela continua falando e eu ouvindo, anotando cada palavra que ela diz, mesmo enquanto uma parte ansiosa de minha mente voa para um canto, aperta-se com esta nova informação — *um viciado em morfina, algum tipo de opioide, por um tempo* — e começa a mastigá-la, sente sua essência, decide como pode ser digerida. Decide se é a verdade.

— Zell não era inclinado à vida desregrada, como você pode ter descoberto — diz Eddes. — Nada de bebida. Nem drogas. Nem mesmo cigarros. Nada.

— Muito bem.

Peter jogava Dungeons & Dragons. Peter ordenava alfabeticamente os cereais do café da manhã. Arrumava dados atuariais em tabelas, analisando-os.

— E então, no verão passado, com tudo isso, acho que ele teve vontade de mudar. — Ela sorri com tristeza. — Um novo estilo de vida. Ele me contou tudo isso depois, aliás. Eu não privei do processo de tomada de decisão quando ele começou.

Anoto *verão passado* e *estilo de vida diferente*. As perguntas borbulham e querem sair de meus lábios, mas me obrigo a ficar em silêncio, quieto, deixar que ela fale, agora que enfim começou.

— Então, sabe como é, ao que parece este namoro com substâncias ilícitas não caiu tão bem para ele. Ou por outra, caiu muito bem no início, depois muito mal. Acontece, sabia?

Concordo com a cabeça como se soubesse, mas só o que sei é do material de treinamento da polícia e dos filmes policiais. Pessoalmente, sou como Peter: uma cerveja de vez em quando, talvez. Nada de maconha, nem cigarros, nem bebida. Por toda minha vida. O futuro policial magricela aos 16 anos esperando no restaurante com um exemplar em brochura de *Ender's Game – O jogo do exterminador*, os amigos no estacionamento tirando tragos de um bong de cerâmica roxa de tabacaria e depois entrando, aos risos, para sentar à mesa — a esta mesma mesa. Não sei por quê. Nunca tive esse interesse todo.

Nossa comida chega e Eddes se cala para desconstruir seu sanduíche, formando três ilhas pequenas no prato: verduras aqui, pão ali, bacon na borda. Intimamente, estou tremendo, pensando nessas novas peças do quebra-cabeça que caem do céu, tentando pegá-las e encaixar cada tijolinho em queda no lugar onde cabe, como naquele videogame antigo.

O asteroide. A caixa de sapato.

Morfina.

J.T. Touissant.

O número 12,375. Doze vírgula três sete cinco *o quê*?

Preste atenção, Henry, digo a mim mesmo. *Escute. Veja aonde isso vai dar.*

— Em algum momento em outubro, Peter parou de usar. — Eddes fala com os olhos grandes fechados, a cabeça jogada para trás.

— Por quê?
— Não sei.
— Tudo bem.
— Mas ele estava sofrendo.
— Abstinência.
— É. E tentando encobrir. Sem conseguir.

Escrevo, tentando entender a cronologia de tudo isso. O velho Gompers, sua voz encharcada de gim e mal-estar estentóreo, explicando como Peter surtou no trabalho, gritou com a garota. A fantasia de asteroide. A noite de Halloween.

Eddes ainda fala.

— Largar a morfina não é fácil, é quase impossível, na verdade. Então, me ofereci para ajudar o cara. Disse que ele precisava ir para casa por um tempinho e eu o ajudaria.

— Tudo bem...

Uma semana?, Gompers havia dito. Duas? Pensei que tivesse ido para sempre, mas ele voltou, sem dar explicações, e era o mesmo de sempre.

— E foi o que fiz, dava uma olhada nele a caminho do trabalho todo dia. Às vezes no almoço. Para ver se ele tinha tudo de que precisava, levar um cobertor limpo, sopa, o que fosse. Ele não tinha parente nenhum. Nem amigos.

Na semana antes do dia de Ação de Graças, disse ela, Peter saiu da cama, tremendo nos pés, mas pronto a voltar ao trabalho, aos dados de seguro.

— E os telefonemas toda noite?

— Bom, a noite era o período mais difícil e ele estava sozinho. Toda noite ele me ligava para verificar. Assim eu sabia que estava bem e ele sabia que havia alguém esperando para ouvir sua voz.

— Toda noite?

— Tive um cachorro — diz ela. — Ele era um fardo muito mais pesado.

Estou pensando nisso, desejando que pareça a completa verdade.

— Por que você disse que não eram assim tão próximos?

— Porque não éramos. Antes do outono passado, antes de tudo isso, nunca nos falávamos.

— Então, por que teve todo esse trabalho pelo homem?

— Eu precisava. — Ela baixa os olhos, vira a cara. — Ele estava sofrendo.

— É, mas isso exige muito tempo e esforço. Especialmente agora.

— Ora, por isso mesmo. — Agora ela para de virar a cara; olha para mim, seus olhos faiscando, como se me desafiasse a rejeitar a possibilidade de um motivo tão forçado como a simples bondade humana. — Especialmente agora.

— E os hematomas?

— Abaixo do olho? Não sei. Apareceram duas semanas atrás, ele disse que caiu de uma escada.

— Você acreditou?

Ela dá de ombros.

— Como eu disse...

— Vocês não eram assim tão próximos.

— É.

E aqui estou com aquele estranho e forte impulso de estender o braço pela mesa, pegar suas mãos nas minhas, dizer-lhe que está tudo bem, que vai ficar tudo bem. Mas não posso fazer isso, posso? *Não* está tudo bem. Não posso dizer a ela que está tudo bem, porque não está e porque eu tenho mais uma pergunta.

— Naomi — digo e seus olhos lampejam no reconhecimento rápido e provocante de que eu jamais a tratei pelo nome. — O que você estava fazendo ali naquela manhã?

A centelha morre em seus olhos; seu rosto endurece, empalidece. Queria não ter perguntado. Queria que pudéssemos ficar sentados ali, duas pessoas, pedir a sobremesa.

— Ele costumava falar nisso. Por telefone, à noite, em especial lá por dezembro. Tinha largado as drogas, acho realmente que largou, mas ainda estava... não estava inteiramente feliz. Por outro lado, ninguém está. Inteiramente feliz. Como poderíamos?

— É. Mas ele falava no McDonald's?

Ela concorda com a cabeça.

— É. Ele dizia, você conhece aquele lugar? Se eu fosse me matar, seria num lugar assim. *Veja só* aquele lugar. — Não digo nada. De todo lado no restaurante, colheres tilintam em xícaras de café. A conversa melancólica dos outros. — Mas então. Quando ele não apareceu para trabalhar, fui àquele McDonald's. Eu sabia. Sabia que ele estaria lá.

Do rádio de Maurice na cozinha, vêm os acordes de abertura de "Mr. Tambourine Man".

— Ei — diz Naomi. — É Dylan, não é? Gosta dessa?

— Não. Só gosto do Dylan dos anos 1970 e pós-1990.

— Isso é ridículo.

Dou de ombros. Ouvimos por um minuto. A música toca. Ela dá uma mordida no tomate.

— Meus cílios, é?

— É.

* * *

Não deve ser verdade.

Quase certamente esta mulher está me ludibriando, tirando-me do rumo por motivos ainda desconhecidos.

De tudo que eu soube, a ideia de Peter Zell ter experimentado drogas pesadas — para não falar de ter procurado e comprado drogas, em vista de sua atual escassez e preço extremamente caro, e a gravidade das penalidades por essas compras segundo o Código Penal pós-Maia —, a probabilidade de tudo isso me parece de uma em um milhão. Por outro lado, não podemos dizer que mesmo uma probabilidade em um milhão deve ser verdade uma vez, ou não haveria probabilidade nenhuma? Todo mundo está dizendo isso. Estatísticos em programas de entrevistas na televisão, cientistas testemunhando perante o Congresso, todos tentando explicar, todos desesperados com tudo para encontrar algum sentido. Sim, a probabilidade é extremamente pequena. Uma improbabilidade estatística próxima do zero. Mas a forte improbabilidade de um dado evento é controversa depois que o evento, apesar de tudo, torna-se público.

De qualquer modo, simplesmente não acho que ela esteja mentindo. Não sei por quê. Fecho os olhos e a imagino falando comigo, seus grandes olhos escuros firmes e tristes, baixando-os às mãos, a boca ainda imóvel e rígida e penso, por algum motivo louco, que ela falou com franqueza.

A questão de Peter Zell e a morfina gira numa lenta elipse em minha mente, vagando por outros fatos novos que rodam por ali: a preocupação de Zell com o McDonald's como um local de suicídio. E daí, detetive? Então ele foi assassinado e o assassino o deixou para ser encontrado, por coincidência, exatamente no mesmo lugar? Quais são as probabilidades *disso*?

Agora há uma neve diferente, gotas grandes e gordas caindo lentas, quase uma de cada vez, cada uma delas acrescentando seu peso aos montes no estacionamento.

— Está tudo bem, Hank? — diz Ruth-Ann, colocando sem olhar no bolso do avental as notas de cem que deixei na mesa.

— Não sei. — Meneio a cabeça lentamente, olho o estacionamento pela janela, levanto minha xícara de café para um último gole. — Sinto que não sou feito para esses tempos.

— Não sei não, garoto — diz ela. — Acho que talvez você seja a única pessoa que é.

* * *

Acordo às quatro horas da madrugada, desperto de algum sonho abstrato com relógios, ampulhetas e roletas de cassino, e não consigo voltar a dormir porque de repente entendi, entendi uma parte, entendi *alguma coisa*.

Visto-me, paletó e calças, sirvo um café, coloco minha pistola semiautomática do departamento no coldre.

As palavras giram por minha cabeça em um círculo longo e lento: *quais são as chances?*

Há muito a fazer quando o dia começa.

Preciso ligar para Wilentz. Tenho de ir a Hazen Drive.

Olho a lua, gorda, luminosa e fria, e espero pelo amanhecer.

5.

— Com licença? Bom dia. Oi. Preciso que você analise uma amostra para mim.

— Tá. Bom, é o que fazemos. Me dê um minuto, está bem?

— Preciso que analise isso agora.

— Eu já não pedi para me dar um minuto?

Este é o assistente do assistente de que Fenton me avisou, o indivíduo que agora cuida do laboratório estadual em Hazen Drive. É jovem, está descabelado e atrasado para o trabalho, e me olha como se nunca tivesse visto um policial na vida. Anda trôpego até sua mesa, gesticula vagamente para uma fila de cadeiras laranja de plástico duro, mas eu declino.

— Preciso que isto seja feito agora mesmo.

— Calma, cara. Me *dê* a droga de um minuto.

Ele está segurando um saco de donuts, a gordura manchando o fundo, e tem os olhos baços, a barba por fazer e uma ressaca.

— Senhor?

— Eu acabei de chegar. São umas 10 da manhã.

— São 10:45. Estou esperando desde as nove.

— É, tá, o mundo vai acabar.

— Sim — digo. — Eu soube.

Esta noite fará uma semana que Peter Zell foi morto e enfim pesquei alguma coisa. Uma peça. Uma ideia. Minhas mãos batem na mesa do toxologista enquanto ele respira de boca aberta e se acomoda pesadamente na cadeira giratória, depois ponho minha amostra na mesa. Um frasco de sangue vermelho-escuro retirado do coração de Peter Zell, que peguei esta manhã do fundo de meu freezer e fechei em uma caixa térmica que uso para meu almoço.

— Cara, sem essa. Isto não está rotulado. — O funcionário levanta o frasco à clara lâmpada halógena. — Não tem etiqueta, não tem data. Pode ser xarope de chocolate, cara.

— Não é.

— Tá, mas o *procedimento* não é esse, policial.

— O mundo vai acabar — digo e ele me olha, azedo.

— Precisa ter uma etiqueta e alguém tem de fazer a requisição. Quem pediu?

— Fenton — digo.

— Sério?

Ele baixa o frasco, estreita os olhos avermelhados para mim. Coça a cabeça e cai uma chuva de caspa na mesa.

— Sim, senhor — digo. — Ela me disse que este lugar está uma bagunça. Que os pedidos são perdidos o tempo todo.

Estou em gelo fino. Tenho consciência disso. Não posso evitar. O cara está me olhando, um tanto temeroso, ao que parece, e noto que meus punhos estão cerrados e meu maxilar, rígido. Preciso saber se havia morfina neste sangue. Preciso saber se Naomi Eddes me disse a verdade. Acho que disse, mas preciso saber.

— Por favor, amigo — digo em voz baixa. — Por favor, analise meu sangue. É só analisar.

* * *

— Irmão? — diz um homem de meia-idade, óculos e barba, enquanto saio da garagem do outro lado da School Street, indo para a central, revirando mentalmente possibilidades, detalhando minha cronologia. — Soube da boa-nova?

— Sim — digo, sorrindo com educação. — Claro que soube. Obrigado.

Preciso entrar, dizer a meus colegas o que deduzi, determinar um plano de ação. Mas primeiro preciso passar no escritório de Wilentz, pegar os resultados da pesquisa que pedi a ele às 8:45 da manhã. Só que o religioso barbudo finca pé e quando levanto a cabeça vejo que eles estão em massa esta manhã, um compacto bando de religiosos, os casacos pretos e compridos, sorrindo para todo lado, brandindo os panfletos surrados.

— Não tenha medo — diz uma mulher simples que aparece na minha frente, meio vesga, com manchas de batom vermelho nos dentes sorridentes. Todos os outros se vestem da mesma forma, três mulheres e dois homens, todos radiantes de êxtase, todos segurando panfletos finos em mãos enluvadas.

— Obrigado — digo, e agora não sorrio. — Muito obrigado.

Não são os judeus, os judeus usam chapéus. Não são testemunhas de Jeová, as testemunhas de Jeová ficam paradas ali em silêncio, erguendo sua literatura. Quem quer que sejam, faço o de sempre, isto é, olho meus pés e tento continuar andando.

— Não tenha medo — repete a primeira mulher e os outros formam atrás dela um semicírculo irregular, bloqueando minha passagem como uma barreira para o gol. Dou um passo para trás, quase tropeçando na rua.

— Na verdade eu não tenho medo. Mas muito obrigado.

— A verdade não é sua para ser negada — resmunga a mulher, empurrando o panfleto em minha mão. Olho para ele, só para evitar seus olhos vidrados de Deus, e leio rapidamente o texto em negrito vermelho: BASTA ORAR, diz a capa no alto e o mesmo pela base: BASTA ORAR!

— Leia — diz outra das mulheres, uma afro-americana baixa e robusta com um cachecol cor de limão e um broche prateado. Para onde quer que eu me vire, há uma ondulação de tecido, um sorriso celestial. Abro o folheto, passo os olhos pelos principais pontos.

SE A CEGUEIRA DE UM HOMEM PODE SER CURADA PELAS ORAÇÕES DE UMA DÚZIA, A CATÁSTROFE DA HUMANIDADE PODE SER DESFEITA PELAS ORAÇÕES DE UM MILHÃO.

Não aceito a premissa, mas passo os olhos assim mesmo. Se um número suficiente de nós renunciar a nossa maldade e se ajoelhar à luz amorosa do Senhor, insiste o panfleto, a bola de fogo se desviará e seguirá inofensiva pelo horizonte. É um bom pensamento. Eu só quero entrar no trabalho. Dobro o panfleto e o empurro de volta à primeira mulher, aquela de olhos loucos e dentes de batom.

— Não, obrigado.

— Fique com ele — ela insiste, gentil e firme, enquanto o coro entoa, "Leia!".

— Posso lhe perguntar, senhor — diz a afro-americana, com o cachecol. — O senhor é um homem de fé?

— Não. Meus pais eram.

— Deus os abençoe. E onde estão os seus pais?

— Mortos — digo. — Foram assassinados. Com licença, por favor.

— Deixem-no em paz, seus chacais — diz uma voz grave e levanto a cabeça: meu salvador, o detetive McGully, com uma garrafa de cerveja aberta na mão, um charuto preso entre os dentes. — Se querem orar por alguém, orem para Bruce Willis em *Armagedon*. — McGully me lança uma saudação, ergue o dedo médio e acena para os crentes.

— Zombe agora, pecador, mas a perversidade será castigada — diz a santa com os dentes de batom ao policial McGully, recuando, um panfleto caindo de seu livrinho aberto na calçada. — Enfrentará as trevas, meu jovem.

— Adivinha só, irmã — diz McGully, entregando-me sua Sam Adams e formando um megafone com as mãos. — Você também.

* * *

— É uma porcentagem.
— O quê?
— O número — digo. — É 12,375 *por cento*.

Estou andando de um lado a outro e a tenho embaixo do braço como uma bola de futebol, a caixa de sapato de Peter Zell, aquela que transborda de informações sobre o asteroide, todos os números circulados e sublinhados duas vezes. Estou expondo a meus colegas, explicando o que consegui, o que *penso* que consegui. McGully está sentado de testa franzida, reclinado na cadeira, rolando a garrafa vazia de cerveja matinal entre as palmas das mãos. Culverson está a sua mesa com um terno prata imaculado, bebendo café de uma caneca, refletindo. Andreas, em seu canto na sombra, de cabeça baixa, olhos fechados, dormindo. A Unidade de Crimes de Adultos.

— Quando Maia apareceu pela primeira vez, quando eles o localizaram e começaram a acompanhá-lo, Peter imediatamente começou a seguir a história.

— Peter é o seu enforcado?

— A vítima, sim.

Pego aquele primeiro artigo da AP, de 2 de abril, aquele que termina com a probabilidade de impacto de um em dois milhões, oitocentos e vinte e oito mil e entrego a Culverson.

— E aqui tem outro, de alguns dias depois. — Pego outra folha de papel de computador desgastada e leio. — "Embora o objeto pareça descomunal, com um diâmetro estimado de mais de 6,25 quilômetros, astrônomos do Spaceguard calculam que sua probabilidade atual de colisão com a Terra é um pouco maior do que zero — o que a Dra. Kathy Goldstone, professora de astrofísica da Universidade do Arizona, chama de apenas no reino da probabilidade não desprezível." E o Sr. Zell, ele tem esse número... 6,25... que também estava sublinhado.

Pego outra folha de papel e mais uma. Zell não estava apenas acompanhando os números sobre o Maia, sua trajetória, densidade e composição projetadas. A caixa também continha artigos sobre todas as mudanças sociais relacionadas com o asteroide: novas leis, a paisagem econômica cambiante, e ele observava também esses números, escrevendo no verso das folhas de papel, rabiscando cálculos — longas colunas de dados, pontos de exclamação — e acrescentando tudo isso à matriz.

— Filho da mãe — diz Culverson de repente.

— Filho da mãe o quê? — diz McGully. — Que foi?

— Entendeu... então... — começo e Culverson termina, diz com suavidade e certeza:

— Pode-se considerar que a forte probabilidade de morte por catástrofe global diminui o risco de morte por acidente relacionado com drogas.

— Sim — digo. — Isso mesmo. Sim.

— Sim o quê? — rosna McGully.

— O enforcamento de Palace foi uma avaliação de risco.

Fico radiante. Culverson assente para mim com aprovação e coloco a tampa na caixa. Agora são onze e meia da manhã, mudança de turno, e da sala de descanso a algumas portas dali ouvimos o estrondo de fraternidade universitária dos patrulheiros, os jovens Escovinhas com seus cassetetes. Estão fazendo barulho, trocando ofensas aos gritos, bebendo de suas latas pequenas e finas de energéticos, fechando os coletes à prova de balas. Prontos para sair dali e apontar a arma para algum saqueador, prontos para encher a cela dos bêbados.

— Minha teoria é que Zell toma uma decisão, muito cedo, de que, se a probabilidade de impacto aumentar acima de certo nível matematicamente determinado, ele vai tentar algo perigoso e ilegal, um interesse que sempre foi arriscado demais. Até agora.

No início de junho, a probabilidade aumentou acima de seu limiar e Zell vai à casa de seu velho amigo J.T. Touissant, que sabe como arrumar alguma coisa, e juntos eles ficam altos como satélites.

Mas então — no final de outubro — Zell tem uma reação ruim, ou muda de ideia, ou talvez as drogas tenham acabado. Ele entra em abstinência.

A essa altura, McGully ergue a mão lentamente, com sarcasmo, como um adolescente rabugento dando trabalho ao professor de matemática.

— Hmm, oi, detetive? Com licença? Como essa história trágica faz do cara uma vítima de homicídio?

— Bom, eu não sei. Mas é o que gostaria de descobrir.

— Tudo bem. Ótimo! — Ele aplaude, salta de sua mesa.

— Então, vamos à casa desse sujeito, o Touissant, dar uma dura no babaca.

Viro-me de Culverson para McGully, meu coração se acelerando um pouco.

— Acha mesmo?

— Ah, que droga, acho que sim. — Na realidade, ele parece deliciado com a perspectiva e sou lembrado de McConnell, da pergunta filosófica de nossa era: *quantas vezes preciso gritar, "pare, seu merda"?*

— Mas não tenho causa provável — protesto e me volto para Culverson, na esperança de que ele fará objeção a minha objeção, torcendo para ouvi-lo dizer, "Claro que tem, filho", mas ele ainda está em silêncio em seu canto, ruminando.

— Causa provável? — McGully bufa. — Meu Deus, rapaz, você tem aos montes. Tem o cara procurando e distribuindo uma substância controlada. Vai no automático pra cadeia, direto, Título IX da IPSS... não é, fera? Você o pegou mentindo a um policial. O mesmo troço... Título não-sei-que-merda, Título Infinito.

— Bom, *eu acho* que ele fez essas coisas. Eu não *sei*. — Apelo a Culverson, o adulto na sala. — Quem sabe a gente consegue um mandado? De busca na casa?

— Um mandado? — McGully lança as mãos para cima, implorando à sala, aos céus, à forma silenciosa do detetive Andreas, que abriu os olhos o suficiente para fitar alguma coisa que tem na mesa.

— Peraí, peraí, sabe do que mais? Ele está dirigindo um carro a óleo, né? Ele confessou isso, não foi? O motor convertido?

— É. E daí?

— E daí? — McGully sorri de orelha a orelha, as mãos no alto, num sinal de touchdown. — Três cláusulas novas acabaram de entrar no Título XVIII, *in re*: gestão e escassez de recursos naturais. — Ele pula a mesa, pega o fichário novo, gordo e preto com a bandeira americana num adesivo na capa. — Quentinho da gráfica, *mis amigos*. Presumindo que seu homem está batizando o óleo de batata frita com diesel, o veículo está em flagrante violação.

Balanço a cabeça.

— Não posso prendê-lo por violar retroativamente uma lei que entrou em vigor agora.

— Ah, caramba, Eliot Ness, como você é nobre. — Ele me mostra o dedo médio com as duas mãos, e para completar puxa a língua.

— Mas você tem outro problema — diz Culverson. Sei o que ele vai dizer; estou preparado para isso. Na realidade estou um pouco animado. — Você me disse ontem que Touissant tem ficha limpa. Um cara trabalhador. Esforçado. Considerando que Zell teve contato com ele, considerando que ele até passou pela cabeça do sujeito, por que procuraria drogas com ele?

— Excelente pergunta, detetive — digo, radiante. — Veja só.

Mostro-lhe o impresso que peguei com Wilentz, a caminho daqui, os resultados da busca sobre o pai de Touissant. Porque era isso que eu estava lembrando, foi o que encontrei em minhas anotações de ontem, algo sobre o modo como J.T. falou do pai: *"Ele era artista?" "Sim, entre outras coisas."*

Observo Culverson passar os olhos pelo relatório. Roger Toussaint; vulgo Rooster Toussaint; vulgo Marcus Kilroy; vulgo Toots Keurig. Posse. Posse com intenção de distribuição. Posse com intenção de distribuição. Posse. Violação de menor. Posse.

Assim, quando decidiu arrumar uma substância controlada — quando a probabilidade de impacto tomou a decisão por ele —, Peter Zell se lembrou do velho amigo, porque o pai do velho amigo era um traficante de drogas.

Enfim Culverson assente, levantando-se devagar da cadeira. McGully sai de sua cadeira num átimo. Meu coração, galopando.

— Então, tudo bem — diz Culverson. — Vamos nessa.

Concordo com a cabeça, há uma pausa, e nós três vamos para a porta ao mesmo tempo, três policiais entrando em ação, verificando os coldres do ombro e vestindo os paletós, e há uma onda de expectativa e alegria tão forte em minhas entranhas que acaba se transformando no contrário, numa espécie de pavor. Este é o momento que imaginei a vida toda, três detetives preparados para a ação, sentindo a firmeza de suas pernas, a adrenalina começando a fluir.

McGully para perto de Andreas ao sair pela porta — "Você vem, lindo?" —, mas o último dos detetive da Crimes de Adultos não vai a lugar nenhum. Está petrificado em sua cadeira, com um copo pela metade junto do cotovelo, o cabelo um ninho de rato, encarando um folheto desgastado na mesa: BASTA ORAR.

— Vamos lá, amigo. — McGully insiste, arrebatando o panfleto amassado. — O novato tem um bosta pra gente.

— Vamos — diz Culverson e eu digo também. "Vamos lá."

Ele se vira meio centímetro, resmunga alguma coisa.

— O quê? — digo.
— E se eles tiverem razão? — diz Andreas. — Os... Os... — Ele gesticula para o panfleto e eu de certo modo não aguento mais.
— Eles não têm razão. — Coloco a mão firme em seu ombro. — Porque não vamos pensar nisso agora.
— Não pensar nisso? — diz Andreas, arregalado, patético. — Não *pensar* nisso?

Com um golpe rápido de caratê, derrubo o copo de café na mesa de Andreas e o líquido marrom e frio se derrama, escorre no panfleto, inunda seu cinzeiro, sua papelada e o teclado do computador.

— Ei — diz ele entorpecido, afastando-se da mesa, virando-se completamente. — Ei.

— Sabe o que estou fazendo agora? — digo, observando o líquido cor de lama escorrer para a beira da mesa. — Estou pensando: ah, não! Vai derramar café no chão! Estou tão preocupado! Não vamos parar de falar nisso!

E então a cascata de café cai pela lateral da mesa, espirrando nos sapatos de Andreas e formando uma poça no chão embaixo da mesa.

— Ah, olha só isso — digo. — Acabou acontecendo.

* * *

Tudo está como antes.

A casa do cachorro, os espinheiros e o carvalho, a escada encostada na beira do telhado. Lá está o cachorrinho branco, Houdini, andando ansiosamente entre as pernas da escada e lá está o grande J.T. Toussaint, no alto, consertando telhas, recurvado em sua tarefa com a mesma calça de trabalho marrom e botas pretas. Ele levanta cabeça ao ouvir o cascalho esmagado na entrada da casa e pego um lampejo de impressão, um animal recluso surpreendido na toca pela chegada dos caçadores.

Saio do carro primeiro, endireitando o corpo e puxando a bainha do paletó, uma das mãos protegendo os olhos contra o sol de inverno, a outra erguida, de palma virada numa saudação.

— Bom dia, Sr. Touissant. Tenho mais algumas perguntas para o senhor.

— O quê? — Ele se ergue, encontra o equilíbrio e fica em plena altura no telhado, o sol bem atrás e a toda a volta, colocando-o num estranho halo cinza-claro. As outras portas batem a minhas costas, McGully e Culverson saindo do veículo e Touissant se retrai, sobe um degrau para o telhado, tropeça.

Ele levanta as mãos para se firmar e ouço McGully gritar, "Arma!", e viro a cabeça para trás e digo, "O quê... não", porque não tem, "é só uma pistola de calafetagem!".

Mas McGully e Culverson ergueram as armas, as SIG Sauer P229 de serviço.

— Parado, babaca — grita McGully, mas Touissant *não consegue* ficar parado, suas botas perderam a pegada na telha íngreme, ele está de gatinhas, as mãos em movimento, os olhos arregalados, McGully ainda grita — e eu grito também, "Não, não, não... não", girando a cabeça de um lado a outro, porque não o quero morto. Quero saber a história.

Touissant gira no calcanhar, tenta fugir para o cume do telhado; McGully dispara a arma, uma lasca de tijolo se solta da lateral da chaminé, Touissant se vira e cai da casa no gramado.

* * *

— Sua casa fede a cocô de cachorro.
— Vamos nos concentrar no que importa, detetive McGully.
— Tudo bem. Mas é verdade, não é? Está fedendo aqui.
— Detetive, por favor.

J.T. Touissant começa a dizer alguma coisa, ou talvez só esteja gemendo, e McGully lhe diz para se calar e ele se cala. Ele está no chão da sala, o corpo gigante prostrado no carpete sujo, a cara enterrada no tapete, sangrando na testa, bateu no telhado ao cair. McGully está sentado em suas costas, fumando um charuto. O detetive Culverson coloca-se perto do consolo da lareira, eu ando de um lado a outro, todo mundo espera, o show é meu.

— Muito bem. Vamos... vamos só bater um papo — digo e então meu corpo é atingido por um tremor longo, abalado com o que resta do pico de adrenalina, o tumulto dos tiros, do avanço rápido, investindo pela neve lamacenta.

Calma, Palace. Tranquilo.

— Sr. Touissant, parece que da última vez que conversamos você omitiu alguns detalhes sobre seu relacionamento com Peter Zell.

— É — diz rispidamente McGully, mexendo-se de forma que todo seu peso cava a base das costas de Touissant. — Babaca.

— Detetive? — sussurro, tentando sugerir *pega leve* sem dizer isso na frente do suspeito. Ele revira os olhos para mim.

— Então, a gente tomou uns comprimidos — diz Touissant. — Tá legal? Estávamos nos chapando. Eu e Petey nos drogamos algumas vezes.

— Algumas vezes — digo.
— É. Tá legal?

Concordo com a cabeça lentamente.

— E por que mentiu para mim, J.T.?

— Por que ele *mentiu* para você? — pergunta McGully, me olhando. — Porque você é policial, seu parvo.

Culverson solta um ruído irônico perto da lareira. Eu queria estar sozinho com J.T., numa sala, só ele e eu, e ele podia me contar a história. Só duas pessoas conversando.

Touissant ergue os olhos para mim, seu corpo imóvel sob o peso de McGully.

— Você apareceu aqui achando que o cara foi assassinado.

— Eu disse que foi um suicídio.

— É, bom, era você que estava mentindo — diz ele. — Ninguém investiga suicídios. Não fazem mais isso.

Culverson solta o ruído irônico de novo e eu o olho para sua cara de sarcasmo: *é um bom argumento*. McGully bate um naco gordo da cinza do charuto no tapete do suspeito.

Touissant ignora os dois, continua olhando para mim e falando.

— Você vem aqui procurando um assassino, eu te digo que Pete e eu estávamos tomando umas merdas de analgésicos, você conclui que eu sou o cara que o matou. Não é?

— Não necessariamente.

Estou pensando, comprimidos. Bola. Pequenas cápsulas coloridas, de revestimento ceroso saindo em uma palma suada. Tentando imaginar, meu homem do seguro, os sórdidos detalhes de abuso e vício.

— J.T. — começo.

— Não importa — diz ele. — Seja como for, agora estou morto. Acabou pra mim.

— É — diz McGully alegremente e eu quero que ele cale a boca.

Porque eu acredito em Touissant. Acredito. Há uma parte de mim que realmente acredita nele. Ele mentiu para mim pelo mesmo motivo que Victor France passou suas preciosas horas xeretando pela Manchester Road para conseguir as informações de que eu precisava — porque hoje em dia toda acusação é grave. Toda sentença é de morte. Se ele tivesse explicado seu verdadeiro relacionamento com Peter Zell, teria ido para a prisão e não ia sair. Mas ainda não há motivos para supor que ele o matou.

— McGully. Solte o homem.

— O quê? — diz incisivamente McGully. — De jeito nenhum.

Nós dois olhamos para Culverson por instinto; temos a mesma classe, mas ele é o adulto na sala. Culverson assente minimamente. McGully fecha a carranca, levanta-se como um gorila do chão da floresta e pisa propositalmente nos dedos de Touissant a caminho do sofá puído. Touissant se esforça para ficar de joelhos e Culverson murmura:

— Assim está bom — então eu também me ajoelho, de modo que posso olhar nos olhos dele e falo num tom de lisonja, uma gentileza doce, em algum lugar na amplitude vocal de minha mãe.

— Pode me contar mais.

Um longo silêncio.

— Ele... — começa McGully e eu levanto a mão, com os olhos ainda no suspeito, e McGully se cala.

— Por favor, senhor — digo com brandura. — Só quero saber a verdade, Sr. Touissant.

— Eu não o matei.

— Sei disso. — E sou sincero. Neste instante, olhando em seus olhos, não acredito que ele o tenha matado. — Só quero saber a verdade. Você disse comprimidos. Onde conseguiu os comprimidos?

— Não fui eu que consegui. — Touissant olha para mim, desnorteado. — Foi o Peter que trouxe.

— Como é?

— Deus é testemunha — diz ele, porque vê meu ceticismo. Estamos abaixados no chão, ajoelhados um de frente para outro como dois fanáticos religiosos, uma dupla de penitentes.

— É sério — diz Touissant. — O cara aparece na minha porta com dois vidros de comprimidos, de sulfato de morfina Contin, cada um com 60 mg, cem comprimidos por vidro. Diz que queria ingerir os comprimidos de um jeito seguro e eficaz.

— Foi o que ele disse? — McGully bufa, acomodado na poltrona, a arma apontada para Touissant.

— Sim.

— Olhe para mim — digo. — Conte o que aconteceu depois.

— Eu disse, claro, mas me deixa dividir com você. — Ele levanta a cabeça, olha em volta, seus olhos semicerrados faiscando de nervosismo, desafio, orgulho. — Bom, o que mais eu devia fazer? Trabalhei a vida toda... Todo dia, desde que saí do colégio, eu trabalhei. Pelo motivo específico de que meu velho era um monte de bosta e eu não queria ser como meu velho.

A imensa compleição de J.T. Touissant treme da força de expressar tudo isso.

— E aí, do nada, essa besteira? Um asteroide está chegando, ninguém está construindo nada, a pedreira fecha e num estalo eu fico sem emprego, sem perspectiva, nada pra fazer senão esperar pra morrer. Dois dias depois Peter Zell aparece na minha casa com uns opioides? O que *você* faria?

Olho para ele, seu corpo ajoelhado tremendo, a cabeça gigantesca abaixada para o tapete. Olho Culverson, junto da lareira, que balança a cabeça com tristeza. Fico consciente de um leve zunido agudo e olho para McGully no sofá, a arma no colo, fingindo tocar um pequeno violino.

— Tudo bem, J.T. — digo. — E depois, o que aconteceu?

Não foi difícil para J.T. Touissant ajudar Peter a ingerir sulfato de morfina de uma forma segura e eficaz, a driblar o mecanismo de liberação lenta e medir a dosagem para racionar a porção e diminuir o risco de overdose acidental. Ele viu o pai fazer isso um milhão de vezes com mil comprimidos diferentes: raspar a cera, esmagar o comprimido, medir e colocar embaixo da língua. Quando eles acabaram, Peter tomou mais.

— Ele nunca lhe disse de onde vinham?

— Não. — Uma pausa, uma hesitação de meio segundo, e olho em seus olhos. — É sério, cara. Isso foi tipo até outubro. Assim que ele conseguia a merda, acabava com ela. — Depois de outubro, diz Touissant, eles ainda saíam juntos, começaram a ver *Distant Pale Glimmers* juntos quando a série começou, tomavam uma cerveja de vez em quando depois do trabalho. Estou pensando em tudo isso, considerando o monte de novas informações, tentando enxergar o que pode ser verdade.

— E na noite da última segunda-feira?

— O quê?

— O que aconteceu na noite de segunda?

— Foi como eu te falei, cara. Fomos ao cinema, tomamos um monte de cerveja e eu o deixei lá.

— E você tem certeza? — digo com gentileza, quase com ternura. — Tem certeza de que é a história toda?

Silêncio. Ele me olha e está prestes a dizer alguma coisa, vejo sua mente trabalhando por trás da muralha de pedra de seu rosto, ele quer me contar algo mais.

— McGully... qual é a pena para violação de desperdício por veículo?

— A morte — diz McGully, Touissant arregala os olhos e eu balanço a cabeça.

— Sem essa, detetive — digo. — É sério.

Culverson fala.

— A seu critério.

— Muito bem — digo, volto a olhar para Touissant. — Tudo bem. Então, olha, vamos levar você. Precisamos levar. Mas vou cuidar para que você pegue duas semanas pelo carro. — Levanto-me, estendo a mão para puxá-lo para cima. — Talvez um mês. Vida mole.

E então McGully fala.

— Ou podemos dar um tiro nele agora mesmo.

— McGully. — Afasto-me de J.T. Touissant por um segundo, para Culverson, tentando conseguir que ele faça McGully calar a boca, e, quando me volto para J.T., ele está em movimento, atirando-se como um foguete e batendo a cabeça em meu peito, seu imenso peso como uma marreta. Estou caído, de costas, e McGully está de pé e Culverson em movimento, de armas sacadas. A mão grande de Touissant pegou o modelo do parlamento de New Hampshire e agora Culverson também aponta a arma, mas não atira, e McGully também não, porque Touissant está em cima de mim e ele vem direto para meu olho com aquela coisa, seu pináculo dourado e perigoso apontado para baixo, e tudo fica escuro.

— Filho da puta — diz McGully. Touissant me solta e o ouço investir para a porta e grito, "Não", o sangue esguichando de meu rosto, minhas mãos cobrindo os olhos. Grito, "Não atirem!", mas é tarde demais, todo mundo está atirando, as balas uma série de jatos quentes no canto de minha cegueira, e ouço Touissant gritar e cair.

Houdini ladra como louco da porta perto da cozinha, uivando e latindo de tristeza e assombro.

* * *

"Hmm, oi, detetive? Com licença? Como essa história trágica faz do cara uma vítima de homicídio?"

Estas são as palavras que soam amargamente nos cantos esvaziados de meu cérebro enquanto estou deitado no hospital, sentindo dor. A pergunta sarcástica de McGully foi feita na central, antes de irmos até lá.

J.T. Touissant morreu. McGully deu três tiros nele e Culverson, um, e ele estava morto quando chegou ao Hospital Concord.

Minha cara dói. Estou em um monte de dor. Talvez Touissant tenha me atacado com o cinzeiro e tentou fugir porque matou o amigo, mas não é o que penso.

Penso que ele me atacou simplesmente porque teve medo. Havia policiais demais na sala, McGully dizia gracinhas e eu tentava dizer a ele o contrário, mas ele teve medo de que, se o levássemos pela violação idiota no motor, ele apodreceria na prisão até 3 de outubro. Ele assumiu um risco calculado, assim como Peter, e perdeu.

McGully deu três tiros nele e Culverson atirou uma vez, e agora ele está morto.

— Meio centímetro para cima e seu globo ocular teria estourado — diz a médica, uma jovem com um rabo de cavalo louro e alto, tênis e as mangas enroladas do jaleco branco de médica.

— Tudo bem — digo.

Ela prende um chumaço grosso de gaze em meu olho direito com a fita cirúrgica.

— Chama-se fratura de assoalho orbital — diz ela —, vai causar alguma dormência no rosto.

— Ok — digo.

— Assim como uma diplopia de branda a severa.

— Ok.

— Diplopia significa visão dupla.

— Ah.

Durante tudo isso, a pergunta que ainda rola por minha cabeça: *como essa história trágica faz do cara uma vítima de homicídio?*

Infelizmente, penso saber a resposta. Preferiria não saber, mas sei.

Minha médica pede desculpas sem parar, por sua inexperiência, pelas lâmpadas que queimaram e não foram substituídas nesta sala da emergência, pela escassez geral de recursos paliativos. Ela parece ter uns nove anos e tecnicamente não concluiu a residência. Digo que está tudo bem, eu entendo. Seu nome é Susan Wilton.

— Dra. Wilton — digo enquanto ela entra e sai com o fio de seda por minha bochecha, estremecendo a cada puxão, como se esticasse o próprio rosto, e não o meu. — Dra. Wilton, você se mataria?

— Não — diz ela. — Bom... talvez. Se eu soubesse que seria infeliz pelo resto da vida. Mas não sou. Gosto de minha vida, sabia? Se eu fosse alguém já verdadeiramente infeliz... sabe como?... Então seria assim, por que ficar sentada e esperando pela coisa?

— Muito bem — digo. — Está certo. — Mantenho o rosto firme enquanto a Dra. Wilton me costura.

Só resta um mistério. Se Touissant estava dizendo a verdade, e eu creio que sim, e era Peter quem fornecia os comprimidos, onde ele os conseguia?

Esta é a última parte do mistério e acho que sei a solução para isso também.

* * *

Sophia Littlejohn é incrivelmente parecida com o irmão, mesmo espiando pela fresta entre a porta e o batente, olhando-me fixamente por baixo da corrente. Tem o mesmo queixo pequeno, o nariz grande e a testa larga, até o mesmo estilo de óculos fora de moda. Seu cabelo também é curto, de menino, espetado aqui e ali, como o dele.

— Sim? — diz ela. Olha-me como eu a encaro, lembro que nunca nos conhecemos e o que devo parecer: o chumaço gordo de gaze com que a Dra. Wilton cobriu meu olho, o hematoma se irradiando irregular e marrom, cor-de-rosa e inchado.

— Sou o detetive Henry Palace, senhora, do Departamento de Polícia de Concord — digo. — Acho que nós... — Mas a porta já está se fechando, depois há um tinido baixo da corrente e a porta mais uma vez se abre.

— Tudo bem — diz ela, assentindo estoicamente, como se este dia fosse esperado, ela sabia que viria. — Muito bem.

Ela pega meu casaco e gesticula para que eu ocupe a mesma poltrona azul em que me sentei na última visita, estou pegando o bloco e ela explica que o marido não está em casa, trabalhando até tarde, ultimamente um deles está sempre trabalhando até tarde. O serviço ecumênico semiocasional de Erik Littlejohn agora acontece toda noite e tantos funcionários do hospital comparecem que ele fechou a pequena capela no porão e assumiu o auditório num andar superior. Sophia está falando só por falar, isso é claro, um último esforço na linha de fundo para evitar a conversa e o que estou pensando é que os olhos de Peter devem ter sido assim, quando ele era vivo: cautelosos, analíticos, calculistas, um pouco tristes.

Sorrio, mexo-me na poltrona, deixo-a se calar e assim posso fazer minha pergunta, que na realidade é mais uma declaração do que uma indagação.

— Você lhe deu seu bloco de receitas.

Ela baixa os olhos para o tapete, uma fila interminável de volteios delicados, e volta a me olhar.

— Ele o roubou.

— Ah — digo. — Tudo bem.

Eu estava no hospital com o rosto ferido, pensando nesta pergunta por uma hora antes que a possibilidade me ocorresse e eu ainda não tinha certeza. Precisei perguntar a minha amiga Dra. Wilton, que teve de verificar: as parteiras podem receitar remédios?

Por acaso podem.

— Eu devia ter contado antes e peço desculpas — diz ela em voz baixa.

Lá fora, pela porta francesa que faz a ligação entre a sala de estar e o exterior, vejo Kyle com outra criança, ambos com roupas para a neve e botas, brincando com um telescópio na luz sobrenatural dos refletores do quintal. Na primavera passada, com a probabilidade de impacto em um dígito, a astronomia entrou na moda, todos de repente interessados nos nomes dos planetas, suas órbitas, suas distâncias entre si. Como aconteceu depois do 11 de Setembro, quando todos aprenderam as províncias do Afeganistão, a diferença entre xiitas e sunitas. Kyle e o amigo adaptaram o telescópio como uma espada, revezam-se fazendo um ao outro cavaleiro, ajoelhando-se, rindo no luar do início da noite.

— Era junho. Início de junho — começa Sophia e me volto para ela. — Peter me ligou de repente, disse que gostaria de almoçar. Eu disse que me parecia bom.

— Você come em seu trabalho.

— Sim. É verdade.

Eles comeram, colocaram a vida em dia e tiveram uma conversa maravilhosa, irmão e irmã. Falaram de filmes que viram quando crianças, de seus pais, de seu crescimento.

— Só coisas assim, sabe como é. Coisas de família.

— Sim, senhora.

— Foi tudo muito legal. Provavelmente foi o que mais me doeu, detetive, quando entendi o que ele realmente estava fazendo. Nunca fomos muito próximos, Peter e eu. Ele me ligando assim, do nada? Lembro-me de pensar, quando esta loucura acabar, talvez sejamos amigos. Como os irmãos devem ser.

Ela enxuga uma lágrima do olho.

— Na época, a probabilidade ainda era muito baixa. Ainda se podia pensar, *quando tudo isso acabar*.

Esperei com paciência. Meu bloco azul está aberto, equilibrado no colo.

— Mas então — diz ela. — Raras vezes prescrevo remédios. Nossa prática é em grande parte holística e as drogas entram no tratamento durante o trabalho de parto e o próprio parto, não são receitadas no curso da gravidez.

Assim, passaram-se muitas semanas para Sophia Littlejohn notar que um dos receituários tinha desaparecido da pilha na primeira gaveta da mesa de seu consultório. E outras semanas antes que ela entendesse que seu tímido irmão o roubara durante o almoço agradável de reencontro. Ela para nesta parte da história, olha o teto, meneia a cabeça com autorrecriminação; estou imaginando Peter, o homem do seguro de maneiras mansas, em seu momento de ousadia — ele tomou sua decisão fatídica — Maia atravessou o limiar de 12,375 —, criou coragem, a irmã saiu por um momento da sala, foi ao banheiro ou foi cumprir uma pequena tarefa — nervoso, uma gota de suor escorrendo da testa por baixo dos óculos —, levantou-se da cadeira, abriu a primeira gaveta da mesa...

Kyle e o amigo riem aos gritos do lado de fora. Ainda olho para Sophia.

— E então, em outubro, você descobriu.

— Isso mesmo — diz ela, erguendo os olhos brevemente, mas sem se dar ao trabalho de perguntar como eu sei. — E fiquei furiosa. Quer dizer, meu Deus, ainda somos seres humanos, não somos? Não podemos nos comportar como seres humanos até que termine? — Há uma raiva verdadeira em sua voz. Ela balança a cabeça com amargura. — Sei que isso parece ridículo.

— Não, senhora — digo. — Não é nada ridículo.

— Confrontei Peter, ele admitiu ter levado e foi só isso. Eu não... lamento dizer, não falei com ele desde então.

Estou assentindo. Eu tinha razão. Ponto para mim. Hora de ir embora. Mas preciso saber tudo. Eu preciso.

— Por que não me contou tudo isso antes, porque não retornou meus telefonemas...

— Bem, era uma... eu tomei uma decisão prática. Eu só... decidi... — ela começa, depois Erik Littlejohn chama da porta, "querida".

Ele está na soleira, esteve parado ali quem sabe por quanto tempo, a neve caindo suavemente a sua volta.

— Não.

— Está tudo bem.

— Não, não está. Olá mais uma vez, detetive. — Ele entra, os flocos de neve derretendo-se em água nos ombros de couro do casaco. — Eu disse a ela para mentir. Se houver consequências, deve recair sobre mim.

— Não creio que haja alguma consequência. Eu só queria saber a verdade.

— Muito bem. Bom, a verdade é que não vi motivo para lhe contar sobre o roubo de Peter e o vício em drogas, e disse isso a Sophia.

— Tomamos a decisão juntos.

— Eu a convenci disso.

Erik Littlejohn balança a cabeça, olha-me bem nos olhos, quase com severidade.

— Eu disse a ela que não tinha sentido contar a você.

Ergo-me para olhá-lo e ele sustenta o olhar, sem piscar.

— Por quê? — digo.

— O que está feito, está feito. O incidente com o receituário de Sophia não está relacionado com a morte de Peter e não tinha sentido contar isso à polícia. — Ele diz "polícia" como se fosse um conceito abstrato, algo de outro mundo, à "polícia" e não a mim, uma pessoa, agora de pé em sua sala de estar com o bloco azul aberto. — Contar à polícia significaria contar à imprensa, ao público.

— Meu pai — murmura Sophia, depois ergue os olhos. — Ele quer dizer contar a meu pai.

O pai dela? Penso no que sei, coço o bigode e me lembro do relatório da policial McConnell: pai, Martin Zell, no asilo Pleasant View, nos primórdios da demência.

— Já foi bem ruim para ele saber que Peter se matou. Descobrir também que o filho tornara-se viciado em drogas?

— Por que fazê-lo passar por isso? — diz Erik. — Numa época dessas? Eu disse a ela para não contar a você. A decisão foi minha e assumo toda a responsabilidade.

— Tudo bem — digo. — Tudo bem.

Suspiro. Estou cansado. Meu olho dói. Hora de ir embora.

— Tenho mais uma pergunta. Sra. Littlejohn, a senhora parece estar convicta de que Peter se matou. Posso lhe perguntar o que lhe dá tanta certeza?

— Porque — disse ela suavemente — ele me disse.

— O quê? Quando?

— Naquele mesmo dia. Quando almoçamos em meu consultório. Já havia começado, sabe? Apareceu um no noticiário. Em Durham. A escola elementar?

— Sim. — Um homem criado em Durham, na área de Seacoast, voltou lá para se enforcar no armário de casacos de sua sala da quarta série para que a professora, que ele odiava, o encontrasse.

Sophia aperta os olhos com a ponta dos dedos. Erik vai atrás dela, coloca as mãos reconfortantes em seus ombros.

— De qualquer modo, Pete... Peter disse que se *ele* um dia fizesse isso seria naquele McDonald's. Na Main Street. Sabe, parecia uma brincadeira. Mas eu acho... acho que não foi, né?

— Não, senhora. Acho que não.

Lá vai você, detetive McGully. *Como essa história trágica torna o cara uma vítima de homicídio?* A resposta é, não torna.

O cinto elegante, a picape, nada disso importa. Quando a experiência dele com substâncias controladas deu em desastre — quando ele foi descoberto em seu único ato ousado de roubo e traição —, restando a vergonha e os sintomas dolorosos e prolongados da abstinência — diante de tudo isso e com o iminente fim dos tempos —, o atuário Peter Zell fez outro cálculo meticuloso, outra análise de risco e recompensa e se matou.

Bam!

— Detetive?

— Oi.

— Você não está anotando.

Erik Littlejohn me olha quase disfarçadamente, como se eu escondesse alguma coisa.

Minha cabeça dói. A sala gira; duas Sophias, dois Eriks. Como foi que a Dra. Wilton chamou? Diplopia.

— Você parou de anotar o que estamos dizendo.

— Não. Eu só... — Engulo em seco, levanto-me. — Este caso está encerrado. Lamento ter incomodado vocês.

* * *

Cinco, seis horas depois, não sei. É o meio da noite.

Andreas e eu estamos do lado de fora, ambos fugidos do Penuche's, o bar de porão na Phenix Street, do escuro, da fumaça e da névoa repugnante de birosca, e estamos no arremedo horrível de calçada, nenhum de nós com vontade de sair para uma cerveja, antes de tudo. Andreas foi literalmente arrastado de sua mesa por McGully, para comemorar minha solução do caso; um caso que não resolvi e que nunca foi verdadeiramente um caso, antes de mais nada. De todo modo, estava horrível ali, o cheiro de cigarro novo se misturando com o velho, a TV berrando, as pessoas se espremendo nas colunas estruturais e pichadas que impedem que todo o lugar desabe sobre si mesmo. Além disso, algum espertinho enfeitou a jukebox com ironia: Elvis Costello, "Waiting for the End of the World", Tom Waits, "The Earth Died Screaming" e, é claro, aquela música do R.E.M., tocando sem parar.

Neva ali fora, nacos sujos e gordos caindo oblíquos e batendo nas paredes de tijolos aparentes. Meto as mãos nos bolsos e fico de cabeça jogada para trás, olhando o céu com meu único olho saudável.

— Escute — digo a Andreas.

— Sim?

Hesito. Detesto isso. Andreas tira um Camel do maço, vejo bolas de neve derreterem em seu cabelo molhado.

— Desculpe — digo, quando ele o acende.

— Pelo quê?

— Por antes. Derramar seu café.

Ele ri desajeitado, dá um trago no cigarro.

— Esquece — diz ele.

— Eu...

— É sério, Henry. Quem liga?

Um pequeno grupo de garotos sai da escada que vem do bar, rindo como loucos, vestidos na estranha moda pós-apocalíptica: uma adolescente com vestido de baile esmeralda e tiara, o namorado todo de preto gótico. Outro garoto, de sexo indefinido, com bermudão por cima de uma meia-calça quadriculada, largos suspensórios vermelhos de palhaço. A música sai pela porta aberta, parece U2, depois some de novo quando a porta se fecha.

— O jornal diz que os paquistaneses querem explodir a coisa — diz Andreas.

— É, eu soube disso.

Estou tentando me lembrar que música do fim do mundo é essa do U2. Desvio os olhos dos garotos, fito a rua.

— É. Eles dizem que calcularam tudo, podem conseguir. Mas estamos dizendo que não vamos deixar.

— Ah, é?

— Houve uma coletiva. O secretário de Estado, o secretário de Defesa. Alguém mais. Disseram que, se eles tentarem, vamos lançar uma bomba neles antes que eles usem a própria bomba. Por que diríamos isso?

— Não sei. — Eu me sinto oco. Estou com frio. Andreas é cansativo.

— Simplesmente é *loucura*.

Meu olho dói; meu rosto. Depois dos Littlejohn, dei um telefonema a Dotseth e ele elegantemente aceitou minhas desculpas por desperdiçar seu tempo, fez suas piadas sobre não saber quem eu era, de que caso eu estava falando.

Andreas começa a falar de outra coisa, mas soa uma buzina a nossa direita, no alto da Phenix, onde a rua se eleva e começa a fazer uma curva para a Main Street. Uma buzina alta e turbulenta de um ônibus urbano, ganhando velocidade ao disparar pela rua. Os garotos gritam, acenam para o ônibus e o detetive Andreas e eu nos olhamos. O serviço de ônibus urbano foi suspenso e nunca houve uma linha noturna na Phenix Street.

O ônibus se aproxima, chocalhando rápido, com duas rodas na calçada, saco minha pistola de serviço e aponto na direção geral do largo para-brisa. É como um sonho, no escuro, um enorme ônibus urbano, as luzes do letreiro dizendo GARAGEM, descendo a ladeira para nós como um navio fantasma. Agora está mais perto e vemos o motorista, no início dos 20 anos, homem, caucasiano, de boné virado para trás, um bigodinho desarrumado, olhos arregalados de aventura e prazer. Seu amigo, negro, também no início dos 20, também de boné, tem a porta pneumática lateral aberta, curva-se para fora e grita, "Ia-ruuuu!". Todo mundo sempre quis fazer alguma coisa e ao que parece os garotos sempre quiseram dirigir como loucos um ônibus urbano.

Os adolescentes no meio-fio conosco estão morrendo de rir, gritando. Andreas olha os faróis e estou parado ali com minha arma, perguntando-me como agir. Provavelmente nada a fazer, deixar que eles passem.

— Ai, ai — diz Andreas.

— Ai, ai o quê?

Mas é tarde demais. Ele gira o corpo, joga fora o cigarro pela metade e se atira na frente do ônibus.

— Não — é só o que tenho tempo para falar, uma única sílaba fria e melancólica. Ele cronometrou, calculou os vetores, ônibus e homem se cruzando ao se deslocarem no espaço em suas velocidades variáveis. *Bam!*

O ônibus canta pneu ao frear e o tempo para, quadro congelado: a menina de vestido de baile com a cara escondida na dobra do braço do gótico — eu boquiaberto, de arma estendida, apontada inutilmente para a lateral do ônibus —, o ônibus torto, a traseira na calçada, a frente jogada para a rua. Depois o detetive Andreas lentamente se descola e escorrega para a rua e a multidão do bar grita e me cerca, tagarelando e gritando. O motorista e seu amigo descem a escada do ônibus e param alguns passos atrás do corpo destruído de Andreas, encarando boquiabertos.

E então o detetive Culverson está ali, a mão firme em meu pulso, baixando gentilmente a arma para meu lado. McGully se esforça para passar pela multidão, empurrando e gritando, "Polícia!", mostrando seu distintivo, uma cerveja Coors na outra mão, o charuto na boca. Cai sobre um joelho no meio da Phenix Street e coloca um dedo no pescoço de Andreas. Culverson e eu ficamos ali no meio da multidão aturdida, nuvens frias de ar vagando de nossas bocas, mas a cabeça de Andreas está inteiramente virada, o pescoço, quebrado. Ele morreu.

— E aí, Palace, o que você acha? — diz McGully, levantando-se e olhando. — Suicídio ou homicídio?

PARTE TRÊS

Doce Ilusão

Terça-feira, 27 de março

Ascensão reta 19 11 43,2
Declinação -34 36 47
Elongação 83,0
Delta 3,023 UA

1.

— **Meu Deus do céu**, Henry Palace, o que *aconteceu* com você?

Esta parece uma avaliação pavorosamente rude de uma ex-namorada que não vejo há seis anos, até que lembro como estou: minha cara, meu olho. Levanto a mão, ajeito o pacote grosso e rígido de atadura, aliso o bigode, sinto os pelos da barba por fazer em meu queixo.

— Tive uns dias difíceis — digo.

— Lamento saber disso.

São seis e meia da manhã e Andreas morreu, Zell morreu, Touissant morreu, e aqui estou em Cambridge, em uma passarela sobre o rio Charles, batendo papo com Alison Koechner. Está estranhamente agradável aqui fora, deve fazer mais de 10 graus, como se ao atravessar a divisa do estado de Massachusetts eu tivesse tropeçado numa latitude sul. Tudo isso, a suave brisa de primavera, o sol matinal cintilando da ponte, o suave ondular do rio na primavera, tudo seria agradável em outro mundo, outra época. Mas fecho os olhos e o que vejo é a morte: Andreas achatado contra a grade de um ônibus; J.T. Touissant jogado numa parede, com um buraco estourado no peito; Peter Zell no banheiro.

— É ótimo te ver, Alison.

— Tá — diz ela.

— É sério.

— Não vamos entrar nesse assunto.

A massa rebelde de cabelos vermelhos orquídea de que me lembro foi cortada em uma altura adulta e capturada em um coque com um sistema de grampos pequenos e eficientes. Ela veste calça e blazer cinza e tem um pequeno pin dourado na lapela: está produzida, está linda.

— E então — diz Alison, tirando de um bolso interno do blazer um envelope branco e fino tamanho carta. — Sabe esse amigo seu? O Sr. Skeve?

— Ele não é meu amigo — digo de imediato, levantando um dedo. — É marido de Nico.

Ela ergue uma sobrancelha.

— Nico, a sua irmã?

— Asteroide — digo, sem precisar esclarecer. Casamento por impulso. Um casamento-bala. A maior bala que se pode imaginar. Alison concorda com a cabeça e diz simplesmente, "Nossa". Conheceu Nico quando minha irmã tinha 12 anos, já não era o tipo de pessoa que alguém imagina que vá se acomodar. Fumava escondido, roubava cerveja da geladeira na garagem do vovô, uma sucessão de cortes de cabelo infelizes e problemas disciplinares.

— Tudo bem, então. Mas sabe o seu cunhado, Skeve? É um terrorista.

Eu rio.

— Não. Skeve não é terrorista nenhum. É um idiota.

— A parte no diagrama de Venn em que essas duas categorias coincidem, como você vai descobrir, pode ser bem grande.

Suspiro, encosto um quadril no aço verde e enferrujado do parapeito da passarela. Um barco de competição desliza por ali, cortando a superfície do rio, a tripulação grunhindo ao passar em disparada. Gosto desses garotos, levantando-se às seis da manhã para remar, mantendo-se em forma, atendo-se a seu programa. Desses garotos, eu gosto.

— O que você diria — pergunta Alison —, se eu lhe contasse que o governo dos Estados Unidos, prevendo há muito um desastre desse gênero, preparou um plano de fuga? Que construiu em segredo um ambiente habitável, para além do alcance dos efeitos destrutivos do asteroide, aonde os melhores e mais inteligentes da humanidade podem ser transferidos e ficar a salvo para repovoar a espécie?

Levo a palma da mão ao rosto, passo na face, que só agora começa a sair de seu entorpecimento e entrar na dor efetiva.

— Eu diria que é loucura. Bobagem de Hollywood.

— E você teria razão. Mas existem aqueles que não são tão perspicazes.

— Ah, pelo amor de Deus. — Estou me lembrando de Derek Skeve deitado no colchão fino de sua cela, seu sorriso bobo de menino mimado. *Bem que eu queria te contar, Henry, mas é segredo.*

Alison abre o envelope branco, desdobra três folhas de um papel branco e imaculado e entrega a mim, e meu impulso é dizer, sabe do que mais? Esquece tudo isso. Preciso resolver um homicídio. Mas não digo. Não hoje.

Três páginas digitadas em espaço simples, sem marca-d'água, sem timbre da agência, marcadas aqui e ali com linhas pretas e grossas de redação. Em 2008, um grupo de discussão foi realizado pela Direção de Planejamento Estratégico da Força Aérea dos Estados Unidos, utilizando os recursos e o pessoal de dezesseis agências distintas do governo americano, inclusive o DHS, o DTRA e a NASA. O exercício imaginou um evento "acima do limiar da catástrofe global" em um cenário de "curto prazo" — em outras palavras, exatamente o que acontece agora — e o grupo considerou cada reação possível: contra-ataque nuclear, *push-pull* lento, opções cinéticas. A conclusão foi que as opções de reação realista estariam limitadas à defesa civil.

Bocejo, passo os olhos pelo papel. Ainda estou na primeira página.

— Alison?

Ela revira ligeiramente os olhos, o leve e suave sarcasmo tão familiar que aperta meu coração no peito e pega de volta os papéis.

— Houve uma dissidente, Palace. Uma astrofísica da Lawrence Livermore, a Dra. Mary Catchman, insistiu que o governo agisse preventivamente e construísse ambientes habitáveis na Lua. Quando o Maia apareceu, algumas pessoas se convenceram de que o Departamento de Defesa aproveitou essa dissidente e de que esses refúgios seguros existiam.

— Bases?

— Sim.

— Na Lua?

— Sim.

Estreito os olhos para o sol cinzento, vendo Andreas emplastrado contra o ônibus, escorregando devagar para baixo. BASTA ORAR. Bases secretas para fuga do governo. A incapacidade das pessoas de enfrentar esta coisa é pior do que a própria coisa, é sério.

— Então, Derek estava zanzando pela estação da Guarda em seu 4x4 procurando o quê, plantas baixas? Cápsulas de fuga? Um estilingue gigante?

— Ou coisa parecida.

— Isso não faz dele um terrorista.

— Eu sei, mas a designação é essa. É assim que agora funciona o sistema da justiça militar. Depois de levar o rótulo, não há nada que se possa fazer.

— Bom, não sou um fã desse garoto, mas Nico o ama. Não há nada...?

— Não há nada. Nada. — Alison lança um longo olhar pelo rio, aos remadores, os patos, as nuvens vagarosas em paralelo com a linha da água. Não é a primeira garota que beijei, mas ainda é aquela que mais beijei, até agora, em toda minha vida. — Desculpe. Não é meu departamento.

— E qual é seu departamento mesmo?

Ela não responde; eu sabia que não responderia. Sempre mantivemos contato, o e-mail ocasional, números de telefone trocados a cada dois anos. Sei que ela está na Nova Inglaterra e sei que trabalha para uma agência federal, operando em um nível policial que fica ordens de magnitude acima do meu. Antes de namorarmos, ela queria fazer faculdade de veterinária.

— Mais alguma pergunta, Palace?

— Não. — Olho o rio, depois para Alison. — Espere. Sim. Um amigo meu perguntou por que não deixamos os paquistaneses experimentarem explodir o asteroide com uma bomba nuclear, se é o que querem fazer.

Alison ri uma vez, sem nenhum humor, e rasga os papéis em tiras.

— Diga a seu amigo — diz ela, rasgando as tiras em outras menores, depois em pedaços menores ainda — que se eles o atingirem... o que não vão fazer... mas que se eles fizerem, em vez de um asteroide, teremos milhares de asteroides menores, mas ainda destruidores. Milhares e milhares de asteroides irradiados.

Não digo nada. Com seus dedos pequenos e eficientes, Alison joga os pedacinhos de papel no Charles, vira-se para mim e sorri.

— E aí, detetive Palace. Trabalhando em quê?

— Nada — respondo e viro a cara. — Nada mesmo.

* * *

Mesmo assim, conto-lhe do caso Zell, não consigo evitar. Estamos andando pela John F. Kennedy, da Memorial Drive à Harvard Square, e conto a história toda, do início ao fim, depois pergunto o que ela faria com o caso, da perspectiva profissional. Chegamos ao quiosque que antigamente era uma banca de jornais, agora enfeitado com carreiras de luzes de Natal, um gerador portátil atarracado zumbindo do lado de fora, resmungando e sibilando como um tanque em miniatura. O vidro da banca de jornais foi tapado e alguém prendeu dois pedaços grandes de papelão nas portas da frente, com os dizeres THE COFFEE DOCTOR em grandes caracteres pretos de pincel atômico.

— Bom — diz ela lentamente, enquanto mantenho aberta a porta. — Sem ter examinado as provas em primeira mão, certamente parece que vocês chegaram à conclusão correta. Uma chance de 95% de que esse cara foi outro enforcado.

— É — digo.

Está escuro dentro da banca de jornais convertida, duas lâmpadas nuas e outra série de luzes de Natal, uma caixa registradora antiga e uma máquina de café expresso, baixa e reluzente, estacionada como um tanque na bancada preta.

— Saudações, humanos — diz o proprietário, um asiático de uns 19 anos, com um chapéu porkpie, óculos com aro de chifre e uma barba rala. Ele faz uma saudação alegre a Alison. — Como sempre, é um prazer.

— Obrigada, Coffee Doctor — diz ela. — Quem está na frente?

— Vamos ver.

Olho para onde ele está olhando, sete copos de papel para café enfileirados na ponta da bancada, cada copo com o nome de um continente. Ele vira dois, sacode, olha o número de grãos que jogaram em cada um deles.

— Antártida. Incontestável.

— Doce ilusão — diz Alison.

— Jura, minha irmã?

— Dois do de sempre.

— Seu desejo é uma ordem — diz ele e trabalha rápido, arrumando duas delicadas xicrinhas de louça, mergulhando a haste do vaporizador em uma jarra de aço inox com leite e ligando o aparelho.

— O melhor café do mundo — observa Alison.

— Qual é a probabilidade de 5%? — pergunto, enquanto a máquina de expresso se agita e assovia.

Alison abre um leve sorriso.

— Eu sabia que você ia dizer isso.

— Só estou imaginando.

— Henry — diz Alison, enquanto o garoto nos entrega nossas duas xícaras de café. — Posso te dizer uma coisa? Você pode acompanhar este caso para sempre e pode descobrir todos os seus segredos, pode seguir a cronologia desse homem até seu nascimento, e ao nascimento do pai dele, e do pai do pai dele. Ainda assim, o mundo vai acabar.

— É, eu sei. — Estamos agora sentados num canto do simulacro de cafeteria, espremidos em uma velha mesa de plástico para carteado armada pelo Coffee Doctor. — Mas qual é a probabilidade de 5%, em sua análise?

Ela suspira e me faz mais uma vez aquele revirar de olhos sarcástico e suave.

— Os 5% significam isto: com esse Touissant te atacando com um cinzeiro daquele jeito e tentando fugir? Isso com três detetives armados na sala. É um último lance. Uma tentativa desesperada.

— McGully ameaçou executá-lo.

— De brincadeira.

— Ele ficou com medo. Não sabia disso.

— Claro, claro. — Ela tomba a cabeça para um lado e outro, refletindo. — Mas naquele mesmo momento você ameaçava prendê-lo por uma violação menor.

— Por duas semanas. Fraude no motor. Era simbólico.

— Sim — diz ela. — Mas mesmo para uma pena simbólica, você daria uma busca na casa, não é?

Alison se interrompe para beber o expresso. Por ora deixo o meu em paz, olho-a fixamente. *Ah, Palace*, estou pensando. *Oh, Palace. Puxa vida*. Outra pessoa entra no café, uma menina em idade universitária; o Coffee Doctor diz, "Saudações, humana", liga sua máquina e a garota joga o grão no copo da EUROPA.

— Ainda assim, probabilidade de 5% — diz Alison. — Mas você sabe o que dizem sobre as probabilidades.

— É. — Bebo meu expresso que, de fato, é delicioso. — É, sei, sei.

* * *

Estou zunindo. Eu sinto. O café, a manhã. Probabilidade de 5%.

Na 93 Norte, a 90 por hora, oito horas da manhã, nenhum carro na estrada.

Em algum lugar entre Lowell e Lawrence, meu celular pega três barras e ligo para Nico, eu a acordo, dou a má notícia: Derek se meteu em alguma tolice e não vai sair. Entro nos detalhes. Não uso a palavra terrorista. Não conto da organização secreta, não lhe falo da Lua. Só digo o que Alison falou sobre o sistema de justiça militar atual: ele tem um rótulo que implica que não vai a lugar nenhum.

Sou solidário, mas transparente: é assim que são as coisas e não há nada mais que se possa fazer, depois me preparo para sua réplica chorosa, desdenhosa ou furiosa.

Em vez disso ela fica em silêncio e eu levanto o telefone para saber se minhas barras não desapareceram.

— Nico?

— Oi. Estou aqui.

— E então... Você entende?

Vou para o norte, constantemente em frente, pela divisa do estado. Bem-vindo a New Hampshire. Viva Livre ou Morra.

— É — diz Nico, uma pausa para soltar lentamente a fumaça do cigarro. — Eu entendo.

— Provavelmente Derek vai passar a maior parte do tempo que resta nesta instalação.

— *Tudo bem*, Henry — diz ela, como se agora talvez eu estivesse esfregando a realidade na cara dela. — Eu entendi. Como foi ver a Alison?

— O quê?

— Como Alison está?

— Ah, bom — digo. — Ela está muito bem.

Depois, de algum modo, a conversa entra num tom diferente e ela me diz que sempre gostou de Alison, e trocamos histórias dos velhos tempos: da adolescência, de nossos primeiros dias na casa do vovô, depois tendo encontros furtivos no porão. Repasso o cenário e por um tempo conversamos como antigamente, dois garotos, irmão e irmã, o mundo real.

Quando Nico e eu desligamos o telefone, estou quase chegando, entrando na parte sul da área metropolitana de Concord, o sinal de meu celular ainda é forte e dou mais um telefonema.

— Sr. Dotseth?

— Oi, garoto. Soube do detetive Andreas. Meu Deus.

— Eu sei. Eu sei. Escute, vou dar outra olhada.

— Dar uma olhada onde?

— Na casa da Bow Bog Road, sabe? Onde tentamos prender um suspeito ontem no caso do enforcado?

— Ah, bela prisão. Só que foi onde vocês mataram um homem a tiros.

— Sim, senhor.

— Olha, soube daqueles idiotas de Henniker? Dois garotos pedalando uma daquelas bicicletas para duas pessoas, arrastando uma mala de rodinhas em uma corda de bungee. A polícia estadual os para e a mala está cheia de escopetas... aquelas armas mexicanas de cano curto. Estamos falando de 50 mil dólares em armas de fogo que esses garotos levam por aí de bicicleta.

— Sei.

— Quer dizer, pelos preços de hoje.

— Sei. E então, Denny, vou voltar àquela casa agora, dar outra olhada.

— Que casa é mesmo?

* * *

O isolamento da cena de crime na casinha feia de J.T. Touissant é sem jeito e descuidado. Uma tira fina de celofane amarelo, passada em uma série de *Us* frouxos e esvoaçantes, de uma coluna da varanda a outra, depois a um dos galhos arriados do carvalho, atravessando o gramado até a bandeira da caixa de correio. Com um nó frouxo em cada parada, escorregando um pouco, o vento importunando, como se não importasse, como se fossem enfeites de uma festa de Natal.

Supostamente, depois do tiroteio de ontem, esta casa foi lacrada e examinada por uma equipe de patrulheiros, por procedimento padrão, mas tenho minhas dúvidas, com base primeiramente na natureza medíocre da fita de isolamento, em segundo lugar no fato de que, dentro dela, não parece que mexeram em alguma coisa. Todos os móveis manchados e gastos de Touissant estão exatamente onde estavam ontem. É fácil imaginar, digamos, o policial Michelson, desfrutando de um sanduíche de salsicha com ovo, andando pelos quatro cômodos pequenos da casa, levantando e deixando cair as almofadas do sofá, espiando a geladeira, bocejando, dando o trabalho por encerrado.

Seis manchas grossas de sangue formam um arquipélago preto e vermelho-ferrugem no piso acarpetado da sala de estar e nas tábuas de madeira do vestíbulo. Meu sangue, do meu olho; o de Touissant, do corte na testa, dos múltiplos ferimentos à bala que o mataram.

Piso com cuidado em volta do sangue e paro no meio da sala, girando num círculo lento, dividindo mentalmente a casa em quadrantes, como recomendam Farley e Leonard, depois parto para a verdadeira busca. Vasculho a casa centímetro por centímetro, arrastando-me de barriga quando necessário, metendo desajeitado o corpo embaixo da cama de Touissant. Tiro uma escadinha do armário atulhado e subo para socar as ripas frágeis do teto, sem encontrar nada na área estreita além de fibra de isolamento e montes antigos e secretos de poeira. Revisto com muita atenção o closet do quarto de Touissant — procurando exatamente o quê? Uma prateleira de elegantes cintos de couro, onde falta um? A planta do banheiro masculino do McDonald's da Main Street? Não sei.

Mas então — calças, camisas, macacões. Dois pares de botas. Nada.

Uma probabilidade de 5%, foi o que calculou Alison. Cinco por cento.

Uma porta pequena ao lado da despensa dá para uma curta escada de concreto, sem corrimão, um porão repugnante, uma única lâmpada com um pedaço de barbante como interruptor de cordinha. Do outro lado de um aquecedor enorme e morto está a toca do cachorro: uma cama de almofada, uma coleção de brinquedos de borracha roídos, uma tigela de comida completamente limpa a lambidas, outra tigela com uma poça de água suja de meio centímetro.

— Coitado — digo em voz alta e ele aparece, Houdini, como que conjurado, no alto da escada, um cachorro mínimo e desgrenhado com cabeça de esfregão, arreganhando os dentes amarelos, de olhos arregalados, o pelo branco mosqueado de cinza.

O que devo fazer? Encontro um pouco de bacon e cozinho, depois, enquanto Houdini come, sento-me à mesa da cozinha e imagino Peter Zell sentado a minha frente, tira os óculos e os coloca a seu lado, com os olhos atentos em sua pequena tarefa delicada, cuidadosamente cheirando o miolo branco e esmagado de um comprimido de analgésico.

Então ouço a batida alta da porta da frente se fechando, dou um salto, a cadeira vira para trás e bate no chão, uma segunda pancada, e Houdini levanta a cabeça e lá estou eu correndo com a maior rapidez possível, pela casa, escancarando a porta e gritando, "Polícia!"

Nada, silêncio, gramado branco, nuvens cinzentas.

Vou correndo pela rua, perco e recupero o equilíbrio, deslizo pelos últimos metros como se estivesse de patins. "Polícia!" de novo, para um lado da rua, depois o outro, respirando com dificuldade. Quem quer que tenha sido, já foi. Eles estavam aqui, aqui comigo esse tempo todo, ou entraram e saíram de mansinho, procurando o que eu procurava, e agora sumiram.

— Droga — digo em voz baixa. Viro-me e olho o terreno, tentando distinguir na neve e na lama as pegadas, minhas e do invasor. Caem grandes flocos de neve, um de cada vez, como se concordassem antecipadamente em se revezar. Meu coração desacelera aos poucos.

Houdini está na escada, lambendo os beiços. Quer mais comida.

Agora, espere aí. Viro a cabeça de lado, examino a casa, a árvore e o gramado.

— Espere aí.

Se Houdini dorme perto do aquecedor, onde está a casinha do cachorro?

* * *

A resposta é simples: comprimidos. Comprimidos e muitas outras coisas.

Envelopes pardos do correio cheios de vidros de comprimidos, cada vidro contendo várias dezenas de comprimidos de 30 ou 60 mg, cada comprimido marcado com o nome do medicamento ou do fabricante. A maioria dos comprimidos é de MS Contin, mas tem outros: Oxycontin, Dilaudid, lidocaína; seis dos grossos envelopes de correio no total, centenas de comprimidos em cada um. Há uma caixinha de papelão recheada de pequenos papéis brancos e serreados; um pilão, do tipo que se compra numa drogaria; em outra caixa, embrulhado em um saco plástico, dentro de um saco de papel da Market Basket, uma pistola automática de cano curto, que no ambiente de hoje deve valer vários milhares de dólares. Tem frascos de um líquido escuro e várias dezenas de seringas embrulhadas uma a uma em embalagens plásticas amassadas. Em outro saco da Market Basket há dinheiro, maços gordos de notas de cem dólares.

Dois mil. Três mil.

Paro de contar depois de cinco mil. Minhas mãos tremem, assim não consigo contar tudo, mas é muito.

Depois manco de volta ao carro para pegar um rolo de fita de cena de crime e passo a fita em volta, prendo direito, apertada e retesada. Houdini trota junto comigo pelo perímetro e para a meu lado, ofegante, e não o convido a entrar no Impala, mas também não o impeço de vir para dentro.

* * *

— Stretch. Meu irmão. Não vai acreditar nessa. — McGully está à janela, meio rachada, a sala tem um cheiro adocicado e pesado. — Aí, uns sacanas em Henniker de bicicleta de marcha, rebocando uma mala de rodinhas...

— Eu soube.

— Ah — diz ele. — Estragou tudo.

— Está fumando maconha?

— É, um pouquinho. Foi uma semana difícil. Dei um tiro num cara, lembra? Quer?

— Não, obrigado.

Conto a ele de minha apreensão na casa de Touissant, conto que descobri que há mais nessa história, muito mais. Ele me ouve de olhos vidrados e de vez em quando tira um trago fundo do minúsculo papel torcido e enrolado, soprando a fumaça na rachadura da janela. Culverson não está à vista, a mesa de Andreas está vazia, o monitor do computador virado para a parede, o telefone desconectado. Parece que está vaga há anos.

— Então o cretino estava mentindo — é a conclusão de McGully. — Eu podia ter te falado isso. Ele é um traficante de drogas, viciou o amigo, depois o amigo se matou.

— Bom, só que a verdade é que foi Zell que comprou as drogas de Touissant. Ele roubou o bloco de receitas da irmã.

— Ah. Hmm. — Ele sorri, coça o queixo. — Ah, peraí... Sabe do que mais? Você liga pra essa merda.

— É — digo. — Bom argumento.

— Cacete. É aquele cachorro fodido da cena?

— Talvez... — digo e McGully diz, "Talvez o quê?" e agora estou andando de um lado a outro vigorosamente, o cachorro também anda em meus calcanhares. — Talvez o que esteja acontecendo é que Peter leva os comprimidos a Touissant em junho. Eles curtem juntos, ficam doidões, depois Peter se toca e larga, mas J.T continua. Talvez, a certa altura, ele tenha começado a vender o excedente e agora se acostumou com o dinheiro, formou uma base de clientes. Então ele se vê como uma nova fonte.

— Isso! — diz McGully com exuberância e dá um soco na mesa. — Provavelmente o mesmo que tentou matar você afrouxando suas correntes para neve.

Olho para ele e claramente ele se diverte à minha custa. Volto a me sentar em minha cadeira.

Não adianta contar a McGully da porta de entrada batendo na casa da Bow Bog Road, porque ele vai dizer que estou imaginando coisas, ou que foi um fantasma, e eu sei que não estou e que não foi. Alguém tentou me impedir de encontrar aquelas drogas e não foi J.T. Touissant, porque Touissant jaz morto no necrotério do porão do Hospital Concord.

Houdini fareja em volta da mesa de Andreas, ajeita-se para um cochilo. Meu celular toca.

— Alô? Detetive Palace?

É Naomi Eddes e parece nervosa, e sua voz também me deixa nervoso, como uma criança.

— Sim. Sou eu. Oi.

Posso sentir McGully me olhando, e então saio de minha mesa e vou à janela.

— O que foi?

— Eu só... — O telefone estala por um segundo e meu coração salta de pavor com a possibilidade de ter perdido a ligação.

— Srta. Eddes?

— Estou aqui. É só que... eu pensei numa coisa que pode ser útil para você, a seu caso.

2.

— Boa noite — diz ela e eu respondo, "Boa noite", depois passamos um ou dois segundos nos olhando. Naomi Eddes traja um vestido vermelho vivo de botões pretos que descem pelo meio. Tenho certeza de que minha aparência deve estar péssima. Agora desejo ter parado para trocar minha roupa de dia de trabalho, meu paletó cinza e a gravata azul, vestindo algo mais adequado a um jantar com uma dama. A verdade é que todos os meus paletós são cinza e todas as gravatas são azuis.

Eddes mora em um bairro em Concord Heights, ao sul da Airport Road, um novo condomínio onde todas as ruas têm nome de fruta e onde a recessão do asteroide apoderou-se de metade da construção. Ela mora na Pineapple, a rua Abacaxi, e tudo, da Kiwi para o Oeste, está semiacabado: estruturas de madeira expostas como ossos escavados de dinossauro, telhados com metade das telhas, interiores barbarizados, cozinhas que nunca foram usadas e perderam o cobre e o bronze.

— Não pode entrar — diz ela e vai para a escada da frente, o casaco jogado no braço, puxando um chapéu pela cabeça careca. É um tipo de chapéu que nunca vi, uma espécie de trilby feminino. — O lugar está uma bagunça. Aonde vamos?

— Você disse... — Ela vai a meu carro, eu a sigo, escorregando um pouco em um trecho de gelo escuro na entrada.

— ... Você disse que podia ter informações relevantes para meu caso. Para a morte de Peter.

— E tenho — diz ela. — Quer dizer, acho que tenho. Não informações. É só, digamos, uma ideia. O que aconteceu com seu rosto?

— É uma longa história.

— Dói?

— Não.

— Que bom.

É verdade que meu olho machucado esteve bem o dia todo, mas, enquanto digo a palavra *não*, uma pulsação intensa de dor toma o lado direito de meu rosto, irradiando-se para fora a partir do globo ocular, como se o ferimento me castigasse por mentir. Pisco o olho bom, suporto uma onda de náusea e encontro Naomi de pé à porta do carona de um jeito antiquado, esperando que eu lhe abra a porta e assim faço. Quando dou a volta para o meu lado e entro, ela está estendendo a mão para o computador do painel, fascinada, quase tocando a tela, mas sem tocar.

— E então, qual é a sua ideia?

— Isso funciona?

— É só um computador. É possível saber onde está cada integrante da força policial, a qualquer hora.

— O que significa CG?

— Comando da Guarda. Que ideia você teve a respeito do caso?

— Não deve ser nada.

— Tudo bem.

Ela olha pela janela, ou o próprio reflexo espectral no vidro da janela.

— Por que não conversamos sobre isso no jantar?

Eddes veta de cara o Somerset Dinner e basicamente nos restam apenas os bares e lanchonetes piratas e o Panera. Ouvi falar de um bom restaurante ainda aberto em Boston, onde os proprietários subornaram para se livrar do controle de preços, onde se pode ter toda a experiência de um restaurante chique, mas, pelo que dizem, custaria todo o dinheiro que me resta.

Naomi e eu terminamos no Mr. Chow's, olhando-nos por cima de um bule de fumegante chá de jasmim, através da mesa de linóleo manchado de gordura.

— E então, como está indo?

— O quê?

— Desculpe, como você diria em linguagem policial? — Um leve sorriso provocador. — Qual é o status do caso?

— Bom, na realidade detivemos um suspeito.

— Detiveram? E como foi isso?

— Foi tudo bem.

Eu podia contar mais, porém não conto. O suspeito me atacou com um modelo em escala do Parlamento de New Hampshire. O suspeito era um traficante de drogas e ou era fornecedor, ou receptador da vítima. O suspeito está morto. A Srta. Eddes parece satisfeita em não saber e de qualquer modo nossa comida chega rapidamente, uma enorme bandeja giratória carregada de bolinhos de carne, sopas e frango com castanha. As palavras *Chow! Chow!* piscam em néon cor-de-rosa na janela do outro lado de nossa mesa.

— Qual é sua ideia sobre o caso?

— Sabe de uma coisa?

— O quê?

Eu sabia que ela faria isso. Adiar, protelar, omitir. Estranhamente, sinto que a conheço muito bem.

— Vamos ter uma hora.

— Uma hora?

— Henry, por favor, eu honestamente...

Ela me olha com uma sinceridade perspicaz, o rosto perdeu toda a arrogância provocadora. Gosto dela intensamente, dessa cara perspicaz, as faces pálidas, a simetria da cabeça raspada.

— Sei que liguei porque disse que tinha algo a lhe contar. Mas, para falar a verdade, também estava pensando no quanto gostaria de só jantar com um ser humano, sabe como é.

— Claro.

— Sabe? Ter uma conversa normal. Jantar sem falar da morte.

— Claro — repito.

— Enquanto esta atividade ainda for possível, eu gostaria de tentar.

— Claro.

Ela ergue o pulso, magro e branco, abre a fivela prateada do relógio e o coloca na mesa entre nós.

— Uma hora de normalidade. Concorda?

Estendo a mão e deixo que pouse por um momento sobre a dela.

— Concordo.

* * *

E assim fazemos, sentados ali, comendo o que era uma comida chinesa verdadeiramente medíocre e conversando sobre coisas normais.

Falamos do mundo em que fomos criados, o estranho mundo antigo de antes, falamos de música, cinema e programas de televisão de dez e quinze anos atrás, 'N Sync e *Beverly Hills, 90210, The Real World* e *Titanic*.

Naomi Eddes, pelo que entendo, nasceu e foi criada em um subúrbio de nome Gaithersburg, em Maryland, no que ela chama de o estado menos singular da América. Depois fez uma faculdade comunitária por dois semestres, largou para ser vocalista em uma banda de punk-rock "horrível, mas bem-intencionada". Quando entendeu o que realmente queria fazer, mudou-se para Nova York para completar seu bacharelado e ter um diploma de mestrado. Gosto de ouvi-la falar quando ela começa, há música na sua voz.

— O que era? O que você realmente queria fazer?

— Poesia. — Ela bebe o chá. — Eu queria escrever poemas e não só em meu diário trancada no quarto. Queria escrever bons poemas e publicá-los. Na verdade, ainda quero.

— Está brincando.

— Não, senhor. Assim, entrei para a faculdade, fui para Nova York, fui garçonete, economizei meus centavos. Comia miojo. Todas essas coisas que a gente faz. E eu sei o que você está pensando.

— E no que é que estou pensando?

— Tudo isso e agora ela trabalha com seguros.

— Não. Não era nada disso que eu pensava.

O que eu realmente penso, enquanto organizo um bolo de macarrão grosso em meus hashis, é que é esse tipo de gente que sempre admirei: alguém com um objetivo difícil que dá os passos necessários para alcançá-lo. Isto é, claro que é fácil fazer o que você sempre quis, *agora*.

O ponteiro pequeno no relógio de Naomi indica que se passou uma hora, segue em frente e a bandeja se esvazia, um ou outro macarrão e pacotes vazios de molho de soja espalhados por nossos pratos como a pele largada de uma cobra, e agora estou contando toda minha história: meu pai professor, minha mãe, que trabalhava na central de polícia, tudo, que foram mortos quando eu tinha 12 anos.

— Os dois? — pergunta Naomi.

— É. Foi.

Ela baixa os hashis e penso, *Ah, caramba*.

Não sei por que contei a história. Pego o bule, derramo na xícara, mas só cai a borra do chá. Naomi está em silêncio e procuro nossa garçonete no salão, gesticulando para o bule vazio.

Você conta uma história dessas, de seus pais sendo mortos, e as pessoas acabam olhando para você muito atentamente, bem nos seus olhos, anunciando sua solidariedade, quando na verdade o que fazem é tentar espreitar sua alma, ver que marcas e manchas ficaram ali. Por isso não falo nesse assunto com um desconhecido há anos — e não falo como regra — e não sou fã de pessoas que têm opiniões sobre a história toda — em geral não gosto de quem tem opiniões a meu respeito.

Naomi Eddes, porém, para seu mérito, quando fala, só diz, "Nossa". Não há um brilho de fascínio escandalizado em seus olhos, nem uma tentativa de "compreender". Só esta palavra sussurrada e sincera, *nossa*.

— Então, seus pais são assassinados e você dedica sua vida a combater o crime. Como o Batman.

— É. — Sorrio para ela, meu último bolinho em uma canoa de molho de gengibre e cebolinha. — Como o Batman.

Eles aparecem, retiram a bandeja giratória e continuamos conversando, o néon pisca sem parar e finalmente se apaga, o casal de velhos que é dono do Mr. Chow's se aproxima com vassouras compridas, como nos filmes, e então, enfim, levantam as cadeiras a nossa volta e colocam nas mesas, e vamos embora.

* * *

— Tudo bem, detetive Palace. Sabe o que é uma cláusula de contestabilidade?

— Não, não sei.

— Bom, é meio interessante. Talvez não. Me diga você.

Naomi se ajeita na cadeira dobrável, tentando ficar confortável. Eu me desculparia novamente por minha sala de estar não ter móveis adequados, só um jogo de cadeiras de praia em semicírculo em torno de uma caixa de leite, só que já me desculpei repetidamente e Naomi me disse para parar.

— A cláusula de contestabilidade em uma apólice de seguro de vida implica que, se o sujeito compra uma apólice e morre no prazo de dois anos por qualquer motivo, a empresa investiga a circunstância da morte antes de fazer o pagamento.

— Tudo bem — digo. — Muitas apólices de seguro têm essas cláusulas?

— Ah, sim — diz Naomi. — Todas elas têm.

Completo seu vinho.

— E estão sendo cumpridas?

— Ah, sim.

— Hmm. — Coço o bigode.

— Para te falar a verdade, as pessoas com apólices da Merrimack têm sorte — diz Naomi —, porque muitas empresas maiores estão totalmente paralisadas, não pagam nada.

O que a Merrimack está dizendo é que, sim, você pode conseguir seu dinheiro, porque emitimos a apólice, e o acordo foi esse, com ou sem asteroide, basicamente. O chefão, em Omaha, tem qualquer coisa de jesuíta, é o que acredito.

— Sei — digo. — Sei, está bem. — Houdini se aproxima, fareja o chão, olha desconfiado para Naomi e dispara dali novamente. Fiz uma cama para ele no quarto, só um velho saco de dormir que abri, uma tigela para a água.

— Mas, pela linha da empresa, precisamos ter absoluta certeza de que não estamos sendo fraudados, porque muita gente trapaceia. Quer dizer, é um jeito fácil de se garantir até o fim, não? Simular a morte da mamãe, um pagamento grande, ida para as Bahamas. Então, agora a política é essa.

— Qual?

— Investigar cada pedido de indenização. Cada pedido contestável, estamos contestando.

Eu paro, a garrafa de vinho estática em minha mão e de repente estou pensando, *Palace, seu lesado. Seu completo lesado*. Porque estou imaginando o chefe, o pálido Gompers de papada, acomodado em sua cadeira grande, dizendo-me que Peter Zell não fazia mais trabalho atuarial na época em que morreu. Ninguém está comprando seguro de vida. Então não há dados a analisar, nem uma tabela de dados a preparar. Assim, Zell, como todos os outros naquele escritório, trabalhava no esclarecimento de pedidos de indenização suspeitos.

— Pensando bem, é uma política meio severa — está dizendo Naomi —, porque todos que *não estavam* cometendo fraude no seguro, cujo marido ou seja quem for se matou, agora têm de esperar mais um mês, dois meses, pelo dinheiro, sabe? É brutal.

— Sim, sim — Minha mente roda, pensando em Peter, Peter no McDonald's, os olhos esbugalhados. A resposta estava ali o tempo todo. No primeiro dia de minha investigação, na primeira testemunha que interroguei, a resposta estava a meus pés.

— O que estou me perguntando — diz Naomi, e estou acompanhando — é que se talvez Peter tenha descoberto alguma coisa ou estava perto de descobrir... não sei. Parece tolice. Ele deu com algo e por isso foi morto?

— Não parece tolice nenhuma.

De maneira nenhuma. Motivo. Parece um motivo. Palace, seu total e completo lesado.

— Tudo bem — digo a Naomi, sento-me na cadeira de frente para ela. — Fale mais.

Ela fala; conta-me mais dos casos em que Peter estava trabalhando, mais provavelmente casos de interesse segurável, em que uma apólice não é feita por uma pessoa pelo sinistro de outra, mas por uma *organização* pelo sinistro de alguém. Uma empresa compra uma apólice para seu diretor executivo ou seu presidente, salvaguardando-se contra o risco de calamidade financeira, na eventualidade desta importante morte em particular. Fico sentado, ouvindo, mas acontece que é complicado prestar atenção sentado — em vista do vinho, da hora avançada, do vermelho nos lábios de Naomi e a luminescência pálida de seu couro cabeludo ao luar —, então me levanto, ando pela sala, do televisor pequeno à porta da cozinha, Naomi de pescoço esticado, vendo-me andar, com uma expressão astuta e irônica.

— É assim que você fica tão magro?

— Isso ajuda — digo. — Preciso ver no que ele estava trabalhando.

— Tudo bem.

— O escritório dele... — Fecho os olhos e penso. — Não tem caixa de entrada, nem uma pilha de arquivos ativos.

— Não — diz Naomi. — Não, desde que paramos de usar os computadores e tudo passou para o papel. Gompers me veio com esse sistema irritante. Ou talvez tenha sido o escritório regional, não sei. Mas todo dia, no fim do expediente, o material em que você estava trabalhando volta para os arquivos. Você pega pela manhã.

— É arquivado pelo funcionário?

— O que quer dizer?

— As pastas de Peter estariam todas juntas?

— Ah. Sabe que eu não sei?

— Tudo bem. — Abro um sorriso, com as faces ruborizadas, os olhos faiscando. — Gostei dessa. Essa é boa.

— Você é um cara engraçado — disse ela, e eu de certo modo não posso acreditar que ela seja real, que esteja sentada em minha casa, em minha cadeira de praia velha e vagabunda com seu vestido vermelho de botões pretos.

— É sério, gosto disso. Talvez eu mude de profissão a essa altura da vida. Tentar a sorte no setor de seguros. Tenho o resto da vida pela frente, não é?

Naomi não ri. Levanta-se.

— Não. Não. Você, não. Você é um policial até a medula, Hank. — Ela me olha, bem na minha cara, eu me curvo um pouco e correspondo ao olhar, de repente estou pensando, impetuosa e dolorosamente, que acabou. Nunca mais vou me apaixonar. Esta será a última vez.

— Você estará parado lá quando o asteroide descer, de mão estendida, gritando: *Pare! Polícia!*

Não sei o que dizer a isso, sinceramente não sei.

Curvo-me um pouco, ela estica o pescoço e nos beijamos muito lentamente, como se tivéssemos todo o tempo do mundo. Na metade do beijo, o cachorro aparece, esfrega o focinho em minha perna e eu o afasto com um leve chute. Naomi passa a mão por meu pescoço, seus dedos vagando por baixo da gola de minha camisa.

Quando terminamos o beijo, nós nos beijamos de novo, mais forte, uma investida urgente, e quando nos separamos Naomi sugere irmos para o quarto, eu peço desculpas porque não tenho uma cama de verdade, só um colchão no chão. Ainda não me decidi se compro uma, ela pergunta há quanto tempo moro ali e digo cinco anos.

— Então você provavelmente nunca vai resolver isso. — Ela sussurra, puxando-me para si e eu sussurro, "Você deve ter razão", puxando-a para baixo.

* * *

Muito mais tarde, no escuro, com o sono começando a invadir nossas pálpebras, sussurro para Naomi.
— Que tipo de poesia?
— Villanelle. — Ela responde aos sussurros e digo que não sei o que significa.
— Um villanelle é um poema de 19 versos — diz ela, ainda aos sussurros, murmurando em meu pescoço. — Cinco tercetos, cada um composto de três versos rimados. E os versos primeiro e último do primeiro terceto se repetem sem parar, por todo o poema, como o último verso de cada um dois tercetos subsequentes.

— Ah, sei — digo, sem registrar realmente a informação, mais concentrado na suave presença eletrizante de seus lábios em meu pescoço.

— Termina com uma quadra, de quatro versos rimados, com os dois segundos versos da quadra repetindo de novo o primeiro e último versos do primeiro terceto.

— Ah — digo e depois: — Vou precisar de um exemplo.
— Existem vários muito bons.
— Diga um dos que você está escrevendo.

Seu riso é uma pequena rajada de calor em minha clavícula.

— Só estou escrevendo um e não terminei.
— Só está escrevendo um?
— Um ótimo. Antes de outubro. Meu plano é este.
— Ah.

Ficamos parados e em silêncio por um momento.

— Olha — diz ela. — Vou te falar um famoso.
— Não quero o famoso. Quero o seu.
— É de Dylan Thomas. Deve ter ouvido falar desse poema. Anda sendo muito publicado pelo jornal ultimamente.

Estou meneando a cabeça.

— Procuro não ler muito os jornais.
— Você é um homem estranho, detetive Palace.
— Vivem me dizendo isso.

* * *

A certa altura, tarde da noite, acordo e lá está Naomi parada na soleira da porta, só de calcinha, colocando o vestido vermelho pela cabeça. Ela me vê olhando e para, sorri, sem constrangimento, e termina de se vestir. Vejo, mesmo na luz fraca do corredor, que seus lábios perderam o batom. Ela é tosquiada e linda, como algo recém-nascido.

— Naomi?

— Oi, Henry. — Ela fecha os olhos. — Tem uma coisa. — Abre os olhos. — Mais uma coisa.

Faço uma pala com a mão contra a luz da lua, tentando enxergá-la melhor. Os lençóis estão amarrotados em meu peito, e as minhas pernas se derramam de leve pela beira do colchão.

Ela se senta junto de meus pés, de costas para mim.

— Naomi?

— Esquece.

Ela balança a cabeça rapidamente, volta a se levantar, fala, uma rajada de palavras na semiescuridão.

— Henry, saiba apenas que não importa mais nada... não importa como isto termine... isto foi real, bom e certo.

— Ora, claro — digo. — É. Sim.

— Real, bom e certo, e não me esquecerei — diz ela. — Está bem? Não importa como termine.

— Está bem.

Ela se curva sobre mim, beija-me com força na boca e vai embora.

3.

— P<small>ALACE</small>.
— O quê? — digo, sentando-me, olhando em volta. — Alô?

Não estou acostumado a ser acordado de um sonho pelo telefone que me exige algum tempo para que eu perceba que estava sonhando não com Alison Koechner, mas como Naomi Eddes, e no momento seguinte entendo que não é um sonho, não desta vez — Naomi foi real, é real, procuro por ela no quarto e ela se foi. Minhas cortinas estão abertas, o sol de inverno cria retângulos amarelos oscilantes pelos lençóis amarrotados de meu velho colchão e há uma mulher em meu telefone gritando comigo.

— Está familiarizado com as penalidades regulamentares atuais para quem finge ser uma autoridade do estado?

Ah, meu Deus. Ah, não. Fenton.

— Sim, senhora, estou.

O sangue, o frasco de sangue. Hazen Road.

— Bem, eu as citarei para você.

— Dra. Fenton.

— Fingir ser uma autoridade do estado implica uma sentença de 10 a 25 anos e é processada segundo o Título VI, o que significa detenção automática até julgamento, que jamais acontecerá.

— Sei disso.

— A mesma pena concerne à obstrução de uma investigação criminal.

— Posso explicar?

— Não, obrigada. Mas se você não estiver no necrotério em vinte minutos irá para a prisão.

Levo dois minutos para me vestir e dois minutos para retirar e substituir o chumaço de papel-toalha sobre o olho. Antes que feche a porta da frente, dou uma olhada em volta: as cadeiras de praia, a garrafa de vinho vazia. Nenhum sinal das roupas de Naomi, de sua bolsinha, do casaco, nenhum vestígio dos saltos de sua bota no tapete. Nenhum vestígio de seu cheiro.

Mas aconteceu. Fecho os olhos e sinto o rastro de seu dedo fazendo cócegas por minha nuca, atraindo-me. Não foi um sonho.

Vinte minutos, disse Fenton, e não estava brincando. Dirijo no limite da velocidade até o Hospital de Concord.

* * *

Fenton está idêntica a quando a vi pela última vez, sozinha com seu carrinho de instrumentos médicos sobre rodas na luminosidade fria e cabal do necrotério. As gavetas de aço com seus puxadores cinza, o estranho e triste armário dos condenados.

Entro e ela olha o relógio.

— Dezoito minutos e 55 segundos.

— Dra. Fenton, espero que a senhora... eu espero... escute... — Há lágrimas em minha voz, de algum modo, por algum motivo. Dou um pigarro. Tento formular uma explicação que seja satisfatória, explicar como pude ter roubado sangue e mandado examinar sob falsos pretextos — a certeza que tinha de que era um caso de drogas, como era imperativo provar ou não que Peter Zell era viciado — e, é claro, agora isso não importa, por acaso nunca importou, tratou-se de prêmios de seguro, era sobre o seguro o tempo todo — e estou, enquanto isso, derretendo sob o efeito combinado de seu olhar implacável e o brilho das luzes — e ali também está Peter, ela retira seu corpo da gaveta e o coloca na laje fria da mesa mortuária, morto como pedra, encarando as luzes do teto.

— Desculpe. — Enfim, é só o que consigo dizer. — Eu peço desculpas, Dra. Fenton.

— Sim. — Seu rosto é neutro, impassível, atrás dos *Os* perfeitos dos seus óculos. — Eu também peço desculpas.

— Como disse?

— Eu disse que também peço desculpas e está redondamente enganado se acha que vou falar pela terceira vez.

— Não entendo.

Fenton vira-se para o carrinho e pega uma única folha de papel.

— Estes são os resultados do teste sorológico e, como você verá, levaram-me a revisar minha compreensão do caso.

— De que maneira? — Estou tremendo um pouquinho.

— Este homem foi assassinado.

Minha boca se reabre e não consigo evitar, penso nas palavras e as declaro em voz alta.

— Eu sabia. Ah, meu Deus, eu sabia o tempo todo.

Fenton empurra um pouco os óculos para cima, que escorregaram pela ponte do nariz, e lê o documento.

— Primeiro. O exame de sangue revela não só um nível alcoólico alto, mas também álcool no estômago, o que significa que ele bebeu muito horas antes de morrer.

— Eu sabia disso — J.T. Touissant, em nossa primeira entrevista: eles foram ver *Distant Pale Glimmers*. Beberam muita cerveja.

— Também presentes no sangue — continua Fenton — estavam traços significativos de uma substância controlada.

— Certo — digo, assentindo, a mente zumbindo, um passo à frente dela. — Morfina.

— Não — diz Fenton e me olha, curiosa, surpresa, um tanto irritada. — Morfina? Não. Não há traços de opioide de nenhum. O que ele tinha na circulação era um composto químico chamado ácido gama-hidroxibutírico.

Esforço-me para enxergar o relatório do laboratório por sobre o ombro dela, uma folha de papel fina, enfeitada de cálculos, caixas marcadas, a letra precisa e oblíqua de alguém.

— Desculpe. Que ácido?

— GHB.

— Quer dizer... a droga do estupro?

— Pare de falar, detetive — diz Fenton, calçando um par de luvas de látex novas. — Venha cá e me ajude a virar o corpo.

Passamos os dedos sob as costas do corpo e cuidadosamente erguemos e viramos Peter Zell de bruços, depois estamos olhando a ampla palidez de suas costas, a carne que se expande a partir da coluna. Fenton encaixa no olho uma lente pequena, como a de um joalheiro, estende a mão para ajustar a lâmpada alucinogenamente forte sobre a mesa de autópsia, apontando para o hematoma marrom e inchado atrás da panturrilha esquerda de Zell, pouco acima do tornozelo.

— Reconhece? — diz ela e eu olho.

Ainda estou pensando no GHB. Preciso de um bloco, preciso escrever tudo isso. Preciso pensar. Naomi parada na soleira de meu quarto, ela quase disse alguma coisa, depois mudou de ideia e escapuliu. Vivo uma onda de desejo tão forte que momentaneamente meus joelhos vergam e me apoio na mesa, agarrado com as duas mãos.

Calma, Palace.

— É por isso que tenho de pedir desculpas — diz ela categoricamente. — Na pressa para concluir um caso óbvio de suicídio, deixei de fazer um levantamento completo do que podia provocar um anel de hematomas acima do tornozelo de uma pessoa.

— Tudo bem. E então... — Paro de falar. Não sei o que ela quer dizer.

— A certa altura, nas horas que antecederam seu término onde você o encontrou, este homem ficou inconsciente por uma pancada e foi arrastado pela perna.

Incapaz de falar, olho a Dra. Fenton.

— Provavelmente para a mala de um carro — continua ela, devolvendo o papel ao carrinho. — Provavelmente para ser levado à cena e enforcado. Como eu disse, revisei significativamente minha compreensão deste caso.

No íntimo, pego um vislumbre dos olhos mortos de Peter Zell, os óculos, desaparecendo na escuridão da mala de um carro.

— Tem alguma pergunta? — indaga Fenton.

Só o que tenho são perguntas.

— E o olho dele?

— O quê?

— O outro grupo de hematomas antigos. Em sua face,

abaixo do olho direito. Aparentemente, ele relatou que caiu de uma escada. É possível?

— Possível, mas improvável.

— Tem certeza de que não havia morfina no sangue dele? Tem certeza de que ele não a usou na noite de sua morte?

— Tenho. Nem pelos três meses anteriores a ela.

Preciso repensar toda essa história, repassar tudo de alto a baixo. Repensar a cronologia, repensar Touissant, repensar Peter Zell. Ter razão o tempo todo, ter adivinhado corretamente que ele foi assassinado não me dá alegria nenhuma, nenhuma onda forte de superioridade moral. Ao contrário, sinto-me confuso — triste — inseguro. Sinto que *eu* fui jogado na mala de um carro, que a escuridão me cerca, espio por uma fresta a luz do dia. No caminho de volta do necrotério, paro na pequena porta preta com a cruz, estendo a mão e passo os dedos pelo símbolo, lembrando-me de que há tanta gente sentindo-se péssima hoje em dia que tiveram de fechar esta salinha, transferir o serviço religioso noturno para um espaço maior, em outro lugar qualquer no prédio. É assim que as coisas estão.

* * *

Assim que chego ao estacionamento do Hospital Concord, meu celular toca.

— Meu Deus, Hank, onde você esteve?

— Nico?

É difícil ouvi-la, há um barulho alto ao fundo, uma espécie de ronco.

— Preciso que você me escute bem, por favor.

O barulho é intenso por trás dela, como o vento batendo por uma janela aberta.

— Nico, você está numa estrada?

O estacionamento é barulhento demais. Viro-me e volto para o saguão.

— Henry, *escute*.

O vento atrás dela fica mais alto e começo a ouvir o gemido distinto e ameaçador de sirenes, uma estridência distante misturada com o sopro e o uivo do vento. Tento identificar as sirenes, não são do Departamento de Polícia. Serão carros da estadual? Não sei — o que os federais andam dirigindo agora?

— Nico, onde você está?

— Não vou deixar você para trás.

— Mas do que você está falando?

Sua voz é rígida como aço; é a voz dela, mas não é, como se minha irmã lesse um roteiro. O ronco atrás dela cessa abruptamente e ouço uma porta bater, ouço a correria de pés.

— Nico!

— Eu vou voltar. Não vou deixar você para trás.

A linha fica muda. Silêncio.

* * *

Dirijo a toda a 200 por hora até a estação da Guarda Nacional de New Hampshire, ativando o emissor do painel para trocar os sinais de vermelho para verde enquanto passo, queimando a preciosa gasolina como um incêndio florestal.

O volante treme em minhas mãos, grito comigo mesmo em volume máximo, *idiota idiota idiota*, devia ter dito a ela, por que não disse a ela? Eu devia ter contado cada coisinha que Alison me disse: Derek mentiu para ela o tempo todo sobre no que estava metido, aonde ele ia; ele se meteu naquele absurdo de sociedade secreta; o governo o considerava um terrorista, um criminoso violento, e se ela insistisse em tentar ficar com ele acabaria tendo o mesmo destino.

Cerrei o punho, soquei o volante. Eu devia ter contado a ela, não valia nada Nico se sacrificar por ele.

Ligo para o escritório de Alison Koechner e é claro que ninguém atende. Tento ligar de volta e o telefone falha, jogo-o no banco, com raiva.

— *Mas que diabo.*

Agora ela vai fazer alguma idiotice, conseguir levar um tiro da polícia militar, vai jogar a si mesma no xadrez pelo resto da vida ao lado daquele imbecil.

Paro cantando pneu na entrada do NGNH e tagarelo como um idiota com um guarda no portão.

— Ei! Ei, com licença. Meu nome é Henry Palace, sou detetive e acho que minha irmã está aí dentro.

O guarda não diz nada. É um guarda diferente daquele que vi da última vez.

— O marido da minha irmã está preso aqui e acho que minha irmã veio aqui e preciso encontrá-la.

A expressão do guarda do portão não se altera.

— Não mantemos prisioneiros no presente.

— O quê? Sim... Ah, ei. Oi. Olá?

Estou agitando as mãos, as duas sobre a cabeça, lá vem alguém que reconheço. É a reservista durona que estava de guarda nas celas quando vim entrevistar Derek, a mulher com farda de camuflagem que esperou impassível no corredor enquanto eu tentava arrancar dele algo que fizesse sentido.

— Ei — digo. — Preciso ver o prisioneiro.

Ela vem marchando direto para nós, aonde estou, com metade do corpo para fora do carro, o carro estacionado, todo torto, de motor ligado, junto do portão de entrada.

— Com licença? Oi. Preciso ver aquele prisioneiro de novo. Desculpe, não marquei hora. É urgente. Sou policial.

— Que prisioneiro?

— Sou detetive. — Paro, respiro. — O que você disse?

Ela devia saber que eu estava ali, deve ter visto o carro parar por um monitor ou coisa assim e veio ao portão. A ideia é estranhamente emocionante.

— Eu disse, que prisioneiro?

Paro de falar, olho da reservista ao guarda do portão. Os dois estão ali me olhando fixamente, ambos com as mãos na coronha das metralhadoras penduradas no pescoço. *O que está havendo aqui?*, é o que estou pensando. Nico não está aqui. Não há sirenes, nenhum alarme frenético. Só um ruído distante de rotor; em algum lugar por perto, em algum lugar neste campo aberto, um helicóptero decola ou pousa.

— O garoto. O prisioneiro. O garoto que estava aqui, aquele de trancinhas bobas, que estava no... — Gesticulo vagamente para a prisão. — Na cela ali.

— Não sei a que indivíduo está se referindo — responde o guarda.

— Tá, mas você sabe — digo, encarando-a, mudo. — Você estava lá.

A soldado não tira os olhos de mim enquanto leva lentamente a metralhadora ao nível da cintura. O segundo soldado, o homem do portão, também ergue sua AK-47, e agora são dois soldados de armas erguidas, a coronha aninhada na cintura e os canos apontados diretamente para o meio do meu peito. E não importa que eu seja policial, estes são soldados dos Estados Unidos, que todos sejamos pacifistas, não há nada no mundo que impeça esses dois de meter uma bala na minha cabeça.

— Não havia jovem nenhum aqui.

* * *

Assim que estou de volta ao carro, o telefone toca e apalpo o banco traseiro, frenético, até que o encontro.

- Nico? Alô?

— Caramba. Calma. É Culverson.

— Ah. — Respiro. — Detetive.

— Escute, acho que você falou numa jovem chamada Naomi Eddes. De sua investigação do enforcado?

Meu coração salta no peito, pulando como um peixe em um anzol.

— Sim?

— McConnell acaba de encontrá-la, no Water West Building. No escritório da seguradora.

— Como assim, McConnell acaba de encontrá-la?

— Quero dizer que ela morreu. Quer ir até lá para ver?

PARTE QUATRO

Eles Logo Virão

Quarta-feira, 28 de março

Ascensão reta 19 12 57,9
Declinação -34 40 37
Elongação 83,7
Delta 2,999 UA

1.

O MELHOR QUE POSSO FAZER no momento, neste depósito apertado e estreito com o teto baixo de ladrilhos e as três filas de arquivos compridos de aço cinza, é me concentrar nos fatos. Este, afinal, é o papel correto do detetive júnior que foi chamado à cena do crime, como uma cortesia, por seu colega veterano.

Este não é meu homicídio, é o homicídio do detetive Culverson. Assim, só o que faço é ficar pouco além da porta na sala mal iluminada, fora do caminho dele, fora do caminho da policial McConnell. Era a minha testemunha, mas não é o meu cadáver.

Assim — a vítima é uma mulher, caucasiana, de uns vinte e poucos anos, vestindo uma saia xadrez de lã marrom, sapatos marrom-claros, meias pretas e uma blusa branca imaculada com as mangas enroladas. A vítima traz várias características físicas peculiares. Em volta de cada pulso há um anel de tatuagens de rosas art déco; há vários piercings na borda de cada orelha e uma tachinha de ouro em uma narina; a cabeça é raspada, começa a brotar uma leve penugem loura. O corpo está arriado no canto nordeste da sala. Não há sinais de agressão sexual, nem de nenhuma altercação física — a não ser, é claro, pelo ferimento à bala, que quase certamente foi a causa da morte.

Um único ferimento à bala no meio da testa que deixou um buraco irregular pouco acima e à direita do olho esquerdo da vítima.

— Bom, não é um suicídio por enforcamento — diz Denny Dotseth, aparecendo junto a meu cotovelo, rindo. Bigode, sorriso largo, café em um copo de papel. — É meio reconfortante, não?

— Bom-dia, Denny — diz Culverson —, entre — e Dotseth me contorna, a sala pequena fica mais movimentada, mais apinhada, o cheiro de café emanando de Dotseth, o cheiro do tabaco do cachimbo de Culverson, fios de fibra de tapete flutuando na luz fraca, meu estômago subindo e se agitando.

Foco, detetive Palace. Calma.

A sala é um retângulo fino, de dois metros por três, sem decoração nenhuma. Nenhum móvel, apenas as três filas de arquivos de aço baixos. As luzes bruxuleiam um pouco, duas lâmpadas fluorescentes paralelas e compridas em um suporte empoeirado e baixo. A vítima está arriada contra um desses arquivos, entreaberto, e morreu de joelhos, a cabeça virada para trás, olhos abertos, sugerindo que morreu olhando para o assassino, talvez implorando por sua vida.

Eu fiz isso. Os detalhes não são claros.

Mas isso é culpa minha.

Calma, Palace. Foco.

Culverson fala em voz baixa com Dotseth, Dotseth assente, ri, McConnell toma notas em seu bloco.

Há um borrifo de sangue, um crescente invertido, espalhado na parede rebocada atrás da vítima, rosas e vermelhos mosqueados de forma desigual em um desenho de concha marinha. Culverson, com Dotseth adejando perto dele, ajoelha-se, traz gentilmente a cabeça da vítima para a frente e encontra o ferimento de saída. A bala atravessou a frágil porcelana de seu crânio, bem ali, entre os olhos, rasgou o cérebro e rompeu novamente por trás. É assim, Fenton nos dirá com toda certeza. Viro a cara, olho o corredor. Três funcionários da Merrimack Life and Fire estão agrupados no final do corredor, onde ele faz uma curva para a entrada do conjunto de escritórios. Eles me veem olhando, olham também, cochicham e eu volto para a sala.

— Tá legal — diz Culverson. — O assassino entra aqui, a vítima está aqui embaixo.

Ele se levanta, aproxima-se de mim perto da porta, depois volta até o corpo, em movimentos lentos, refletindo.

— Quem sabe ela não estivesse procurando alguma coisa no arquivo? — diz McConnell, e Culverson responde, "Talvez". Estou pensando, *Sim, procurando alguma coisa no arquivo*. Dotseth bebe seu café, solta um "ah" satisfeito, Culverson continua.

— O assassino faz barulho e talvez anuncie sua presença. A vítima se vira.

Ele está representando, fazendo os dois papéis. Vira a cabeça primeiro para um lado, depois outro, imagina, reencena, imita os movimentos. McConnell escreve tudo, toma notas furiosas em seu bloco de espiral, um dia será uma grande detetive.

— O assassino se agacha, a vítima recua, no canto... a arma é disparada...

Culverson fica de pé na soleira e faz uma arma com a mão, puxa o gatilho imaginário. Depois, com o indicador, traça a trajetória da bala, atravessando a sala, parando pouco antes do ferimento de entrada, onde a bala verdadeira continuou, penetrou no crânio.

— Hmm — diz ele.

Enquanto isso, McConnell olha o arquivo.

— Está vazia — diz ela. — Esta gaveta. Totalmente limpa.

Culverson curva-se para examinar. Eu fico onde estou.

— Então, o que estamos pensando? — diz Dotseth brandamente. — Um desses casos de rancor antigo? Matá-la antes que ela morra, esse tipo de coisa? Soube do cara que se enforcou na sala de aula da quarta série?

— Soube — diz Culverson, olhando a sala.

Mantenho o foco na vítima. O buraco de bala parece uma cratera aberta na esfera de seu crânio. Apoio-me no batente, esforço-me para respirar.

— E então, policial — diz Culverson, e McConnell responde, "Sim, senhor?"

— Fale com todos esses palermas. — Ele aponta para o escritório com o polegar. — Depois reviste o prédio, andar por andar, daqui para baixo.

— Sim, senhor.

— Interrogue aquele velho da recepção. Alguém viu o assassino entrar.

— Sim, senhor.

— Ai, ai, ai, caramba — diz Dotseth, soltando um leve bocejo. — Uma investigação completa. A... em que pé estamos mesmo? Faltando seis meses? Estou impressionado.

— É o garoto — diz Culverson e, como ele está de joelhos, procurando pelo cartucho da bala no tapete, levo um segundo para perceber que se refere a mim. — Ele nos mantém honestos.

Vejo um filme mudo em minha cabeça, uma mulher procurando por uma pasta, dedos magros percorrendo as abas, o estalo repentino de uma porta se abrindo a suas costas. Ela se vira — seus olhos se arregalaram — *bam!*

— Deixe o gerente pra lá, policial McConnell. O cara que nos chamou aqui. Eu falarei com ele. — Culverson folheia seu bloco, procurando.

— Gompers — digo.

— Isso, Gompers — diz ele. — Vai comigo?

— Vou. — Paro, cerro os dentes. — Não.

— Palace?

Estou passando mal. Uma espécie de pressão, um pavor, incha em meus pulmões, como se eu tivesse engolido um balão cheio de alguma coisa, uma espécie de gás, um veneno. Meu coração bate repetidamente em minha caixa torácica, como um prisioneiro desesperado atirando-se ritmadamente na porta de concreto de sua cela.

— Não, obrigado.

— Você está bem, filho? — Dotseth afasta-se um passo de mim, como se eu pudesse vomitar em seus sapatos. McConnell escapou para trás do corpo de Naomi, passa os dedos pela parede.

— Você tem que... — Passo a mão na testa, descubro que está pegajosa e escorregadia. Meu olho machucado lateja. — Pergunte a Gompers sobre as pastas desta gaveta.

— Claro — diz Culverson.

— Precisamos de cópias de tudo que estaria nesta gaveta.

— Claro.

— Precisamos saber o que está faltando.

— Ei, olha — diz McConnell. Ela acha a bala. Arranca-a da parede atrás do crânio de Naomi, eu me viro e fujo. Ando trôpego pelo corredor, encontro a escada, desço de dois em dois degraus, em seguida de três em três, lanço-me para baixo, meto o pé na porta, irrompo no saguão, vou para a calçada, ofegante.

Bam!

* * *

De tudo isso, tudo, o que pensei? Você entra nessa sala de espelhos, procura as pistas — um cinto, um bilhete, um corpo, um hematoma, uma pasta — uma coisa, depois a seguinte, é nesse jogo vertiginoso que você entra, e você baixa ali, na sala de espelhos, para sempre. Estou sentado ao balcão porque não consigo encarar minha mesa de sempre, onde me sentei com Naomi Eddes para alwar e ela me falou dos segredos de Peter Zell, de seu vício, sua fantasia macabra, fugaz e jocosa de se matar no McDonald's da Main Street.

Não reconheço a música que vem da cozinha do Somerset e não é de meu gosto. Batidão e eletrônica, cheia de teclados, muitas notas estridentes, assovios e pios.

Meus blocos estão enfileirados a minha frente, seis retângulos azul-claros em uma fila arrumada como cartas de tarô. Estive olhando fixamente as capas por uma hora, sem interesse, incapaz de abri-los e ler a história de meu fracasso. Mas não posso evitar, os pensamentos não param, um fato depois de outro embaralhando-se em meu cérebro, como refugiados sinistros arrastando-se com sua bagagem.

Peter Zell não era um suicida. Foi assassinado. Fenton confirmou.

Naomi Eddes também foi assassinada. Baleada na cabeça enquanto procurava arquivos de seguro, arquivos de que falamos na noite passada.

Ela se sentou ao pé de minha cama antes de ir embora; ia me dizer alguma coisa, depois se conteve e foi para casa.

Ele falou com ela sobre o McDonald's: se quisesse se matar, seria lá. Mas ele disse o mesmo à irmã. Quem mais sabe disso?

Frascos de 60 mg de MS Contin em um saco numa casinha de cachorro.

Tenho pouca consciência de uma xícara de café que esfria diante de mim no balcão, pouca consciência da televisão flutuando acima de mim, fixada em um braço de metal no alto. O jornalista está diante de uma espécie de palácio, falando num tom agitado sobre "um confronto menor começando a assumir as dimensões de uma crise".

Peter Zell e J.T. Touissant, o detetive Andreas, Naomi Eddes.

— Tudo bem, querido — diz Ruth-Ann, avental, bloco de comandas, a mão na alça de uma cafeteira.

— Que música é essa? — digo. — Onde está Maurice?

— Pediu demissão — diz ela. — Você está péssimo.

— Eu sei. Mais café, por favor.

E então, também, minha irmã mais nova. Desaparecida, possivelmente morta, possivelmente presa. Outra catástrofe que não consegui prever nem evitar.

A televisão agora mostra uma gravação convulsiva de uma fila de homens do Sul da Ásia atrás de uma mesa, uniformes militares verdes com dragonas douradas, um deles falando severamente no microfone. Um cara a dois bancos de mim solta um resmungo nervoso. Olho-o, um frágil homem de meia-idade com uma jaqueta Harley Davidson, bigode e barba grossos; ele diz, "Posso?" Dou de ombros, ele sobe no balcão, equilibra-se desajeitado nos joelhos para mudar de canal.

Meu telefone vibra.

Culverson.

— Oi, detetive.

— Como está se sentindo, Henry?

— É — digo. — Estou bem.

Os paquistaneses na TV sumiram, substituídos por um vendedor sorrindo obscenamente diante de uma pirâmide de comida enlatada.

Culverson conta o que tem até agora. Theodore Gompers, em sua sala com a garrafa, ouviu um tiro ser disparado por volta das 14:15, mas, por confissão própria, estava muito embriagado e precisou de vários minutos para sair em busca do barulho, depois vários outros minutos para localizar o depósito estreito, onde encontrou o corpo de Naomi e chamou a polícia às 14:26.

— E os outros funcionários?

— Só Gompers estava ali quando aconteceu. Ele atualmente tem outros três funcionários e todos estavam fora, desfrutando de um almoço prolongado na Barley House.

— Que falta de sorte.

— É.

Empilho meus blocos azuis, faço um quadrado com eles, como um forte em volta de minha xícara de café. Culverson vai mandar o projétil para a balística — na hipótese improvável, bem improvável, diz ele, de que a arma foi comprada legalmente, antes do IPSS, e possamos identificá-la. Pelo canto do olho, o barbudo de jaqueta Harley molha um pedaço de torrada na gema do ovo. O vendedor da TV joga desdenhosamente a comida enlatada no lixo e agora demonstra uma espécie de seladora a vácuo de bancada, jogando uma tigela de morangos em um funil de aço inoxidável. McConnell, diz Culverson, deu uma busca pelo resto do Water West Building, quatro andares de escritórios, metade vazia, ninguém viu nem ouviu nada de estranho. Ninguém se importa. O velho da segurança diz que ninguém que ele reconhecesse entrou ou saiu — mas existem duas entradas nos fundos e uma delas leva diretamente à escada de trás, e as câmeras de segurança há muito sumiram.

Mais pistas. Mais enigmas. Mais fatos.

Olho a tela da TV, onde o vendedor despeja uma caixa de mirtilo no funil e liga o aparelho. Meu companheiro de balcão assovia, gostando, e ri.

— E o hmm... — digo.

E então estou simplesmente petrificado, sentado ali, segurando minha cabeça na testa. Neste exato momento preciso tomar uma decisão. É o seguinte: sairei da cidade e irei para o Norte, até o Maine, encontrarei uma casa em Casco Bay, ficarei sentado lá olhando pela janela com minha pistola e esperarei, ou continuarei aqui, farei meu trabalho e terminarei meu caso. Meus casos.

— Palace? — diz Culverson.

— As pastas — digo, dou um pigarro, sento-me reto no banco, meto o dedo na orelha para bloquear a TV e a música ruim, pego um bloco azul. — E as pastas?

— Ah, sim, as pastas — diz Culverson. — O incrivelmente útil Sr. Gompers basicamente diz que estamos num metafórico mato sem cachorro, nesse aspecto.

— Sei — digo.

— Só de passar os olhos pelo arquivo, ele diz que faltam umas três dúzias de pastas, mas não pode me dizer quais são os pedidos de indenização, nem quem estava trabalhando neles, nem nada. Eles desistiram dos arquivos de computador em janeiro e não existe backup de arquivos de papel.

— Que azar — digo, pego uma caneta, estou escrevendo, anoto tudo.

— Amanhã tentarei localizar alguns amigos e familiares dessa Eddes, dar a má notícia a eles, ver se sabem de alguma coisa.

— Eu farei isso — digo.

— É?

— Claro.

— Tem certeza?

— Vou cuidar disso.

Desligo o telefone e guardo os blocos, metendo um por um no bolso do paletó. A pergunta, como antes, é por quê. Por que alguém faz isso? Por que agora? Um assassinato, calculado, a sangue-frio. Com que fim, para ganhar o quê? A dois bancos de mim, o bigodudo solta seu resmungo nervoso de novo, porque o infomercial foi interrompido por um boletim de notícias, mulheres de *abayas* em algum lugar, correndo em pânico por um mercado empoeirado.

Ele se vira para mim com olhos aflitos, balança a cabeça como quem diz, *Cara, ah, cara, hein?* E sei que ele está prestes a tentar conversar comigo, ter uma espécie de momento humano e eu não tenho tempo, não posso fazer isso. Tenho trabalho a fazer.

* * *

Em casa, tiro as roupas que vesti o dia todo — no necrotério, na Guarda Nacional, na cena do crime —, fico em pé no meu quarto e olho em volta.

Na noite passada, depois da meia-noite, acordei neste quarto, nesta mesma escuridão, e Naomi estava emoldurada na soleira, colocando o vestido vermelho pela cabeça à luz da lua.

Ando de um lado a outro, pensando.

Ela colocou o vestido e se sentou no colchão, começou a falar — ia me dizer alguma coisa —, mas depois se interrompeu, "*Esquece*".

Ando num círculo lento em meu quarto. Houdini para na porta, inseguro, inquieto.

Naomi começou a dizer alguma coisa e parou. Depois, em vez disso, disse que o que quer que tenha acontecido foi real, bom e certo. E ela não se esqueceria, não importa como terminasse.

Ando num círculo, estalando os dedos, mordendo as pontas do bigode. *Real, bom e certo, não importa como termine*, foi o que ela disse, *mas ela ia me dizer outra coisa.*

Em meu sonho agitado, a bala que atravessou o crânio de Naomi vira uma bola de fogo e pedra atravessando a frágil crosta terrestre, cavando trincheiras na paisagem, explodindo rocha sedimentar e terra, espetando o fundo do mar e criando espuma no oceano fervente. Vai cada vez mais fundo, cava, liberando seus depósitos de energia cinética, como uma bala rasga um cérebro, racha por grumos quentes de massa cinzenta, cortando nervos, criando escuridão, destruindo pensamento e vida em seu percurso.

Acordo com a luz amarela e pálida do sol enchendo meu quarto, com a fase seguinte da investigação tendo se anunciado em minha mente.

Uma coisinha mínima, uma pequena mentira a esclarecer.

2.

Não é meu homicídio, o homicídio é de Culverson, mas aqui estou eu, retornando ao centro, de volta ao Water West Building, como um animal que testemunhou uma cena de violência e volta incansavelmente ao local do fascínio horrendo. Tem um imbecil andando em círculos pela Eagle Square, com uma parka larga, gorro de pele e carregando antiquadas placas de propaganda do tipo sanduíche — ELES PENSAM QUE SOMOS IDIOTAS em grandes caracteres redondos de desenho animado — e toca um sino como um Papai Noel do Exército da Salvação.

— Ei — ele grita —, sabe que *horas* são? — Baixo a cabeça, ignoro o homem, abro a porta.

O segurança velho não está ali. Subo a escada ao terceiro andar e não chamo ninguém da recepção, simplesmente entro e encontro o Sr. Gompers atrás de sua mesa de nogueira.

— Ah — diz ele, assustado, e se ergue um pouco, desequilibrado, para me receber. — Eu, hmm, já disse tudo ao outro cavalheiro ontem à noite. Sobre a pobre Naomi.

— Sei — digo. Ele evoluiu de um copo para uma meia garrafa de gim. — Mas nem tudo.

— Como disse?

Minhas entranhas parecem frias, como se os órgãos tivessem sido retirados, separados uns dos outros, recolocados em mim com lama. Desço as mãos na mesa de Gompers e me curvo; ele recua, o rosto carnudo se retrai com meu olhar. Sei que impressão devo dar. Com a barba por fazer, abatido, um olho morto com um halo irregular de hematoma inchado e castanho em volta do branco da gaze.

— Quando lhe falei na semana passada, você me disse que a empresa-mãe em Omaha é obcecada com prevenção de fraudes.

— O quê? Não sei — resmunga ele.

— Tudo bem, bom, toma — eu disse, jogando o bloco azul e fino na mesa diante dele, e ele se retrai. — Leia.

Gompers não se mexe, então digo a ele o que tem ali.

— Você alegou que sua empresa só se importa com a proteção do resultado financeiro. Disse que o chefão acha que assim vai comprar uma passagem para o paraíso. Mas, ontem, você disse ao detetive Culverson que não existem duplicatas daqueles arquivos.

— É, olha só, passamos ao sistema só com papel — resmunga ele. — Os servidores... — Ele não está olhando para mim, olha uma foto na mesa: a filha, aquela que foi para Nova Orleans.

— Você fez com que todo o escritório verificasse mais uma vez aqueles pedidos de indenização, não tem backup de computador e está me dizendo que vocês não fazem cópias? Nenhuma duplicata escondida em algum lugar?

— Bom. Quer dizer... — Gompers olha pela janela, depois para mim, preparando-se para escapar mais uma vez. — Não, desculpe, não tem...

Arranco o copo de sua mão, jogo na janela e ele explode, chovendo gelo, gim e cacos de vidro no carpete. Gompers me encara, boquiaberto como um peixe. Imagino Naomi —

só o que ela queria era escrever um villanelle perfeito — vejo-a buscando para este homem garrafas novas de bebida da loja da esquina e o estou agarrando pelas lapelas, levanto-o de sua cadeira e o coloco na mesa, seu pescoço gordo tremendo com a pressão de meus polegares.

— Você enlouqueceu?

— Onde estão as cópias?

— Boston. Escritório regional. State Street. — Afrouxo as mãos, só um pouquinho. — Toda noite fazemos cópias de tudo e enviamos a eles. As remessas, eles guardam em Boston. — Ele repete as palavras, suplicante, patético. — As remessas... tudo bem...

Eu o solto e ele cai na mesa, escorrega miseravelmente para a cadeira.

— Olha, policial... — diz ele e o interrompo.

— Sou um detetive.

— Detetive. A Variegated, eles estão fechando as filiais uma por uma. Procuram motivos. Stamford. Montpelier. Se isto acontecer aqui, não sei o que farei. Não tenho economias. Minha mulher e eu, quero dizer. — Sua voz treme. — Não vamos conseguir.

Eu o olho fixamente.

— Se eu telefonar para Boston e disser a eles que preciso ver as remessas, e eles perguntarem por que eu... — Ele respira, tenta se recompor, eu me limito a encará-lo. — Eu digo, cara, perdi alguns arquivos, tive... tive funcionários mortos. — Ele me olha, os olhos molhados e arregalados, implorando como uma criança. — Me deixe ficar sentado aqui. Me deixe sentado aqui até que isso termine. Por favor, só me deixe ficar aqui.

Ele está chorando, seu rosto se dissolve nas mãos. É exaustivo. Gente se escondendo atrás do asteroide, como uma desculpa para a má conduta, para o comportamento infeliz, desesperado e egoísta, todos se abrigando nessa cauda de cometa como crianças nas saias da mamãe.

— Sr. Gompers, desculpe-me. — Levanto-me. — Mas precisará conseguir esses arquivos. Quero saber tudo que está faltando e quero que você diga a mim, especificamente, se algum dos arquivos ausentes era de Peter Zell. Entendeu?

— Eu vou... — Ele se recompõe, senta-se um pouco mais reto e buzina em um lenço. — Vou tentar.

— Não tente — digo, erguendo-me e me virando. — Tem até amanhã de manhã. Faça.

* * *

Desço lentamente a escada ao primeiro andar, tremendo, acabado, minha energia exaurida, e, enquanto estava lá em cima incomodando Gompers, o céu decidiu mandar um chuvisco congelado miserável, que bate na minha cara enquanto atravesso a Eagle Square de volta a meu carro.

O homem-sanduíche ainda anda pela praça, de parka e gorro de pele, e mais uma vez grita, "Você *sabe* que *horas* são?" Eu o ignoro, mas ele se plantou no meu caminho. Ergue a placa, ELES PENSAM QUE SOMOS IDIOTAS, levantando-a entre nós como o escudo de um centurião e resmungo, "Com licença, senhor", mas ele não se mexe, depois noto que é o cara da noite passada, do Somerset, sem a jaqueta Harley, mas ainda com o bigode basto sem aparar, as faces vermelhas, os olhos aflitos.

E ele continua: "Você *é* o Palace, né?"

— Sou. — E tarde demais entendo o que está acontecendo, tento alcançar o coldre de meu ombro, mas ele já baixou a placa e meteu alguma coisa nas minhas costelas. Olho para baixo, uma pistola, curta, preta e feia.

— Não se mexa.

— Tudo bem — digo.

A chuva respinga firme em nós, paralisados no meio da Eagle Square. As pessoas andam pela calçada, a uns sete metros, mas está frio, chove forte e todo mundo olha os próprios pés. Ninguém nota. Quem se importa?

— Não diga uma palavra.

— Não vou dizer.

— Tudo bem.

A respiração dele é pesada. O bigode e a barba estão sujos em certos trechos, de um amarelo de nicotina. Seu hálito fede a fumaça velha.

— Onde ela está? — ele sibila. A arma é apertada dolorosamente em minhas costelas, virada para cima, e conheço a trajetória que a bala tomará, cortando a carne macia, dilacerando músculos, detonando tudo até parar em meu coração.

— Quem? — pergunto.

Estou pensando no gesto desesperado de Touissant, com o cinzeiro. Para tomar uma atitude dessas, disse Alison, ele teria de estar desesperado. E agora aqui está este homem-sanduíche com suas placas: atacando um policial, cometendo um crime à mão armada. Desesperado. A arma se torce no lado do meu corpo.

— Onde ela está? — ele pergunta mais uma vez.

— Onde está quem?

— Nico.

Ah, meu Deus. Nico. A chuva fica cada vez mais forte enquanto estamos parados ali. Nem mesmo visto uma capa, só meu paletó cinza e gravata azul. Um rato passa correndo, saindo de trás de uma caçamba de lixo, salta pela praça e vai para a Main Street. Acompanho-o com os olhos enquanto meu agressor lambe os lábios.

— Não sei onde Nico está — digo a ele.

— Sim, você sabe, você sabe.

Ele aperta mais forte a pistola, cava mais fundo no algodão fino de minha camisa e sinto que ele está se coçando para disparar, sua energia ansiosa aquecendo a frieza do cano. Imagino o buraco que ficou em Naomi, pouco acima e à direita do olho esquerdo. Sinto falta dela. Faz tão frio aqui fora, meu rosto está ensopado. Deixei o chapéu no carro, com o cachorro.

— Por favor, me escute, senhor — digo, elevando a voz para ser ouvido com o tamborilar da chuva. — Não sei onde ela está. Eu mesmo estive tentando encontrá-la.

— Papo furado.

— É a verdade.

— Papo *furado*.

— Quem é você?

— Não se preocupe com isso.

— Tudo bem.

— Sou amigo dela, tá legal? — ele diz mesmo assim. — Sou amigo de Derek.

— Tudo bem. — Tento me lembrar de tudo que Alison me falou sobre Skeve e sua organização ridícula: o relatório Catchman, bases secretas na Lua. Todo o absurdo e desespero, entretanto aqui estamos e estarei morto se este homem torcer um dedo só um pouquinho.

— Onde está Derek? — pergunto e ele bufa, com raiva, diz, "Seu *babaca*", recua a outra mão, aquela que não segura a arma, e me dá um murro na lateral da cabeça. De imediato, o mundo perde o foco, fica borrado, eu me recurvo e ele me bate de novo, um golpe de baixo para cima na boca, eu salto de costas no muro da praça, minha cabeça bate nos tijolos. A arma logo está de volta ao lugar, triturando minha caixa torácica e agora o mundo gira, flutua, a chuva transborda em volta do curativo em meu olho e inunda meu rosto, o sangue escorre do lábio superior para a boca, minha pulsação troveja na cabeça.

Ele se aproxima, sibila no meu ouvido.

— Derek Skeve morreu e você sabe que ele morreu porque você o matou.

— Eu não... — A minha boca se enche de sangue, e eu o cuspo. — Não.

— Ah, tá legal, então você *teve* de matá-lo. Este é um belo detalhe técnico de assassino.

— Garanto a você. Não sei do que está falando.

Mas é estranho, estou pensando, enquanto o mundo lentamente para de rodar, a cara furiosa do bigodudo voltando a entrar em foco com a desolação fria da praça a suas costas, de certo modo eu *sabia*. Provavelmente teria dito que Skeve morreu, se você perguntasse. Mas não tive tempo para pensar nisso. Meu Deus, um dia você acorda e todo mundo morreu. Viro a cabeça, cuspo outro jato escuro de sangue.

— Escute, amigo — digo, levando a voz a um tom tranquilo. — Eu lhe garanto... Não, espere, olhe para mim, senhor. Vai olhar para mim? — Ele levanta a cabeça rispidamente, seus olhos estão arregalados e assustados, os lábios se torcem por baixo do bigode basto, e por um segundo parecemos amantes grotescos, olhando nos olhos um do outro nesta praça pública, molhada e fria, com um cano de arma entre nós.

— Não sei onde Nico está. Não sei onde está Skeve. Mas talvez eu possa ajudar se me disser o que sabe.

Ele pensa bem, seu debate íntimo receoso transparecendo nos olhos grandes e magoados, a boca ligeiramente aberta, ofegante. E então, subitamente e alto demais, ele fala.

— Mentira. Você sabe. Nico disse que o irmão dela tinha um plano, um plano policial secreto...

— O quê?

— Para tirar Derek de lá...

— O quê?

— Nico disse que o irmão dela tinha um plano, ele arrumou um carro para ela...

— Vá com calma... Espere...

A chuva nos espanca.

— E depois Derek morre baleado, eu não consigo sair de lá e, quando saio, ela não está em lugar nenhum.

— Não sei de nada disso.

— Você *sabe*, sim.

Um estalo frio de metal enquanto ele destrava a arma. Grito duas vezes, dou um tapa e o bigodudo fala.

— Ei... — E então há um latido feroz na praça, do lado da rua, ele vira a cabeça para lá, eu levanto as mãos e o empurro com força na cara, ele cambaleia para trás e cai de traseiro. "Merda", diz ele do chão, eu pego minha arma e aponto, bem para seu tronco grosso, mas o movimento repentino me tira o equilíbrio, está escuro e meu rosto está ensopado, tenho visão dupla mais uma vez e devo estar apontando a arma para o homem errado, porque o chute vem do nada — ele dá o golpe com o pé e me pega no calcanhar, eu tombo como uma estátua sendo puxada para baixo com cordas. Rolo, olho loucamente pela praça. Nada. Silêncio. Chuva.

— Droga — digo, sentando-me, pegando meu lenço e segurando no lábio. Houdini se aproxima e para na minha frente, quicando de um lado para outro, rosnando ternamente, estendo a mão, deixo que ele fareje.

— Ele está mentindo — digo ao cachorro. Por que Nico teria contado a alguém a história de que eu tinha um plano para libertar um preso? Onde Nico conseguiu um veículo?

O problema é que alguém como esse sujeito não tem miolos para mentir. Uma pessoa que realmente pensa que o governo dos Estados Unidos, na última meia década, de algum modo construiu em segredo um aglomerado de bases habitáveis no lado escuro da Lua, que pensa que teríamos dedicado esse nível de recursos para reduzir o risco de um evento da ordem de 1 em 250 milhões.

É estranho, penso, esforçando-me para me levantar. Minha irmã é inteligente demais para esse absurdo.

Limpo a boca com as costas da manga e vou mancando para o carro.

O caso é que ela realmente é. Ela de fato é inteligente demais para esse absurdo.

— Hmm — digo. — Hmm.

* * *

Uma hora depois estou em Cambridge, na praça rebaixada do outro lado do campus de Harvard, onde há um grupo de garotos sem-teto em idade universitária em farrapos numa roda de percussão, dois hippies dançando, um homem vendendo livros em brochura de um carrinho de compras e uma mulher de camiseta sem mangas num monociclo, fazendo malabarismo com pinos de boliche e cantando "Que Sera Sera". Uma mulher muito velha de terninho prateado fuma um baseado, passando e recebendo de um negro com roupas de brechó. Um bêbado ronca ruidosamente, esparramado pela escada, a metade inferior do corpo ensopada de urina. Um policial estadual de Massachusetts fica atento à cena, seus óculos de sol espelhados e grandes apoiados no alto do quepe no estilo guarda florestal. Cumprimento-o com um gesto de cabeça, uma saudação de um colega policial, mas ele não responde.

Atravesso a Mt. Auburn Street e encontro o pequeno quiosque verde com as janelas cobertas por tábuas. Ainda não sei onde trabalha Alison Koechner e ninguém atende ao telefone no antigo número; então é só isso que consigo: um lugar que sei que ela frequenta.

— Ora, ora — diz o Coffee Doctor com seu chapéu e a barba. — Se não é minha antiga nêmesis.

— Como disse? — Estreito os olhos, vendo o espaço escuro, sem ninguém além de mim e o garoto. Ele levanta as mãos, sorri.

— Só estou brincando, cara. É só uma coisa que digo. — Ele aponta para mim com as duas mãos, dois dedos animados e grandes que me apontam. — Parece que você precisa de um latte, amigo.

— Não, obrigado. Preciso de informações.

— Isso não vendo. Eu vendo café.

Ele mexe atrás do balcão, com rapidez e eficiência, inserindo e tirando a base cônica do filtro portátil na máquina de expresso, um leve *ka-chunk*. Nivela os grãos moídos, comprime-os.

— Estive aqui dois dias atrás.

— Tudo bem — diz ele, de olho na máquina. — Se você diz.

Os copos de papel ainda estão enfileirados pelo balcão, um para cada continente, aproxime-se e faça suas apostas.

A América do Norte só tem um ou dois grãos — a Ásia um punhado — a África um punhado. A Antártida continua na frente, transbordando de grãos. Otimismo. Como se a coisa fosse se enfiar na neve, apagar-se como uma vela.

— Estive aqui com uma mulher. Mais ou menos dessa altura, cabelo ruivo e curto. Bonita.

Ele assente, serve leite de uma caixa em uma jarra de metal.

— Claro. — Ele mete a haste na jarra, liga um interruptor, começa a vaporizar. — O Coffee Doctor se lembra de tudo.

— Você a conhece?

— Eu não a *conheço*, mas a vejo muito.

— Tudo bem.

Por um momento perco meu fio de raciocínio, em transe com a vaporização do leite, olhando junto com o Coffee Doctor o interior da jarra, depois ele desliga a coisa com um movimento ágil de passarinho, exatamente um segundo antes que a espuma transborde.

— Tan-tan!

— Preciso deixar um recado a ela.

— Ah, é?

O Coffee Doctor arqueia uma sobrancelha. Massageio o lado de meu corpo, onde o cano da arma do homem-sanduíche me deixou uma parte dolorida, pouco abaixo das costelas.

— Diga a ela que Henry esteve aqui.

— Posso fazer isso.

— E diga que preciso vê-la.

— Posso fazer isso também. — Ele tira uma xicrinha de cerâmica branca de um gancho e enche com expresso, cobre com leite vaporizado com uma colher de cabo comprido. Há uma espécie de gênio em operação aqui, uma sensibilidade delicada é aplicada.

— Nem sempre você fez isso — digo. — Quero dizer, café.

— Não. — Ele não tira os olhos do trabalho, tem a xicrinha aninhada na palma da mão e a sacode delicadamente, conjurando um desenho de café escuro e espuma ondeada. — Eu era estudante de matemática aplicada — diz ele e muito levemente inclina a cabeça, apontando para Harvard, do outro lado da rua. Levanta a cabeça, radiante. — Mas é como dizem — conclui e me estende o latte, que traz uma perfeita e simétrica folha de carvalho na espuma do leite. — Não há futuro nisso.

Ele está sorrindo e eu devia rir, mas não rio. Meu olho dói. Meu lábio lateja onde foi esmurrado.

— E então, vai dizer a ela? Que Henry esteve aqui?

— Vou, cara. Vou dizer a ela.

— E, por favor, diga a ela... — Sabe do que mais? A essa altura, por que não? — Diga a ela que Palace precisa saber o que toda essa besteira Júlio Verne de viagem à Lua está acobertando. Diga que sei que há mais nisso e quero saber quem são essas pessoas e o que elas querem.

— Caramba. Esse é um recado e tanto.

Estou tirando a carteira do bolso e o Coffee Doctor estende o braço e segura minha mão.

— Não, não — diz ele. — É por conta da casa. Tenho de ser franco, amigo. Você não parece nada bem.

3.

Os detetives devem considerar todas as possibilidades, considerar e pesar cada conjunto de eventos concebível que possa ter levado ao crime, determinar o que é mais provável, o que pode provar a verdade.

Quando foi assassinada, Naomi procurava pelas pastas de interesse segurável de Peter porque sabia que fiquei intrigado com elas e estava me ajudando em minha investigação.

Quando foi assassinada, Naomi procurava pelas pastas para escondê-las antes que eu pudesse encontrá-las.

Alguém lhe deu um tiro. Um estranho? Um cúmplice? Um amigo?

Há uma hora estou voltando de carro de Cambridge a Concord, uma hora de rodovia morta, placas de saída vandalizadas e cervos parados e trêmulos ao longo do acostamento da 93 Norte. Penso em Naomi na porta do meu quarto na noite de segunda. Quanto mais penso naquele momento, mais certeza tenho de que o que tinha a me dizer — o que começou a falar e parou — não era meramente sentimental ou pessoal. Era relevante para a mecânica de minha investigação em andamento.

Porém, alguém fica semidespido na luz da lua e diz ao outro *Mais uma coisa* sobre cláusulas de contestabilidade e interesses seguráveis? Era outra coisa e jamais saberei o que é. Mas quero saber.

Normalmente, quando chego à central de polícia na School Street, estaciono na vaga e entro pela porta dos fundos que leva à garagem. Esta tarde, por algum motivo, dou a volta até a frente e uso a entrada principal, a entrada pública, pela qual passei pela primeira vez quando tinha quatro, talvez cinco anos. Cumprimento Miriam, que trabalha na recepção, onde minha mãe trabalhou, e subo para telefonar à família de Naomi Eddes.

Só que, agora que estou aqui em cima, a linha fixa não funciona.

Não tem tom de discagem, nada. É plástico morto. Levanto o cabo, acompanho seu caminho até a tomada e de volta à mesa bato no gancho algumas vezes. Olho a sala, mordo o lábio. Tudo está igual: as mesas em seu lugar, as pilhas de papéis, os arquivos, embalagens de sanduíche, latas de refrigerante, a luz fraca de inverno entrando pela janela. Atravesso a sala até a mesa de Culverson, pego seu fone. Dá no mesmo: sem tom de discagem, sem vida. Recoloco o fone gentilmente no gancho.

— Tem alguma merda rolando — diz o detetive McGully, aparecendo na porta de braços cruzados, as mangas do moletom arregaçadas, o charuto apontando da face. — Não é?

— Bom — digo. — Não consigo usar o telefone.

— A ponta da porra do iceberg — resmunga ele, procurando uma caixa de fósforos no bolso da calça de moletom. — Tá rolando alguma coisa, Novato.

— Hmm — digo, mas ele fala sério, mortalmente sério — em todo o tempo que eu o conheço nunca vi essa expressão em McGully. Afasto a cadeira da mesa de Andreas, experimento seu telefone. Nada. Ouço os Escovinhas na salinha do café duas portas adiante, vozes altas, alguém dando uma gargalhada, alguém dizendo, "E aí eu falei... eu falei... escuta só, peraí". Em algum lugar uma porta bate; passos apressados de um lado a outro lá fora.

— Encontrei o chefe quando cheguei hoje de manhã — diz McGully, vagando na sala, recostando-se na parede perto do radiador — e disse, "Ei, babaca", como sempre faço, e ele simplesmente passou direto por mim. Como se eu fosse um fantasma.

— Hmm.

— Agora tem uma reunião qualquer acontecendo lá. Na sala de Ordler. O chefe, o DCO, o DCA. Mais um monte de imbecis que não reconheci. — Ele tira uma baforada do charuto. — De óculos escuros com armação envolvente.

— Óculos escuros?

— É, *óculos escuros* — diz ele, como se isso significasse alguma coisa, mas seja o que for não estou entendendo, só ouço sem dar atenção. Há um pequeno inchaço sensível em minha nuca, onde bateu no muro de tijolos da Eagle Square esta manhã.

— Guarde o que estou te falando, garoto. — Ele me aponta com o charuto apagado, gesticula com ele por toda a sala, como o Fantasma do Natal Futuro. — Tá rolando alguma merda.

* * *

No saguão principal da biblioteca pública de Concord há uma bela exposição de clássicos, os maiores sucessos do cânone ocidental organizados em uma pirâmide bem-feita: a *Odisseia*, a *Ilíada*, Ésquilo e Virgílio formando a base, Shakespeare e Chaucer a segunda fila, subindo e avançando no tempo até *O sol também se levanta* no cume. Ninguém achou necessário dar um título à mostra, embora o tema claramente seja *coisas para ler antes de você morrer*. Alguém, talvez o mesmo palhaço que colocou a música do R.E.M. direto na jukebox do Penuche, deixou furtivamente um exemplar em brochura de *A praia* nesta mostra, metido entre *Middlemarch* e *Oliver Twist*. Eu o pego, levo para a seção de ficção e o guardo antes de descer ao subsolo para encontrar a seção de referências. É isto que deve ter significado ser um policial na era pré-digital, estou pensando, desfrutando da experiência de um jeito visceral, sacando o grosso catálogo telefônico do subúrbio de Maryland, abrindo-o com uma pancada na lombada, passando o indicador pelas colunas mínimas de caracteres, folheando as páginas finas como lenço de papel em busca de um nome. Se haverá policiais depois, não sei. Não — não haverá — um dia, talvez — mas não por algum tempo.

Existem três nomes listados como *Eddes* em Gaithersburg, Maryland, copio cuidadosamente os números em meu bloco azul e volto ao saguão, passo por Shakespeare e John Milton, a uma antiquada cabine telefônica perto da entrada. Tem sinal e espero uns dez minutos, olhando as elevadas janelas déco, meus olhos caindo nos galhos finos de uma pequena bétula cinza do outro lado da entrada da biblioteca. Entro na cabine, respiro e começo a discar.

Ron e Emily Eddes, na Maryland Avenue. Ninguém atende, nem secretária eletrônica.

Maria Eddes, Autumn Hill Place. Ela atende, mas antes de tudo parece muito nova e só fala espanhol. Consigo perguntar se conhece uma Naomi Eddes e ela consegue responder que não, não conhece. Peço desculpas e desligo.

Está chuviscando de novo. Disco o último número e, enquanto ele toca, olho a única e solitária folha oval, sozinha na ponta mais distante de um galho torcido, golpeada pelas gotas de chuva.

— Alô?
— William Eddes?
— Bill. Quem é?

Cerro os dentes. Aperto a palma da mão na testa. Meu estômago é um nó apertado e escuro.

— Senhor, tem algum parentesco com uma mulher chamada Naomi Eddes?

A pausa que se segue é longa e dolorosa. Ele é o pai dela.

— Senhor? — digo por fim.
— Quem está falando? — diz ele, sua voz dura, fria e formal.
— Sou o detetive Henry Palace. Sou policial, em Concord, New Hampshire.

Ele desliga.

A folha de bétula, aquela que eu estava olhando, sumiu. Olho e penso que posso vê-la onde caiu, uma mancha escura na lama do gramado. Ligo para Bill Eddes de novo e ninguém atende.

Tem alguém do lado de fora da cabine telefônica, uma idosa de aparência agitada, recurvada sobre um pequeno carrinho de compras de aramado, daqueles usados na loja de ferragens. Levanto o dedo, sorrio me desculpando e ligo para Bill Eddes pela terceira vez, e não fico surpreso quando ninguém atende, que o telefone repentinamente pare inteiramente de tocar. O pai de Naomi, em sua sala de estar ou cozinha, arrancou o telefone da parede. Está enrolando lentamente o cabo cinza e fino no telefone, colocando o aparelho na prateleira de um armário, como quem afasta algo para não ter de voltar a pensar nele.

— Desculpe, senhora — digo, mantendo a porta aberta para a idosa com o carrinho e ela pergunta, "O que aconteceu com seu rosto?", mas não respondo. Saio da biblioteca. Masco a ponta do bigode, mantendo a mão no coração, a palma no peito, sentindo bater — puxa vida — é isso — puxa vida — apressado, agora correndo, pelo gramado ensopado, de volta ao carro.

* * *

É uma cidade tão pequena, Concord, 155 quilômetros quadrados incluindo a periferia; dirigir do centro ao hospital sem nenhum carro na rua? Dez minutos, o que não é tempo suficiente para entender tudo, mas o bastante para ter certeza de que *vou* entender, tenho de entender, resolverei esse homicídio — esses homicídios —, dois homicídios, um assassino.

Já estou aqui, no cruzamento da Langley Parkway com a rota 9, olhando o Hospital Concord, situado como um modelo infantil de castelo num morro, cercado por seus anexos e estacionamentos amplos, suítes de escritórios e clínicas. A ala nova, inacabada e que jamais será terminada, pilhas de madeira, vidraças, andaimes escondidos embaixo de lonas.

Paro o carro, fico sentado no estacionamento, tamborilo os dedos no volante.

Bill Eddes reagiu daquele jeito por algum motivo e sei qual é.

O fato implica um segundo fato que me leva a um terceiro.

É como se você entrasse numa sala escura e houvesse uma faixa de luz fraca por baixo de uma porta do outro lado. Você abre essa porta e ela leva a uma segunda sala, um pouco mais iluminada do que a primeira, e há outra porta do outro lado, com luz por baixo. E você continua em frente, uma sala depois de outra, salas e mais salas, luz e mais luz.

Tem uma série de luzes esféricas acima das portas principais, todas estavam acesas da última vez que vim aqui e agora duas estão apagadas, e é só. O mundo se decompõe parte por parte, cada pedaço se degradando em seu ritmo errático, tudo treme e esfarela antecipadamente, o terror da devastação iminente sendo em si uma devastação e cada degradação menor tem suas consequências.

Hoje não há voluntário à mesa em ferradura do saguão, só uma família sentada no sofá em um pequeno grupo ansioso, mãe, pai e uma criança, e eles levantam a cabeça quando passo, como se eu pudesse ter as más notícias que esperam. Cumprimento com a cabeça e fico parado ali, virando-me para todo lado, tentando me orientar, procurando pelo Elevador B.

Uma enfermeira de jaleco passa apressada por mim, para à porta, resmunga, "Ah, droga", e vira-se para o outro lado.

Penso ter entendido que caminho tomar, dou dois passos e tenho uma pulsação de dor intensa no olho com o curativo. Ofego, levando a mão a ele, pare com isso, agora não é hora.

A dor, porque — o que foi que a Dra. Wilton me disse enquanto enrolava minha cabeça com atadura? *O hospital está vivendo uma escassez geral de recursos paliativos.*

Fatos que se relacionam, ganham vida em minha memória, depois se interconectam, um ao outro, formando quadros como constelações. Mas não há alegria, não sinto prazer nenhum, porque minha cara dói, e a lateral do corpo, onde o cano da arma pressionou, a base de minha cabeça onde bateu no muro, e estou pensando, *Palace, seu lesado*. Porque, se eu pudesse voltar no tempo e ver as coisas com mais clareza, se visse corretamente com mais presteza, teria resolvido o caso Zell — e não haveria caso Eddes. Naomi não teria sido morta.

A porta do elevador se abre e eu entro.

Ninguém mais entra nele; estou sozinho, só o policial alto e calado com um olho, passando os dedos pela placa, como um cego lendo Braille, tentando entender as respostas da placa.

Ando nele por um tempo, subo algumas vezes, desço outras. *"Onde"*, resmungo comigo mesmo, *"onde você o guardaria?"* Porque em algum lugar neste prédio há um local análogo à casinha do cachorro de J.T. Touissant, onde o produto pré-venda e o lucro ilícito são amontoados. Mas um hospital é um lugar cheio de lugares — depósitos e salas de cirurgia, escritórios e corredores — especialmente um hospital como este, caótico, aos pedaços, paralisado no meio de uma reforma, é um lugar *cheio* de lugares.

Enfim desisto e saio no subsolo, encontrando a Dra. Fenton em sua sala, a uma curta distância do necrotério por um corredor, um escritório pequeno e imaculado decorado com flores frescas, fotos de família e uma foto de Mikhail Barishnikov, do Balé Bolshoi, 1973.

Fenton demonstra surpresa e não prazer por me ver, como se eu fosse uma praga de jardim, talvez um guaxinim, de que ela acha que deve se livrar.

— Que foi?

Digo a ela o que preciso que seja feito e lhe pergunto quanto tempo leva, normalmente. Ela faz uma carranca e diz, "Normalmente?" Fecha aspas como se a palavra não tivesse mais significado, mas eu respondo, "Sim, normalmente".

— Normalmente, entre dez dias e três semanas — diz ela —, mas sendo a equipe da Hazen Drive o que é, no momento imagino que levaria algo entre quatro e seis semanas.

— Tudo bem... bom... pode fazer isso pela manhã? — pergunto e espero pela gargalhada de desdém, preparando-me, pensando que estou pedindo por isso.

Mas ela tira os óculos, levanta-se da cadeira e me olha atentamente.

— Por que está se esforçando tanto para resolver este homicídio?

— Bom... — Levanto as mãos. — Porque não está resolvido.

— Tudo bem — diz ela e me diz o que fará, desde que eu prometa nunca mais telefonar nem procurá-la, por qualquer motivo, para sempre.

E então, na volta ao elevador, eu o encontro, o lugar que procurava, e arquejo, minha boca se abre e eu literalmente arquejo, e digo, "Ah, meu Deus", minha voz ecoando no corredor de concreto do subsolo, depois me viro e volto para pedir mais uma coisa a Fenton.

* * *

Meu celular não funciona. Nenhuma barra. Sem serviço. Está piorando.

Eu as imagino: torres de celular abandonadas virando lentamente e caindo, cabos de conexão largados, mortos.

Volto de carro à biblioteca, coloco umas moedas no parquímetro. Espero na fila da cabine telefônica e, quando é a minha vez, ligo para a casa da policial McConnell.

— Ah, oi, Palace — diz ela. — Você trabalha no andar de cima. Quer me dizer que diabos está acontecendo por lá? Com os chefes?

— Não sei. — Homens misteriosos de óculos escuros. McGully, *Tem alguma merda rolando*. — Preciso de sua ajuda numa coisa, policial. Tem alguma roupa que não seja calça comprida?

— O quê?

McConnell escreve onde supostamente vai e quando, onde a Dra. Fenton a encontrará pela manhã. Forma-se uma fila do lado de fora da cabine. A velha do carrinho de aramado da loja de ferragens voltou, agitando os braços para mim, como quem diz *Olá*, e atrás dela há um executivo de terno marrom, com uma pasta, e uma mãe com duas gêmeas. Mostro meu distintivo pelo vidro da cabine e me abaixo, tentando me arranjar confortavelmente neste minúsculo espaço de madeira.

Procuro o detetive Culverson no rádio e digo que resolvi o caso.

— Quer dizer, seu enforcado?

— É. E o seu caso também. Eddes.

— Como é?

— Seu caso também. O mesmo assassino.

Conto toda a história, há uma longa pausa, o estalo de rádio no silêncio, e ele diz que o trabalho policial que fiz foi muito.

— É.

Ele diz o mesmo que eu disse a McConnell na semana passada:

— Um dia você será um grande detetive.
— É — digo. — Está bem.
— Vai voltar à central?
— Não. Hoje não.
— Ótimo — diz ele. — Não volte.

4.

MESMO NO AMBIENTE POLICIAL mais tranquilo, há aquele incidente ocasional violento e aleatório, em que alguém é assassinado por nenhum bom motivo em plena luz do dia numa rua movimentada ou num estacionamento.

Todo o Departamento de Polícia de Concord estava presente no enterro de minha mãe e todos se levantaram e ficaram em posição de sentido enquanto o caixão era carregado — 14 funcionários e 86 policiais com seus uniformes azuis, rígidos como estátuas, em saudação. Rebecca Forman, a contadora pública certificada da polícia, uma robusta mulher de cabelos grisalhos e de 74 anos, desmanchou-se em prantos e teve de ser acompanhada para fora. A única pessoa que permaneceu sentada foi o professor Temple Palace, meu pai; sentou-se relaxado em seu banco por toda a curta cerimônia, apático, os olhos fixos à frente, como um homem esperando por um ônibus, o filho de 12 anos e a filha de seis de pé, arregalados, de cada lado dele. Ele ficou sentado ali, só um pouco arriado contra meu quadril, parecendo mais perplexo do que triste, e dava para saber de cara — eu vi — que ele não ia conseguir.

Tenho certeza de que, pensando agora, o difícil para meu pai, o professor de inglês, não foi apenas o simples fato de sua morte, mas a ironia: que sua mulher, que ficava de nove às cinco, de segunda a sexta por trás do vidro à prova de balas na central de polícia, não devia ser baleada no coração por um ladrão no estacionamento da T.J. Maxx em uma tarde de sábado.

Só para dar uma ideia de como o índice de criminalidade na época era baixo em Concord: no ano em questão, 1997, segundo registros do FBI, minha mãe foi a única vítima de homicídio. Isto significa que, pensando agora, as probabilidades de minha mãe cair vítima de um homicida em Concord, naquele ano, eram de 1 em 40 mil.

Mas é assim que as coisas funcionam: não importa quais são as probabilidades de um determinado evento, essa uma-em-qualquer-coisa a certa altura vai aparecer, ou não seria uma probabilidade de uma-em-qualquer-coisa. Seria de zero.

Depois da cerimônia, meu pai olhou a cozinha, os óculos empoleirados no nariz, os olhos grandes e confusos, e disse aos filhos: "Bom, agora, o que *vamos* fazer para o jantar?" E ele pretendia dizer não apenas aquela noite, mas para sempre. Constrangido, sorri para Nico. O relógio batia. Ele não ia conseguir.

O professor Palace dormiu no sofá, incapaz de subir e lidar com a ausência de minha mãe na cama, com o armário dela cheio de coisas. Eu fiz tudo isso. Embalei seus vestidos.

A outra coisa que fiz foi andar muito pela central de polícia, pedi ao jovem detetive que chefiava a investigação que, por favor, me informasse o que estava havendo, e Culverson assim fez: telefonou para mim quando tinham analisado as pegadas encontradas no cascalho do estacionamento da T.J. Maxx; telefonou quando localizaram o veículo identificado por testemunhas, um Toyota Tercel prata subsequentemente abandonado em Montpelier. Quando o suspeito foi detido, o detetive Culverson passou em minha casa, dispôs as pastas diante de mim na mesa da cozinha e me informou de todo o caso, a sequência de provas. Deixou-me ver tudo, menos as fotografias do corpo.

— Obrigado, senhor — eu disse a Culverson, meu pai recostado na porta da cozinha, pálido, cansado, murmurando "obrigado" também. Em minha lembrança Culverson diz, "Só faço meu trabalho", mas tenho minhas dúvidas se ele realmente teria dito algo tão clichê. Minhas lembranças são nebulosas — foi uma época difícil.

Em 10 de junho do mesmo ano, encontraram o corpo de meu pai em sua sala na St. Anselm, onde ele se enforcou com o cordão da cortina.

Eu devia ter contado toda a história a Naomi, de meus pais, a verdade dela, mas não contei e agora ela morreu e jamais contarei.

5.

É UMA LINDA MANHÃ e há algo de perturbador nela, a forma como de repente, num estalo, o inverno termina e começa a primavera — regatos de neve derretida e tufos de grama verde forçando passagem através da camada de neve que afina rapidamente na fazenda em frente à janela de minha cozinha. Isto será um problema, não só em termos policiais. Funcionará como magia negra no espírito público, esta nova estação, o amanhecer da última primavera que teremos. Podemos esperar um aumento no desespero, ondas renovadas de angústia, pavor e tristeza antecipatória.

Fenton disse que se ela conseguisse telefonaria para mim às nove da manhã com seu relatório. São 8:54.

Não preciso na verdade do relatório de Fenton. Não preciso da confirmação, quero dizer. Eu tenho razão, sei que tenho razão. Sei que entendi. Mas vai ajudar. Será necessário no tribunal.

Olho uma nuvem branca e perfeita vagar pelo azul da manhã e depois, graças a Deus, o telefone toca, pego o fone rapidamente e digo alô.

Nenhuma resposta.

— Fenton?

Há um longo silêncio, ou o rumor de alguém respirando fundo, e prendo a respiração. É ele. É o assassino. Ele sabe. Está brincando comigo. Que diabo.

— Alô? — digo.

— Espero que esteja feliz, policial... desculpe-me, detetive. — Ouço uma tosse barulhenta, um som metálico, gelo em um copo de gim, olho o teto e solto o ar.

— Sr. Gompers. Esta não é uma boa hora.

— Encontrei os pedidos — diz ele, como se não tivesse me ouvido. — Os misteriosos pedidos de indenização desaparecidos que você queria que eu achasse. Eu os encontrei.

— Senhor. — Mas ele não vai parar e de qualquer modo eu disse que ele tinha 24 horas e aqui está ele, reportando-se a mim, o pobre cretino. Não posso simplesmente desligar. — Muito bem — digo.

— Fui ao arquivo de remessas e puxei esse monte de casos. Só existe um no lote com o nome de Zell. Era o que você queria saber, não?

— Exatamente.

Sua voz goteja o sarcasmo dos bêbados.

— Espero que sim. Porque tudo vai acontecer como eu disse que seria. Exatamente como eu falei.

Olho o relógio. São 8:59. O que Gompers está me dizendo não importa mais. Nunca importou. Este caso nunca foi de fraude de seguros.

— Estou na sala de reuniões em Boston, vasculhando as remessas, e quem entra senão Marvin Kessel? Sabe quem ele é?

— Não, senhor. Agradeço por sua ajuda, Sr. Gompers.

Nunca foi uma fraude de seguros. Nem por um segundo.

— Marvin Kessel, para sua informação, é o subgerente regional das regiões nordeste e do Médio Atlântico, e ele ficou *tremendamente* interessado no que está acontecendo em Concord. E assim agora ele sabe, e agora Omaha sabe, temos arquivos desaparecidos, temos suicidas. Temos tudo isso! — Ele parece meu pai: *Porque é Concord!*

— Então, *agora* vou perder meu emprego e todo mundo nesta filial, todo mundo vai perder o emprego também. E estaremos todos no olho da rua. Assim, espero que você tenha uma caneta à mão, detetive, porque consegui a informação.

Eu tenho uma caneta e Gompers me dá a informação. O pedido de indenização em que trabalhava Peter quando morreu teve entrada em meados de novembro por uma Sra. V.R. Jones, diretora do Instituto Open Vista, uma empresa sem fins lucrativos registrada no estado de New Hampshire. Tem sede em New Castle, que fica no litoral, perto de Portsmouth. Era uma apólice de seguro de vida abrangente do diretor executivo, Sr. Bernard Talley. O Sr. Talley cometeu suicídio em março e a Merrimack Life and Fire exerça seu direito de investigar.

Anoto tudo, um velho hábito, mas não importa e jamais importou, nem por um segundo.

Gompers terminou e eu falo, "Obrigado", olhando o relógio, são 9:02 — a qualquer minuto Fenton telefonará, dará a confirmação de que preciso, eu entrarei no carro e pegarei o assassino.

— Sr. Gompers, reconheço que o senhor fez um sacrifício. Mas esta é uma investigação de homicídio. É importante.

— Você nem imagina, meu rapaz — diz ele sombriamente —, nem imagina o que é importante.

Ele desliga e eu quase ligo para ele. Juro por Deus, com tudo que está acontecendo, eu quase desisto e vou até lá. Porque ele — ele não vai conseguir.

Mas então a linha fixa toca mais uma vez, eu atendo de novo rapidamente e agora é Fenton, e ela fala.

— Bem, detetive, como você sabia?

Respiro fundo, fecho os olhos e escuto meu coração martelar por um segundo, dois segundos.

— Palace? Está aí?

— Estou — respondo lentamente. — Por favor, diga-me exatamente o que descobriu.

— Ora, naturalmente. Será um prazer. Depois, num dia desses, você vai me pagar um filé de jantar.

— Tá — digo, agora abrindo os olhos, espiando o céu azul imaculado pouco além da janela da cozinha. — Mas me conte o que descobriu.

— Você é um louco — diz ela. — A espectrometria de massa do sangue de Naomi Eddes confirma a presença de sulfato de morfina.

— Sei — digo.

— Isto não parece surpreendê-lo.

— Não, senhora. — *Não, não surpreende.*

— A causa da morte não se alterou. Trauma cranioencefálico maciço por ferimento à bala no meio da testa. Mas a vítima deste disparo ingeriu um derivado de morfina no período de seis a oito horas antes do óbito.

Isto não me surpreende em nada.

Volto a fechar os olhos e imagino Naomi saindo de minha casa com seu vestido vermelho no meio da noite para ficar alta como um satélite em sua própria casa. Ela também deve ter esgotado seu estoque, deve ter ficado ansiosa com isso, porque agora seu traficante estava morto. McGully deu um tiro nele. Culpa minha.

Ah, Naomi. Você podia ter me contado.

Tiro minha SIG Sauer do coldre e coloco na mesa da cozinha, abro o pente, esvazio e conto as 12 balas .357.

No Somerset Diner, uma semana antes, Naomi comendo batata frita, contando-me que *precisava* ajudar Peter Zell quando viu que ele estava sofrendo, que ele estava em abstinência. Ela *precisava* ajudá-lo, segundo disse, baixou os olhos, virou a cara.

Eu podia ter conhecimento naquela hora, se quisesse saber.

— Gostaria de poder lhe dizer mais — diz Fenton. — Se a garota tivesse algum cabelo, eu poderia lhe dizer se ela estava usando morfina há muito tempo.

— Ah, é?

Não estou ouvindo de verdade. Aqui está uma garota que se sentiu compelida a ajudar um colega de trabalho qualquer, um homem que ela mal conhecia, quando viu que ele sofria. Aqui está uma garota com sua própria experiência longa no vício em drogas, que fez da vida dos pais um inferno, tanto que o pai desliga o telefone assim que ouve o nome da filha, ouve a palavra *policial*.

— Um fio de cabelo de bom tamanho pode ser cortado em seções de 6 milímetros, que serão fragmentadas e examinadas uma por uma — diz Fenton —, para se deduzir que substâncias foram metabolizadas, mês a mês. Matéria muito fascinante, de fato.

— Eu a verei lá — digo. — E eu o farei. Pagarei esse jantar.

— Claro que vai pagar, Palace — diz ela. — Lá pelo Natal, não é?

Sei o que revelaria o exame do cabelo. Naomi esteve usando, desta vez, há três meses. Não sei sobre seu uso no passado, seus períodos de vício, recuperação e recaídas, mas desta vez ela estava usando há quase exatamente três meses. Desde a terça-feira, dia 3 de janeiro, quando o professor Leonard Tolkin, do Laboratório de Propulsão a Jato, foi à televisão e lhe deu a mesma má notícia que deu a todos. Minha conjectura, se ela não renovou seu uso ativo de substâncias controladas naquela noite, é que foi no dia seguinte ou depois deste.

Regarrego o pente, encaixo na arma, aperto a trava e o recoloco no coldre da axila. Já fiz este exercício em sua totalidade — abrir o pente, verificar as balas, fechá-lo — várias vezes desde que acordei às sete e meia da manhã.

Peter Zell fez sua avaliação de risco e deu o mergulho meses antes, passou por todo esse ciclo de atração, experimentação, vício e abstinência enquanto as probabilidades aumentavam firmemente com o passar dos meses. Mas Naomi, junto com muitos outros, só deu o próprio mergulho quando foi oficial, quando a probabilidade de impacto saltou para 100%. Milhões de pessoas no mundo todo decidindo ficar altas como satélites e assim permanecer, agarrando o que podem — narcóticos ou heroína ou xarope ou óxido nitroso ou frascos roubados de analgésicos hospitalares — e entrando no modo prazer puro, desligadas do terror e do medo, em um mundo em que a ideia de *consequências de longo prazo* desaparecia como que por mágica.

Quero voltar no tempo, retornar ao Somerset Diner, estender a mão pela mesa e pegar a de Naomi, dizer a ela que pode me falar a verdade, contar-me de sua fraqueza, e eu lhe diria que não me importo e que vou me apaixonar por ela mesmo assim. Eu teria compreendido.

Eu teria compreendido?

Meu pai me ensinou sobre a ironia, e a ironia aqui é que em outubro, quando ainda era meio a meio, quando ainda havia esperança, foi Naomi Eddes que ajudou Peter

Zell a largar seu vício idiota — ajudou tão bem que ele lutou e continuou limpo quando o fim do mundo foi anunciado oficialmente. Mas Naomi, cujo próprio vício era mais profundamente arraigado, cujo hábito era de longa data, e não o resultado de um cálculo frio das probabilidades — Naomi não era tão forte.

Outra ironia: no início de janeiro não era tão fácil conseguir drogas, em particular a do tipo do que Naomi precisava. Novas leis, novos policiais, a demanda aumentando loucamente, novos gargalos na oferta, por toda a linha. Mas Naomi sabia exatamente aonde ir. Sabia por suas conversas noturnas com Peter sobre sua tentação de continuar: o velho amigo J.T ainda traficava, ainda conseguia morfina, de algum jeito, de algum lugar.

Assim, lá foi ela, à casa suja e pequena na Bow Bog Road, começou a comprar, começou a usar, não contou a Peter, nunca contou a ninguém, e a única pessoa que sabia era Toussaint e aquele que era seu novo fornecedor.

E esta pessoa — este era o assassino.

No escuro, em minha casa, petrificada à porta, ela quase me contou toda a verdade. Não só a verdade sobre o vício, mas a verdade sobre interesse segurável, pedidos fraudulentos de indenização, *Pensei em uma coisa que pode ser útil a você, em seu caso*. Se eu tivesse saído da cama, se a segurasse pelos punhos, se a tivesse beijado e puxado de volta para a cama, ela ainda estaria viva.

Se ela não tivesse me conhecido, ainda estaria viva.

Senti o peso da arma no coldre, mas não a peguei, de novo não. Está pronta, carregada. Eu estou pronto.

* * *

Meu Impala avança pelo asfalto molhado e pintado de preto do gigantesco estacionamento. São 9:23.

Só há uma coisa que ainda não entendo, o *porquê*. Por que alguém faria uma coisa dessas – por que *essa* pessoa faria *essas coisas*?

Saio do carro e sigo para o hospital.

Tenho de prender o suspeito. E, mais do que isso, tenho de saber a resposta.

No saguão apinhado de gente, espero atrás de uma coluna, encurvado para diminuir a minha altura, meu rosto enfaixado oculto atrás do jornal, como um espião. Após alguns minutos vejo o assassino vindo, passos largos e firmes pelo corredor, bem na hora. É urgente, é importante o trabalho a ser feito no subsolo.

Estou encurvado no corredor do hospital, meus movimentos são nervosos, de quem está pronto para entrar em ação.

Por um lado, o motivo é óbvio: dinheiro. O mesmo de qualquer um que roube e venda substâncias controladas, e depois mate para encobrir suas atividades. Dinheiro. Especialmente agora, com alta demanda e baixa oferta, a análise custo-benefício fica distorcida, e há sempre alguém que correrá os riscos para amealhar uma pequena fortuna.

Mas, de alguma forma, tem um erro aí. Neste assassino, nestes crimes. Nestes riscos. Um homicídio e depois outro, um duplo homicídio, o que é pior, e por quê, por dinheiro? O risco de entrar em cana, ser executado, de jogar fora o pouco tempo que resta? Só por dinheiro?

Logo saberei as respostas. Vou descer até lá, tudo dará certo e a história terá um fim. O pensamento de que tudo isso acabará me invade, inevitável, triste, frio, e eu agarro o jornal com força. O assassino de Peter, o assassino de Naomi, entra no elevador e, segundos depois, eu desço as escadas.

***

O necrotério está frio. As luzes de autópsia estão apagadas e está sombrio e silencioso. As paredes são cinza. É como estar dentro de uma geladeira, dentro de um caixão. Entro no silêncio arrepiante bem a tempo de ver Erik Littlejohn trocar um aperto de mãos com a Dra. Fenton, que retribui com um gesto de cabeça ríspido e pragmático.

— Senhor.

— Bom dia, doutora. Como acredito ter mencionado ao telefone, receberei um visitante às dez, mas, nesse meio-tempo, é uma satisfação ajudá-la.

— É claro — diz Fenton. — Obrigada.

A voz de Littlejohn é calma, sensível e correta. O diretor do Serviço de Assistência Espiritual. A barba dourada, os olhos grandes, a aura de respeito. Uma bela jaqueta que parece nova de couro marrom, um relógio de ouro.

Mas o dinheiro não basta — o relógio de ouro, uma jaqueta nova — para fazer tudo que ele fez, os horrores que ele cometeu. Não basta. Não consigo aceitar isso. Não me importa o que está vindo do céu para nós.

Meto-me contra uma parede, num canto distante, perto da porta, a porta que leva ao corredor, ao elevador.

Littlejohn agora se vira e assente profundamente, com respeito, para a policial McConnell, que devia aparentar luto, dentro de seu papel, mas que em vez disso parece irritada, provavelmente porque está seguindo minhas instruções, usando saia e blusa e carregando uma bolsinha preta, de cabelo solto, sem rabo de cavalo.

— Bom-dia, senhora — diz o assassino de Peter Zell. — Meu nome é Erik. A Dra. Fenton pediu-me para estar presente esta manhã e entendo que este é seu desejo.

McConnell assente gravemente e dá início ao pequeno discurso que escrevemos para ela.

— Meu marido, Dale, ele se matou com um tiro de seu velho rifle de caça — diz McConnell. — Não sei por que ele fez isso. Quer dizer, eu sei, mas pensei... — Ela finge ser incapaz de continuar, a voz treme e empaca, eu penso, *Muito bom, muito impressionante, policial McConnell.* — Pensei que teríamos o resto disso juntos, o resto de nosso tempo juntos.

— O ferimento foi verdadeiramente grave — diz a Dra. Fenton — e assim a Sra. Taylor e eu concordamos que ela poderia se beneficiar de sua presença ao ver o corpo do marido pela primeira vez.

— Claro — diz ele em voz baixa —, certamente. — Meus olhos passam rapidamente pelo corpo dele, de alto a baixo, procurando pelo volume de uma arma. Se ele tem alguma, está bem escondida. Não creio que tenha.

Littlejohn sorri para McConnell com uma gentileza radiante, coloca a mão tranquilizadora em seu ombro e se vira para Fenton.

— E onde — pergunta ele num tom delicado — está agora o marido da Sra. Taylor?

Meu estômago se aperta. Coloco a mão na boca para controlar o ruído de minha respiração, para me controlar.

— Por aqui — responde Fenton; lá vamos nós, este é o fulcro de toda a história, porque agora ela leva os dois —

Littlejohn com sua mão gentil guiando McConnell, a falsa viúva — leva os dois pela sala, para onde estou, ao corredor.

— Colocamos o corpo — explica a Dra. Fenton — na antiga capela.

— O quê?

Littlejohn hesita, um leve titubear no passo, os olhos faíscam de medo e confusão, e meu coração fica preso na garganta, porque eu tenho razão — eu sabia que tinha razão, entretanto não consigo acreditar nisso. Eu o estou olhando fixamente, imaginando aquelas mãos macias passando um cinto preto e comprido pelo pescoço de Peter Zell, apertando devagar. Imaginando uma pistola tremendo em sua mão, os olhos grandes e pretos de Naomi.

Mais um minuto, Palace. Mais um minuto.

— Creio estar enganada, doutora — diz ele em voz baixa a Fenton.

— Não há engano algum — responde ela vivamente, com um sorriso forçado, tranquilizador para McConnell. Fenton está gostando disso. Littlejohn pressiona, que alternativa ele tem?

— Não, está enganada, aquela sala está interditada. Está trancada.

— Sim — eu digo e Littlejohn dá um salto, neste instante ele entende muito bem o que está havendo, olha a sala e eu saio do escuro, apontando a arma. — E você tem a chave. Onde está a chave, por favor?

Ele me olha, perplexo.

— Onde está a chave, senhor?

— Está... — Ele fecha os olhos, abre, o sangue desaparece de seu rosto, a esperança morre nos olhos. — Em meu escritório.

— Vamos até lá.

McConnell tinha retirado a arma de sua bolsinha preta. Fenton fica onde está, os olhos brilhando atrás dos óculos redondos, desfrutando de cada segundo.

— Detetive. — Littlejohn avança um passo, faz um esforço, a voz trêmula, mas ele tenta. — Detetive, não imagino...

— Cale-se — digo. — Cale-se, por favor.

— Sim, mas, detetive Palace, não sei o que o senhor está pensando, mas se... se pensa...

A confusão fingida distorce suas belas feições. Está ali, a verdade está ali, mesmo no fato de que meu nome vem à mente com tanta facilidade: ele sabe exatamente quem sou desde o dia em que peguei este caso, desde que telefonei para sua mulher a fim de marcar uma entrevista, ele sabia de mim, seguiu-me, interpôs-se entre mim e minha investigação em andamento. Estimulando Sophia, por exemplo, a fugir de minhas perguntas, convencendo-a com a ideia débil de que isto aborreceria seu pai. Convencendo *a mim* de que o cunhado estava deprimido. Observando na frente da casa, esperando, enquanto eu interrogava J.T. Touissant. Depois, o lance desesperado, soltando as correntes de meus pneus para neve.

E ele foi novamente à casa de Touissant, na Bow Bog Road, esgaravatando, procurando pela mercadoria que restava, números de telefone, listas de clientes. Procurando pelas mesmas coisas que eu, só que ele sabia o que procurava e eu não, depois o afugentei antes que ele se lembrasse da casinha do cachorro.

Mas ele teve mais um truque na manga, mais um jeito de me empurrar para o lado errado. Mais um truque brutal a jogar e quase deu certo.

A policial McConnell avança, tirando algemas da bolsinha, e eu falo.

— Espere.

— Por quê? — diz ela.

— É só que... — Minha arma ainda apontada para Littlejohn. — Primeiro gostaria de ouvir a história.

— Lamento, detetive — diz ele —, mas não sei do que está falando.

Solto a trava de segurança. Penso que se ele continuar mentindo posso matá-lo. Posso fazer isso.

Mas ele conta, ele fala. Lentamente, com suavidade, a voz apática e monótona, olhando não para mim, mas para o cano de minha pistola, ele conta a história. A história que já sei, que já deduzi.

Depois de outubro, quando Sophia descobriu que o irmão tinha roubado seu bloco de receitas e o usava para conseguir analgésicos — depois que ela o confrontou e rompeu relações com ele — depois que Peter entrou no breve e doloroso período de abstinência e Sophia pensou que toda a história estava no fim — depois de tudo isso, Erik Littlejohn procurou J.T. Toussaint e lhe fez uma proposta.

Nessa época, com Maia em conjunção e a probabilidade de impacto pairando em agonizantes 50%, o hospital trabalhava com metade da equipe: farmacêuticos e assistentes de farmacêuticos demitiam-se aos magotes e contratavam gente nova, felizes por um salário garantido pelo governo. A segurança na época estava, e continua, por todo lugar. Em alguns dias, guardas armados com metralhadoras; em outros, as portas para alas fechadas mantidas abertas com revistas dobradas. O Pyxis, o dispensário de comprimidos mecanizado de última geração, parou de funcionar em setembro e o técnico designado pelo fabricante ao Hospital Concord não foi localizado.

O diretor do Serviço de Assistência Espiritual, neste momento de desespero e desvario, continuou em seu cargo, uma figura confiável e constante, uma rocha. E ele, como em novembro, vendia uma vasta quantidade de remédios da farmácia do hospital, das estações de enfermagem, dos quartos dos pacientes. MS Contin, Oxycontin, oxitocina, Dilaudid, sacos pela metade de morfina injetável.

Em todo esse tempo, minha arma não vacilou, apontada para sua cara: seus olhos dourados entreabertos, a boca rígida, inexpressiva.

— Prometi a Touissant que o manteria abastecido — diz ele. — Disse a ele que assumiria o risco de procurar os comprimidos, se ele assumisse o risco de vendê-los. Dividiríamos o risco e o lucro.

Dinheiro, estou pensando, só o estúpido dinheiro. Tão pequeno, tão ordinário, tão obtuso. Dois homicídios, dois corpos no chão, todas aquelas pessoas sofrendo, virando-se com meia dose de seus comprimidos, com o mundo perto do fim? Fiquei boquiaberto para o assassino, olhando-o de cima a baixo. É este um homem que faz tudo isso por dinheiro? Por um relógio de ouro e uma jaqueta nova de couro?

— Mas Peter descobriu — digo.

— Sim — sussurra Littlejohn —, ele descobriu. — Ele baixa a cabeça e a balança lentamente, com tristeza, de um lado a outro, como quem se lembra de algum ato lamentável de Deus. Alguém tem um derrame, alguém cai da escada. — Ele... foi na noite de sábado passado... apareceu na casa de J.T. Era tarde. Eu só ia lá muito tarde.

Solto o ar, cerro os dentes. Não me escapa o fato de que, se Peter estava na casa de J.T. bem tarde da noite de sábado — uma reunião que J.T. não mencionou a mim —, então ele estava lá para ter uma dose. Tinha seu telefonema noturno com Naomi, seu sistema de apoio que era ela usando morfina em segredo; ele contou que estava indo bem, aguentando-se, depois foi à casa de J.T. para ficar alto como um satélite; e então seu cunhado, justo ele, aparece, o cunhado que, sem que ele soubesse, está entregando um novo suprimento.

Todo mundo com segredos, escondendo-se.

— Ele me vê, estou segurando uma bolsa de viagem, pelo amor de Deus, e eu simplesmente disse, "Por favor, por favor, eu lhe peço, não conte a sua irmã". Mas eu sabia... eu sabia que ele... — Littlejohn se interrompe, leva a mão à boca.

— Você sabia que teria de matá-lo.

Ele assente com um leve gesto de cabeça.

Ele tinha razão: Peter teria contado a Sophia. Na realidade, ele telefonou para a irmã com este intuito no dia seguinte, domingo, 18 de março, e novamente na segunda-feira, mas ela não atendeu. Ele se sentou para lhe escrever uma carta, mas não encontrou o que dizer.

E assim, na noite de segunda, Erik Littlejohn foi assistir *Distant Pale Glimmers* no Red River, onde sabia que encontraria o cunhado, o tranquilo homem dos seguros. E lá estão eles com seu amigo em comum J.T. Touissant, e depois do filme Peter diz a J.T. para ir embora, ele quer ir para casa a pé — Littlejohn vê nisso um golpe de sorte — porque agora Peter está sozinho. E veja você, lá está Erik, que diz, vamos tomar uma cerveja, colocar a vida em dia — vamos fazer as pazes antes que tudo aconteça.

E eles estão bebendo suas cervejas e do bolso ele pega um frasco pequeno, e, quando Peter desmaia, ele o arrasta do cinema, ninguém percebe, ninguém liga, leva-o para o McDonald's para enforcá-lo no banheiro.

* * *

McConnell algema o suspeito e eu o guio pelo bíceps ao elevador, Fenton atrás de nós, e subimos em silêncio: legista, assassino, policial, policial.

— Minha nossa — diz Fenton e McConnell fala, "Eu sei". Não digo nada. Littlejohn não diz nada.

O elevador para e as portas se abrem no saguão abarrotado e, em meio à multidão, há um pré-adolescente esperando ali em um dos sofás e todo o corpo de Littlejohn fica tenso, o meu também.

Ele dissera a Fenton que podia descer ao necrotério para ajudar com o corpo às 9:30, mas tinha um visitante chegando às 10.

Kyle ergue a cabeça, levanta-se, encara, de olhos arregalados e desnorteado, o pai algemado, e Littlejohn não suporta, lança o corpo do elevador e eu seguro rápido seu braço, a força de seu corpo em movimento também me impele para a frente, nós dois juntos. Caímos no chão e rolamos.

McConnell e Fenton saem do elevador, o saguão está cheio de gente, médicos e voluntários, abrindo caminho e gritando enquanto Littlejohn e eu rolamos. Littlejohn ergue a testa e bate na minha justo quando estou sacando a pistola, e a força do impacto provoca uma explosão de dor em meu olho ferido, cria um céu cheio de estrelas diante do outro olho. Arrio por cima dele, ele se contorce embaixo de mim, McConnell grita, "Parado!", e então alguém está gritando também, uma voz pequena e assustada dizendo, "Para, para". Levanto a cabeça, minha visão volta vacilante e digo, "Tudo bem". Ele está com minha pistola, o garoto a pegou, a SIG 229 de serviço, apontada bem para minha cara.

— Filho — diz McConnell e ela tem a arma estendida, mas não sabe o que fazer com ela. Aponta, insegura, para Kyle, depois para Littlejohn e eu, arriados juntos no chão, volta ao garoto.

— Solta ele... — Kyle funga, choraminga, estou vendo a mim mesmo, não posso evitar, é claro, eu já tive 11 anos. — Solta ele.

Meu Deus.

Meu Deus, Palace.

Seu lesado.

O motivo estava na minha cara o tempo todo, não é só o dinheiro, mas o que se pode conseguir com ele. O que você pode conseguir com dinheiro, mesmo agora. Em especial agora. E ali está aquele garoto de aparência esquisita, o sorriso largo, um principezinho, o menino que vi pela primeira vez no segundo dia de minha investigação, pisando num jardim de neve intacta.

Vi nos olhos de Littlejohn quando ele gritou afetuosamente para o segundo andar da casa, dizendo ao filho que se arrumasse, gabando-se em voz baixa de que ele zunia no gelo.

Digamos, em nossa atual circunstância infeliz, que eu fosse o pai de um menino; o que eu não faria para proteger essa criança, do jeito que pudesse, da calamidade iminente? Dependendo de onde essa coisa descer, o mundo ou terminará, ou cairá nas trevas, e ali está um homem que faria qualquer coisa — que fez coisas terríveis — para prolongar e proteger a vida dessa criança, na eventualidade da última hipótese. Para abrandar os perigos de outubro e depois disso.

E não, Sophia não teria chamado a polícia se descobrisse, mas o teria pegado, tomado o menino e ido embora, ou pelo menos era o que temia Erik Littlejohn — que a mãe não compreendesse o que o pai fazia, como era importante, que *tinha de ser feito*, e ela o teria levado embora. Depois, o que seria dele — e dela — no fim das contas?

E lágrimas se acumulam e caem dos olhos do garoto, e lágrimas caem dos olhos de Littlejohn e eu queria poder dizer, sendo um detetive profissional no meio de uma prisão extraordinariamente difícil, que mantenho minha compostura e meu foco, mas lá estão elas, lá estão, as lágrimas escorrem por meu rosto como o dilúvio.

— Me dê a arma, garoto — digo. — Deve me entregar a arma. Sou policial.

Ele entrega. Aproxima-se e coloca a pistola em minha mão.

* * *

A pequena capela no subsolo está cheia de caixas.

Segundo os rótulos, contêm suprimentos médicos e, de fato, algumas caixas os têm: três caixas de seringas, cento e vinte por caixa, duas caixas de máscaras faciais protetoras, uma caixa pequena de comprimidos de iodeto e solução salina. Sacos de intravenosos, câmaras de gotejamento. Torniquetes. Termômetros.

Também há comprimidos, da mesma variedade que encontrei na casinha do cachorro. Guardados aqui até que ele tivesse o bastante para valer a pena contrabandear para fora do hospital, a Touissant.

Tem comida. Cinco caixas de enlatados: carne fatiada, feijão cozido e sopa pedaçuda. Latas semelhantes desapareceram muitos meses atrás do supermercado e é possível encontrá-las no mercado negro se você tiver dinheiro, mas ninguém tem dinheiro. Nem mesmo a polícia. Pego uma lata de fatias de abacaxi Del Monte e sinto seu peso familiar na mão, reconfortante e nostálgico.

A maioria das caixas, porém, está repleta de armas.

Três rifles de caça Mossberg 817 Bolt Action com canos de 21 polegadas.

Uma submetralhadora Thompson M1, com dez caixas de balas calibre 45, cinquenta balas por caixa.

Uma Marlin .30-06 com mira telescópica.

Onze Rugers LCP .380, pequenas pistolas automáticas de 300 gramas para porte oculto, cheias de munição para estas também.

Milhares, milhares e mais milhares de dólares em armas.

Ele só estava se preparando. Preparando-se para o depois. Mas, quando se olha isto de dentro do ambiente apertado com a cruz na porta, cheio de caixas de armas, comida enlatada, comprimidos e seringas, você começa a pensar: bom, o depois já começou.

Em uma caixa comprida, do tipo que pode ter sido usada para embalar e despachar uma penteadeira ou uma moldura grande para quadro, está uma besta enorme, com dez flechas de alumínio amarradas em um feixe, arrumadas no fundo.

* * *

Estamos na viatura, o suspeito algemado no banco traseiro, voltamos à central. É um percurso de dez minutos, mas há tempo suficiente. Tempo bastante para saber se terei o resto da história agora ou não.

Em vez de esperar que ele me conte, eu falo com ele, meu olhar indo e voltando do retrovisor, vendo os olhos de Erik Littlejohn para saber se tenho razão.

Mas eu tenho — sei que tenho razão.

Por favor, posso falar com a Srta. Naomi Eddes?

Foi o que ele disse, com voz gentil e melíflua, uma voz que ela não reconheceu. Deve ter sido estranho, parecido com a ocasião em que telefonei para ela do número de Peter Zell. Agora ali estava uma voz desconhecida ligando do telefone de J.T. Touissant. Um número que ela sabia de cor, o número para o qual ela vinha ligando há alguns meses, sempre que precisava ficar alta, perder-se.

E então a voz desconhecida do outro lado começa a lhe dar instruções.

Ligue para aquele policial, disse a voz — ligue para seu novo amigo, o detetive. Lembre a ele delicadamente do que ele está deixando passar. Sugira que este caso sórdido de assassinato e drogas trata-se de algo inteiramente diferente.

E, rapaz, deu certo. Diabos. Meu rosto arde ao pensar nisso. Meus lábios se torcem para trás de autodesprezo.

Interesses seguráveis. Falsos pedidos de indenização. Parecia o tipo de coisa que pode levar à morte de alguém e eu caí de cara. Eu era um garoto fazendo um jogo, aquecido demais, pronto para pular no aro de cores vivas pendurado diante de mim. O detetive burro andando em círculos animados por sua casa, um bobalhão, um cachorrinho. Fraude de seguro! A-ha! Deve ser isso. Preciso ver no que ele está trabalhando!

Littlejohn não diz nada. Está acabado. Vive no futuro. Cercado pela morte. Mas eu sei que tenho razão.

Kyle continuou no hospital, sentado no saguão com a Dra. Fenton, justo a Dra. Fenton, esperando por Sophia Littlejohn, que agora está ouvindo a notícia, a ponto de começar os meses mais difíceis de sua vida. Como todos os outros, só que pior.

Não preciso mais perguntar, já tenho o quadro completo, mas não posso evitar e isto não pode ser evitado.

— No dia seguinte, você foi à Merrimack Life and Fire e esperou, não é?

Paro num sinal vermelho na Warren Street. Eu podia ultrapassar o sinal, é claro, tenho um suspeito perigoso em custódia, um assassino, mas espero, minhas mãos em dez para as duas no volante.

— Responda, por favor, senhor. No dia seguinte, o senhor foi ao escritório dela e esperou?

— Sim. — Um sussurro.

— Mais alto, por favor.

— Sim.

— O senhor esperou no corredor, na frente de seu cubículo.

— Em um armário.

Minhas mãos apertam o volante, os nós dos dedos ficam brancos, praticamente cintilam. McConnell me olha do banco do carona, inquieta.

— Em um armário. Depois, quando ela estava sozinha, Gompers bêbado em seu escritório, todos os outros na Barley House, o senhor mostrou a arma a ela, levou-a ao depósito. Fez com que parecesse que ela vasculhava os arquivos também, só para... para o quê? Apertar o parafuso mais uma vez, para mim, para que eu pensasse o que o senhor queria me fazer pensar?

— Sim, e...

— Sim?

McConnell colocou uma das mãos sobre a minha, no volante, para que eu não saísse da pista.

— Ela teria lhe contado. Um dia.

Palace, disse ela, sentada na cama. *Uma coisa.*

— Eu precisei. — Littlejohn geme, tem novas lágrimas nos olhos. — Precisei matá-la.

— Ninguém precisa matar ninguém.

— Bom, em breve — diz ele, olhando pela janela, encarando a rua. — Logo precisarão.

* * *

— Eu *te falei* que tinha alguma merda rolando.

McGully, na Unidade de Crimes de Adultos, sentado no chão, de costas para a parede. Culverson senta-se do outro lado da sala, de algum modo irradiando dignidade e equilíbrio, embora esteja de pernas cruzadas, as pernas da calça meio arregaçadas.

— Onde estão todas as coisas? — pergunto.

As mesas sumiram. Os computadores desapareceram, os telefones, as lixeiras. Nossos arquivos altos sumiram de seu lugar ao lado da janela e ali ficaram marcas retangulares e irregulares no chão. Guimbas de cigarro espalhadas pelo antigo carpete azul-claro como insetos mortos.

— Eu te falei — repete McGully, a voz um eco arrepiante na sala esvaziada.

Littlejohn está do lado de fora, ainda algemado no banco traseiro do Impala, tendo como babá a policial McConnell com a assistência relutante de Ritchie Michelson, até fazermos o fichamento. Entro sozinho na central, subo a escada para pegar Culverson. Queríamos processar o criminoso juntos — o assassino dele, meu assassino. Colegas de equipe.

McGully termina o cigarro que fumava, torce entre os dedos e joga a guimba apagada no meio da sala com um peteleco, unindo-a às outras.

— Eles sabem — diz Culverson em voz baixa. — Alguém sabe de alguma coisa.

— O quê? — pergunta McGully.

Mas Culverson não responde e entra o chefe Ordler.

— Oi, pessoal — diz ele. O chefe está em roupas civis e parece cansado. McGully e Culverson o olham com cautela de seus respectivos cantos; eu endireito as costas, junto os calcanhares e fico parado ali, em expectativa, estou consciente de ter um suspeito de duplo homicídio lá embaixo, em uma viatura estacionada, mas, estranhamente, depois de tudo isso, parece que não importa mais.

— Pessoal, esta manhã o Departamento de Polícia de Concord foi federalizado.

Ninguém fala nada. Ordler tem um fichário debaixo do braço direito com o selo do Departamento de Justiça estampado na lateral.

— Federalizado? O que isso significa? — pergunto.

Culverson meneia a cabeça, levanta-se devagar, coloca a mão em meu ombro, firmando. McGully fica onde está, pega outro cigarro e o acende.

— O que isso significa? — repito a pergunta. Ordler olha para o chão, continua falando.

— Eles estão revisando tudo, colocando mais garotos ainda nas ruas e dizem que podemos ficar com a maioria de meus patrulheiros, se eu quiser e eles quiserem, mas tudo sob a jurisdição do Departamento de Justiça.

— Mas o que isto *significa*? — pergunto pela terceira vez, pretendendo dizer, para nós? O que significa para nós? A resposta é evidente. Estou de pé numa sala vazia.

— Estão fechando as unidades de investigação. Basicamente...

Livro-me da mão de Culverson em meu ombro, baixo a cara nas mãos, levanto a cabeça de novo ao chefe Ordler, meneando-a.

— ... basicamente o sentimento é de que uma força de investigação é relativamente desnecessária, em vista do ambiente atual.

Ele continua por um tempo — tudo me escapa, depois disso, mas ele continua — e então, a certa altura, ele para de falar e indaga se há alguma pergunta. Só olhamos para ele e ele resmunga algo mais, depois se vira e sai.

Noto pela primeira vez que nosso radiador foi desligado e a sala está fria.

— Eles sabem — repete Culverson, e nós dois viramos a cabeça para ele, feito marionetes.

— Eles só deveriam saber daqui a uma semana — digo. — Pensei que fosse em 9 de abril.

Ele balança a cabeça.

— Alguém soube antes.

— O quê? — diz McGully. E Culverson conclui.

- Alguém sabe onde aquela porcaria vai cair.

* * *

Abro a porta do carona do Impala e McConnell diz: "Oi. Qual é o papo?" E não digo nada por um bom tempo, só fico parado ali com a mão no teto do carro, olhando para ela, esticando o pescoço para olhar o prisioneiro no banco traseiro, arriado, encarando o teto. Michelson está sentado no capô, fumando um baseado, como minha irmã fez naquele dia no estacionamento.

— Henry? O que está havendo?

— Nada — digo. — Nada. Vamos levá-lo para dentro.

McConnell, Michelson e eu retiramos o suspeito do banco traseiro e o colocamos na garagem. Uma pequena multidão nos observa, Escovinhas e alguns veteranos, Halburton, o mecânico velho que ainda cuida da garagem. Tiramos Littlejohn algemado do carro com sua jaqueta de couro elegante. Uma escada de concreto leva desta área diretamente ao subsolo, ao Registro, para ser usada exatamente nesta circunstância: o criminoso é levado para dentro, em uma viatura policial, e entregue diretamente aos policiais de serviço para que façam o processamento.

— Stretch? — diz Michelson. — O que está rolando?

Só fico parado ali com a mão no braço do suspeito. Alguém assovia para McConnell, ela ainda está de saia e blusa, e ela diz, "Vai se foder".

Usei a escada para batedores de carteira, uma vez para um suspeito de incêndio criminoso, para incontáveis bêbados. Nunca para um assassino.

Um duplo homicida.

Não sinto nada, porém estou entorpecido. Minha mãe teria ficado orgulhosa de mim, penso, taciturno; Naomi talvez tivesse orgulho de mim. Nenhuma das duas está aqui. Daqui a seis meses nada disso estará aqui, tudo será cinzas e um buraco.

Volto a me mexer, levando o pequeno grupo no mesmo passo para a escada. O detetive traz seu homem. Tenho dor de cabeça.

O que acontece depois, em circunstâncias normais, é isto: os policiais de serviço no processamento tomam a custódia do suspeito e o encaminham pela escada ao subsolo, onde colhem as digitais do suspeito e lembram-lhe de seus direitos. Depois ele é revistado, fotografado, o conteúdo dos bolsos recolhido e rotulado. Apresentam suas opções para aconselhamento jurídico; alguém como Erik Littlejohn, um homem de posses, presumivelmente tem um advogado particular que pode manter, e lhe seria dada a oportunidade de fazer esses arranjos.

Este último degrau da escada de concreto, em outras palavras, é na realidade apenas o degrau seguinte em uma jornada longa e complicada que começa com a descoberta de um corpo no chão de um banheiro sujo e termina na justiça. Isto em circunstâncias normais.

Demoramo-nos a alguns degraus do patamar, Michelson diz, "Stretch?" e McConnell diz, "Palace?".

Não sei o que acontecerá com Littlejohn depois que eu entregá-lo aos dois garotos, talvez de 17 ou 18 anos, que esperam com seus olhos embotados e as mãos estendidas para guiar meu suspeito escada abaixo.

As regras processuais foram adaptadas várias vezes segundo a IPSS e as leis estaduais correspondentes, e a verdade é que não sei o que está nos novos estatutos. O que está no fichário que o chefe Ordler segurava agora mesmo — que outras cláusulas foram incluídas junto com a suspensão da investigação criminal no nível dos detetives?

Não confronto a questão, em meu coração, do que vai acontecer ao suposto assassino depois que ele for levado para dentro. Falando com toda sinceridade, não acho que um dia acreditei que estaria parado aqui.

Mas agora, quero dizer, quais são as opções? Esta é a questão.

Estou olhando para Erik Littlejohn e ele olha para mim, depois digo, "Desculpe", e entrego o homem.

EPÍLOGO

Quarta-feira, 11 de abril

Ascensão reta 19 27 43,9
Declinação 35 32 16
Elongação 92,4
Delta 2,705 UA

Rodo em uma bicicleta de dez marchas pelas calçadas ensolaradas de New Castle, em New Hampshire, procurando pela Salamander Street. O sol está a pino, entrando e saindo do manto remendado de nuvens, a brisa é cálida, suave e tem cheiro de sal e eu decido, que droga, pego a direita e desço uma transversal para o mar.

New Castle é uma cidade de veraneio pequena e encantadora fora de temporada, com as lojas de suvenires acorrentadas, a sorveteria, a agência postal, a sociedade histórica. Tem até um calçadão, tomando mais ou menos quatrocentos metros pela praia, alguns frequentadores felizes nas dunas. Um casal de idosos de mãos dadas, uma mãe jogando uma bola de futebol Nerf com um filho, um adolescente correndo, tentando tirar do chão uma volumosa pipa.

Uma trilha na ponta da praia leva de volta à praça da cidade, onde o gramado verde cerca um lindo gazebo de madeira escura enfeitado com galhardetes e bandeiras americanas. Parece que houve uma comemoração de cidadezinha na noite passada e parece que vai haver outra esta noite. Dois moradores vagam na praça, mesmo agora, tirando instrumentos de sopro dos estojos e batendo papo, trocando um aperto de mãos. Passo a corrente em minha bicicleta de dez marchas por uma lixeira que transborda, cercada de pratos de papel, pedaços intactos de bolo de funil atraindo filas de formigas felizes.

Houve um desfile em Concord na noite passada também e houve até fogos de artifício lançados de uma barcaça no Merrimack, explodindo majestosamente e cintilando por todo o domo dourado da Assembleia Legislativa. Maia, agora sabemos, vai cair na Indonésia. Não podem ou não querem situar o ponto de impacto com completa certeza, mas a vizinhança é o arquipélago indonésio, a leste do Golfo de Boni. O Paquistão, com sua fronteira leste a 400 quilômetros do local de impacto, renovou a promessa de explodir a rocha no céu e os Estados Unidos renovaram seus protestos.

Enquanto isso na América, por todo o país, desfiles, fogos de artifício e comemorações. E, em um centro comercial de subúrbio nos arredores de Dallas, saques, seguidos por tiroteio, terminando em um tumulto; seis mortos. Um incidente semelhante em Jacksonville, na Flórida, e outro em Richmond, Indiana. Dezenove mortos em uma Home Depot em Green Bay, Wisconsin.

* * *

O número quatro da Salamander Lane não parece a sede de nenhum instituto. É uma pequena residência para uma família no estilo Cape Cod, madeira antiga pintada em azul pastel, perto o bastante do mar para eu sentir a brisa salgada, aqui na escada da frente.

— Bom dia, senhora — digo à mulher tremendamente velha que atende a minha batida. — Sou o detetive Henry Palace. — Só que não. — Desculpe, meu nome é Henry Palace. Este é o Instituto Open Vista?

A velha se vira em silêncio, entra na casa e eu a sigo, digo o que quero e enfim ela fala.

— Ele era uma peça rara, não? — diz ela, de Peter Zell. Sua voz é forte e clara, surpreendentemente.

— Na realidade, não o conheci.

— Bem, ele era assim.

— Está bem.

Simplesmente imaginei que não podia fazer mal descobrir um pouco mais sobre esta pasta, esta última investigação de pedido de indenização em que trabalhava meu homem dos seguros antes de ser morto. Tive de devolver meu Impala ao departamento. Assim vim de bicicleta para cá, peguei a velha Schwinn de minha mãe. Levei pouco mais de cinco horas, incluindo um almoço em um Dunkin' Donuts abandonado numa parada da rodovia.

— Uma peça rara. E nem precisou vir aqui.

— E por que não?

— Porque não. — Ela gesticula para o documento que eu trouxe, na mesa de centro entre nós dois, três folhas de papel em uma pasta manilha: um pedido de indenização, uma apólice, um sumário de documentos de apoio. — Não havia nada que ele precisasse que não pudesse me pedir por telefone.

Seu nome é Veronica Ralley e é sua a assinatura nos documentos, a dela e a do marido, Bernard, agora falecido. Os olhos da Sra. Talley são pequenos, pretos e parecem de conta, como olhos de boneca. A sala de estar é pequena e arrumada, as paredes cobertas de conchas e delicadas naturezas-mortas de algas marinhas. Ainda não vejo prova nenhuma de que esta é a sede de qualquer instituto.

— Senhora, pelo que sei, seu marido cometeu suicídio.

— Sim. Ele se enforcou. No banheiro. Daquela coisa... — Ela parece irritada. — A coisa, sabe? De onde sai água?

— O chuveiro, senhora?

— Isso mesmo. Desculpe-me. Estou velha.

— Lamento por sua perda.

— Não precisa. Ele me disse que ia fazer isso. Disse-me para dar uma caminhada perto da praia, falar com os caranguejos-ermitões, e quando voltei ele estava morto no banheiro. E foi assim que aconteceu.

Ela funga, avalia-me com seus olhinhos duros. A morte de Bernard Talley, sei por ter lido os documentos na mesa entre nós, deu-lhe um lucro de um milhão de dólares, pessoalmente, e um adicional de três milhões para o Instituto Open Vista, se tal coisa existe. Zell autorizou a indenização, liberou o dinheiro, depois de visitar este lugar três semanas atrás — embora ele tenha deixado o arquivo em aberto, como se talvez pretendesse retornar, fazer o acompanhamento.

— Você é meio parecido com ele, sabia?

— Como disse?

— É parecido com seu amigo, aquele que veio aqui. Sentado bem onde você está agora.

— Como eu disse, senhora, não conheci o Sr. Zell.

— Ainda assim, você é parecido com ele.

Há sinos de vento pendurados pouco além da janela dos fundos, atrás da cozinha, e fico em silêncio por um segundo, ouço seu suave dobre de cristal.

— Senhora? Vai me falar sobre o instituto? Gostaria de saber para onde foi todo aquele dinheiro.

— Era exatamente o que seu amigo queria saber.

— Ah.

— Não é ilegal. Registramos como organização sem fins lucrativos. Um 501(c)3, não sei como se chama.

— Certamente.

Ela não diz mais nada. Os sinos de vento soam de novo, depois vaga a música de um desfile, as tubas e trompetes do gazebo, fazendo o aquecimento.

— Sra. Talley, posso descobrir de outras maneiras, se for preciso, mas seria mais fácil se a senhora simplesmente me contasse.

Ela suspira, levanta-se e sai da sala arrastando os pés, eu a acompanho, na esperança de irmos a um lugar para ela me mostrar, porque isto foi puro blefe — não tenho meios de descobrir nada. Não tenho mais.

* * *

Grande parte do dinheiro, por acaso, foi para o titânio.

— Não sou engenheira — diz a Sra. Talley. — O engenheiro era Bernard. Ele projetou a coisa. Mas escolhemos o conteúdo e requisitamos o material juntos. Começamos em maio, assim que ficou claro que o pior era uma possibilidade real.

Em uma bancada de trabalho na garagem está uma esfera de metal simples, com perto de um metro de diâmetro. A Sra. Talley diz que a camada externa é de titânio, mas apenas a camada externa: tem várias camadas de alumínio, outras de uma cobertura térmica de projeto do próprio Sr. Talley. Ele foi engenheiro aeroespacial por muitos anos e tinha certeza de que a esfera resistiria à radiação cósmica e aos danos do lixo espacial, e sobreviveria em órbita em torno da Terra.

— Sobreviver por quanto tempo?

Ela sorri, a primeira vez que faz isso em minha presença.

— Até que a humanidade se recupere o suficiente para trazê-la de volta.

Embalados com cuidado dentro da esfera há um bloco de DVDs, desenhos, jornais enrolados em caixas de vidro e amostras de vários materiais.

— Água do mar, um naco de argila, sangue humano — diz a Sra. Talley. — Ele era um homem inteligente, o meu marido. Um homem inteligente.

Examino o estoque no pequeno satélite por alguns minutos, virando a estranha reunião de objetos, segurando cada um deles, assentindo minha apreciação. Um resumo da raça humana, da história humana. Enquanto reuniam a coleção, eles contrataram uma pequena empresa aeroespacial privada para fazer o lançamento, programado para junho, e então ficaram sem dinheiro. Era para isso que servia a indenização do seguro; por isso houve o suicídio. Agora o lançamento, diz a Sra. Talley, voltou a ser programado.

— E então? — diz ela. — O que quer acrescentar à cápsula?

— Nada — digo. — Por que me pergunta isso?

— Era o que o outro homem queria.

— O Sr. Zell? Ele queria colocar alguma coisa aqui?

— Ele colocou uma coisa aí. — Ela pega os objetos acumulados, procura e retira um inofensivo envelope pardo, fino, pequeno e dobrado. Eu não havia reparado nele. — Para lhe falar a verdade, acho que foi por isso que ele veio. Fingiu que precisava investigar nossa requisição pessoalmente, mas eu havia contado tudo e ele apareceu aqui assim

mesmo. Veio com essa pequena fita, depois perguntou, em voz muito baixa, se podia colocar aqui.
— A senhora se importa?
Ela dá de ombros.
— Ele era seu amigo.
Pego o envelope pequeno e sacudo o que tem em seu interior: um microcassete, do tipo que antigamente era usado em secretárias eletrônicas, do tipo usado pelos executivos importantes para fazer seus ditados.
— Sabe o que tem nele?
— Não.
Fico parado ali, olhando a fita. Exigiria algum esforço de minha parte descobrir algo que possa tocar esta fita, penso, mas sem dúvida nenhuma posso conseguir. Na central de polícia, em um dos depósitos, havia algumas secretárias eletrônicas antigas. Talvez ainda estejam lá e a policial McConnell pode desencavar para mim. Ou eu posso encontrar uma loja de penhores, ou talvez uma das grandes feiras ao ar livre que agora acontecem em Manchester, toda semana, grandes brechós em espaço público — posso encontrar um, tocar a fita. Seria interessante, no mínimo, só ouvir a voz dele... Seria interessante...
A Sra. Talley espera, observando-me com a cabeça um pouco virada, como um passarinho. A fita pequena pousa em minha palma como se minha mão pertencesse a um gigante.
— Tudo bem, senhora — digo, devolvendo a fita ao envelope e colocando na cápsula. — Obrigado por seu tempo.
— Não tem problema.
Ela me acompanha à porta e acena sua despedida.
— Cuidado com os degraus aí. Seu amigo escorregou ao sair, levou uma pancada feia na cabeça.

* * *

Abro a corrente de minha bicicleta na praça central verdejante de New Castle, agora tomada de foliões, e parto para casa, o clamor alegre do desfile desaparecendo a minhas costas até que parece uma caixa de música, depois some.

Sigo pelo acostamento da Interestadual 90, sentindo a brisa nas pernas da calça e levantando as mangas do casaco, costurando na esteira do ocasional caminhão de entrega ou veículo do estado. Suspenderam a entrega de correspondência na sexta-feira passada, com uma cerimônia muito complexa na Casa Branca, mas as empresas particulares ainda entregam encomendas, os motoristas da FedEx com seguranças parrudos e armados no banco do carona. Aceitei uma aposentadoria antecipada do Departamento de Polícia de Concord, com uma pensão equivalente a 85% de meu salário integral na época da aposentadoria. No total, servi como patrulheiro por um ano, três meses e dez dias e como detetive na Divisão de Investigações Criminais por três meses e vinte dias.

Sigo em frente e levo minha bicicleta para o meio da I-90, pedalando pela faixa amarela dupla central.

Não dá para pensar demais no que vai acontecer, sinceramente não dá.

* * *

Só chego em casa no meio da noite e lá está ela esperando por mim, sentada em uma das caixas de leite viradas que tenho na varanda à guisa de cadeiras: minha babá de saia comprida e um leve casaco de jeans, o cheiro acre e forte de seus cigarros American Spirit. Houdini a olha feio de trás de outra caixa de leite, os dentes arreganhados, tremendo, pensando de algum modo que é invisível.

— Ah, pelo amor de Deus — eu digo, e subo correndo até ela, deixando a bicicleta na terra ao pé da escada da varanda, depois estamos nos abraçando, rindo, eu apertando sua cabeça nos ossos de meu peito.

— Sua completa idiota — digo, quando nos afastamos e ela diz:

- Desculpe, Hen. Eu peço mil desculpas.

Ela não precisa dizer mais nada, é só o que preciso ouvir, como uma confissão. Ela sabia o tempo todo o que fazia, quando me pediu, às lágrimas, para ajudar a libertar o marido.

— Está tudo bem. Para ser franco e pensando bem agora, acho que estou muito impressionado com sua inteligência. Você me enganou direitinho, como se eu fosse um... como o papai costumava dizer mesmo? Como um oboé? Algo assim?

— Não sei, Henry.

— Claro que sabe. Algo a ver com oboé, um bonobo e...

— Eu só tinha 6 anos, Henry. Não conheço nenhum dos ditados dele.

Ela joga a guimba do cigarro para fora da varanda e pega outro. Por reflexo, faço uma carranca para o cigarro aceso depois de outro, e por reflexo ela revira os olhos diante de meu paternalismo — velhos hábitos. Houdini solta um bufo leve e hesitante e bota o focinho para fora da caixa de leite. A policial McConnell me informou que o cachorro é um bichon frisé, mas ainda penso nele como um poodle.

— Está tudo muito bem, mas agora você precisa me contar. O que você precisava saber? Que informação eu te dei sem saber quando fui à Guarda Nacional de New Hampshire?

— Em algum lugar neste país há um projeto secreto em construção — começa Nico, lentamente, sem me olhar nos olhos. — E não será em um lugar visível. Nós limitamos as opções e nosso objetivo agora é descobrir a instalação aparentemente inofensiva onde o projeto está acontecendo.

— "Nós" quem?

— Não posso lhe dizer. Mas temos informações...

— Onde conseguiram as informações?

— Não posso lhe dizer.

— Sem essa, Nico.

Parece que estou no Além da Imaginação. Discuto com minha irmã mais nova, como costumávamos fazer por causa do último picolé, ou por ela ter afanado o carro de meu avô, só que desta vez estamos brigando por uma conspiração geopolítica absurda.

— Há certo nível de segurança para proteger este projeto.

— E, só para que eu entenda bem, você não acredita realmente que é um foguete para levar as pessoas à Lua.

— Bom — diz ela, dando um trago no cigarro. — Bom. Alguns de nós acreditam nisso.

Fico boquiaberto, todas as ramificações dessa história — o que ela fez, o que está fazendo aqui, por que pede desculpas — tudo isso, só agora compreendo. Olho-a novamente, minha irmã, e ela até parece diferente, muito menos com minha mãe do que antigamente. Está mais magra e seus olhos são fundos e graves, nem um grama de gordura de bebê para atenuar as linhas rígidas do rosto.

Nico, Peter, Naomi, Erik — todos guardando segredos, mudando. Maia, a 450 bilhões de quilômetros, conseguindo nos atingir a todos.

— Derek era um dos bobos, não é? Vocês estavam dentro, mas seu marido realmente pensava que íamos escapar para a Lua.

— Tinha de ser assim. Ele precisava acreditar que tinha um propósito ao dirigir o 4X4 dentro da base, mas não podia saber o verdadeiro propósito. Não merecia confiança. Era por demais... você sabe.

— Por demais idiota.

Ela não responde. Seu rosto está imóvel, os olhos agora brilham de algo familiar, algo arrepiante, algo como os religiosos agressivos na Police Plaza, como o pior dos Escovinhas, embriagando-se só pela adrenalina. Todos os verdadeiros crentes rebatendo a realidade de tudo isso.

— Então, o nível de segurança de que você falou. Se essa era a instalação real, o lugar que vocês procuram, eu o teria encontrado como? Acorrentado?

— Não. Você o teria encontrado morto.

Sua voz é fria, brutal. Sinto que estou ao lado de uma estranha.

— E você sabia que ele estaria correndo esse risco quando o mandou para lá. Ele não sabia, mas você, sim.

— Henry, eu já sabia quando me casei com ele.

Nico olha a distância e fuma seu cigarro, e estou parado ali tremendo, não pelo que aconteceu com Derek, nem por esta loucura de ficção científica em que minha irmã se deixou envolver, nem mesmo porque inadvertidamente fui também arrastado para ela. Estou tremendo porque é o fim — quando Nico for embora, esta noite, acabou-se para nós — nunca mais a verei. Ficaremos eu e o cachorro, juntos, esperando.

— Só o que posso te dizer é que valeu a pena.

— Como pode dizer isso? — Estou me lembrando da última parte da história também, a fuga malfeita da prisão, Derek ficando para trás, para morrer ali. Descartável. Um sacrifício. Pego minha bicicleta, ergo no ombro e passo por ela a caminho da porta.

— Quer dizer... espera... quer saber o que estamos procurando?

— Não, obrigado.

— Porque vale a pena.

Estou acabado. Nem mesmo sinto fome, de tão cansado. Pedalei o dia todo. Tenho dor nas pernas. Não sei o que farei amanhã, mas é tarde. O mundo continua girando.

— Você tem de confiar em mim — diz Nico a minhas costas, estou agora na porta, a porta está aberta, Houdini em meus calcanhares. — Tudo isso vale a pena.

Paro, viro-me e olho para ela.

— É *esperança* — diz ela.

— Ah — digo. — É esperança. Tudo bem.

Fecho a porta.

AGRADEÇO A

Dr. Tim Spahr, diretor do Minor Planet Center do Centro de Astrofísica Harvard-Smithsonian

Dra. Cynthia Gardner, legista

Departamento de Polícia de Concord, em especial aos policiais Joseph Wright e Craig Leveques

Andrew Winters, advogado

Jeff Strelzin, subprocurador-geral de New Hampshire

Steve Walters, da Loyola University Maryland

Binyamin Applebaum, do *New York Times*

Dra. Judy Greene

David Belson, da Akamai Technologies

Dra. Nora Osman e ao Dr. Mark Pomeranz

Jason, Jane, Doogie, Dave, Brett, Mary Ellen, Nicole, Eric e a todos os demais da Quirk Books

Molly Lyons e Joelle Delbourgo

Os primeiros leitores Nick Tamarkin, Erik Jackson e Laura Gutin

Michael Hyman (e Wylie, o Cachorro)

E meu muito, muito, muito obrigado a Diana, Rosalie, Isaac e Milly

* * *

Rusty Schweickart, ex-astronauta da NASA e especialista em asteroides, insistiu que eu não escrevesse este livro, sugerindo que em vez disso considerasse o cenário muito mais provável de um impacto subapocalíptico, mas ainda assim arrasador. Não honrei este pedido, mas posso recomendar que todos visitem seu trabalho na B612 Foundation (www.B612Foundation.org).

Este livro foi impresso na Intergraf Ind. Gráfica Eireli.
Rua André Rosa Coppini, 90 — São Bernardo do Campo — SP
para a Editora Rocco Ltda.